安徽省诗词协会 编

皖风嶽韵 2020

安徽省诗词协会作品选集

中国书籍出版社
China Book Press

图书在版编目(CIP)数据

皖风徽韵：安徽省诗词协会作品选集.2020/安徽省诗词协会编.-- 北京：中国书籍出版社,2021.10

ISBN 978-7-5068-8741-0

Ⅰ.①皖… Ⅱ.①安… Ⅲ.①诗集-中国-当代 Ⅳ.①I227

中国版本图书馆CIP数据核字(2021)第202539号

皖风徽韵：安徽省诗词协会作品选集.2020
安徽省诗词协会　编

责任编辑	吴化强
责任印制	孙马飞　马　芝
出版发行	中国书籍出版社
地　　址	北京市丰台区三路居路97号(邮编:100073)
电　　话	(010)52257143(总编室)　(010)52257140(发行部)
电子邮箱	eo@chinabp.com.cn
经　　销	全国新华书店
印　　刷	成都兴怡包装装潢有限公司
开　　本	880毫米×1230毫米　1/32
字　　数	320千字
印　　张	18
版　　次	2021年11月第1版
印　　次	2021年11月第1次印刷
书　　号	ISBN 978-7-5068-8741-0
定　　价	88.00元

版权所有　翻印必究

编委会

主　　　任：叶如强
副 主 任：左会斌　董万英　程志和　耿汉东
执 行 主 编：左会斌　董万英
执行副主编：贺云祥　柯其正　宋信群　孙正军
编　　　委：牛应萍　产金来　程源红　操礼端
　　　　　　徐　杰　胡忠宇　李　超　吴根甫
　　　　　　范安萍　方福乐　祝　军　马　杰
　　　　　　阮毅民　钱叶芳　钱　钟　王意中
　　　　　　程　萍　张　华　孙明亮　徐惠君
　　　　　　黄爱玲

卷首语

◆叶如强

安徽山川壮美，人文荟萃，诗词源远流长，诗家星汉灿烂。不朽之作，代代流传，铸就了千古诗山、诗江、诗城和诗村。

安徽省诗词协会向怀赤子之心，以弘扬优秀文化传统，"歌诗合为事而作"为己任，投身民族伟大复兴洪流，奉献美好安徽建设，引领会员以新鲜意象，创作无愧于人民和时代的作品。

庚子之年，疬疫潜形，绿野揭帆，五洲急管，百年变局，山雨天风入庾肠。《皖风徽韵》2020年版，荟萃会员五百多人，其十余首作品，歌碧血忠魂，颂壮行勋业，声韵铿锵，激动人心。

作品题材广泛，怀古咏物，意蕴隽永；送别唱和，情谊深长。作品以古典形式诗词类作品为主体，意象缤纷，音律雅正。一些新诗新韵和形式探索之作，亦令人耳目一新。此书问世，对安徽诗词的繁荣创作，必将产生深远影响。

中华诗词学会高度重视和支持安徽诗词创作，会长、副会长赠以佳作入书，尊敬的叶嘉莹先生赐以美玉。一些诗友慷慨赞助出书，在此一并致谢。

安徽省诗词协会,是由安徽省文联批准并主管,安徽省民政厅依法审核登记注册的文化社会团体。作为唯一由省文联主管的全省性诗词文化类社会组织,十年来,诗协队伍蓬勃发展,诗词作品百花争艳。全省十六个市105个县(市、区),大多陆续建立起诗词组织。省诗协旨在弘扬主旋律,歌颂新时代,积极为美好安徽建设作贡献,传承创新,繁荣当代中华诗词,创作精品力作,为全省诗词爱好者提供平台,使之拥有出彩机会。

目 录
CONTENTS

古典诗

1. 叶嘉莹	/ 2	19. 柯其正	/ 20
2. 周文彰	/ 3	20. 宋信群	/ 21
3. 郑欣淼	/ 4	21. 孙正军	/ 22
4. 范诗银	/ 5	22. 牛应萍	/ 23
5. 陈文玲	/ 6	23. 产金来	/ 24
6. 林　峰	/ 7	24. 程源红	/ 25
7. 刘庆霖	/ 8	25. 操礼端	/ 26
8. 叶如强	/ 9	26. 徐　杰	/ 27
9. 左会斌	/ 10	27. 胡忠宇	/ 28
10. 董万英	/ 11	28. 李　超	/ 29
11. 程志和	/ 12	29. 吴根甫	/ 30
12. 耿汉东	/ 13	30. 范安萍	/ 31
13. 刘　标	/ 14	31. 方福乐	/ 32
14. 查振科	/ 15	32. 祝　军	/ 33
15. 胡　宁	/ 16	33. 马　杰	/ 34
16. 黄小甜	/ 17	34. 阮毅民	/ 35
17. 吴化强	/ 18	35. 钱叶芳	/ 36
18. 贺云祥	/ 19	36. 钱　钟	/ 37

37. 王意中	/ 38	65. 金　波	/ 67
38. 程　萍	/ 39	66. 姚玉珠	/ 68
39. 张　华	/ 40	67. 杨德来	/ 69
40. 徐惠君	/ 41	68. 赵广曙	/ 70
41. 黄爱玲	/ 42	69. 陶柏林	/ 71
42. 潘保根	/ 43	70. 胡　林	/ 72
43. 程东升	/ 45	71. 郭本志	/ 73
44. 陈学友	/ 46	72. 马昆仑	/ 74
45. 程极悦	/ 47	73. 胡　颖	/ 75
46. 邹　诚	/ 48	74. 邓本宝	/ 76
47. 唐　佳	/ 49	75. 占国兴	/ 77
48. 胡建业	/ 50	76. 曹　蓉	/ 78
49. 张武扬	/ 51	77. 李佩文	/ 79
50. 李晓明	/ 52	78. 祝永庆	/ 80
51. 蔡玉啟	/ 53	79. 张晓燕	/ 81
52. 张孝玉	/ 54	80. 吴聪仁	/ 82
53. 王春敬	/ 55	81. 李晓雯	/ 83
54. 宋　平	/ 56	82. 王安信	/ 84
55. 孙文祥	/ 57	83. 徐爱群	/ 85
56. 胡雪梅	/ 58	84. 陈　璟	/ 86
57. 李　峰	/ 59	85. 汪振山	/ 87
58. 万士华	/ 60	86. 周云辉	/ 88
59. 杜鲜果	/ 61	87. 陈永龙	/ 89
60. 李嫦文	/ 62	88. 王荣炳	/ 90
61. 丁景玉	/ 63	89. 胡永霞	/ 91
62. 詹传珍	/ 64	90. 李建华	/ 92
63. 张庆军	/ 65	91. 周　勇	/ 93
64. 张四海	/ 66	92. 徐照玲	/ 94

93. 童长城	/ 95	121. 金传保	/ 123
94. 黄莲香	/ 96	122. 李登桂	/ 124
95. 许锦先	/ 97	123. 钱　静	/ 125
96. 杨永生	/ 98	124. 束忠玉	/ 126
97. 白海军	/ 99	125. 郏根济宇	/ 127
98. 龚仁秀	/ 100	126. 龚雪莲	/ 128
99. 梅顺青	/ 101	127. 卞昌好	/ 129
100. 尤德木	/ 102	128. 陈永昕	/ 130
101. 杨克强	/ 103	129. 童天明	/ 131
102. 王明志	/ 104	130. 徐　云	/ 132
103. 何章宝	/ 105	131. 樊晓华	/ 133
104. 王海云	/ 106	132. 吴天启	/ 134
105. 郑君芳	/ 107	133. 万盈盈	/ 135
106. 朱爱君	/ 108	134. 章东林	/ 136
107. 汪俊牛	/ 109	135. 翟付满	/ 137
108. 丁朝钰	/ 110	136. 黄淑珍	/ 138
109. 许先木	/ 111	137. 钱玉秀	/ 139
110. 明平原	/ 112	138. 方林桂	/ 140
111. 陈庆华	/ 113	139. 洪业掌	/ 141
112. 程能平	/ 114	140. 林淑琴	/ 142
113. 王礼才	/ 115	141. 程龙玲	/ 143
114. 俞桂珍	/ 116	142. 方琳霞	/ 144
115. 汪邦根	/ 117	143. 叶宇松	/ 145
116. 洪卫东	/ 118	144. 蒋峥嵘	/ 146
117. 钱春香	/ 119	145. 马龙喜	/ 147
118. 吴业荣	/ 120	146. 王安兵	/ 148
119. 刘如松	/ 121	147. 章爱华	/ 149
120. 齐　超	/ 122	148. 万渐根	/ 150

149. 曹莉萍	/ 151	177. 孟国田	/ 179
150. 范文友	/ 152	178. 盛　莲	/ 180
151. 吴克水	/ 153	179. 杨东市	/ 181
152. 吴介生	/ 154	180. 卞修轮	/ 182
153. 沈清波	/ 155	181. 方守庆	/ 183
154. 陈修发	/ 156	182. 李维焕	/ 184
155. 赵同峰	/ 157	183. 李博文	/ 185
156. 张名臻	/ 158	184. 李秀峰	/ 186
157. 金齐鸣	/ 159	185. 苏林生	/ 187
158. 吴淑芳	/ 160	186. 李少剑	/ 188
159. 彭克和	/ 161	187. 朱守根	/ 189
160. 张晓明	/ 162	188. 孙登先	/ 190
161. 张大光	/ 163	189. 杨立惠	/ 191
162. 王卫东	/ 164	190. 秦俊文	/ 192
163. 朱先贵	/ 165	191. 曹义兰	/ 193
164. 史明静	/ 166	192. 潘朝林	/ 194
165. 刘应平	/ 167	193. 张松琦	/ 195
166. 秦为燃	/ 168	194. 李　英	/ 196
167. 戴继芳	/ 169	195. 李业清	/ 197
168. 杜天云	/ 170	196. 郭素珍	/ 198
169. 孙　平	/ 171	197. 凌毓和	/ 199
170. 丁祖平	/ 172	198. 芮绍华	/ 200
171. 毕秀梅	/ 173	199. 胡　鹏	/ 201
172. 魏广扣	/ 174	200. 张爱华	/ 202
173. 潘恒俊	/ 175	201. 袁志毅	/ 203
174. 赵可畏	/ 176	202. 王锦森	/ 204
175. 秦步胜	/ 177	203. 陶守德	/ 205
176. 苗蔡畅	/ 178	204. 牛家强	/ 206

205. 王 屈	/ 207	233. 王德乾	/ 235
206. 熊化凤	/ 208	234. 蒋梅岩	/ 236
207. 任 群	/ 209	235. 柳 春	/ 237
208. 蔡武汉	/ 210	236. 沈光明	/ 238
209. 张学仁	/ 211	237. 胡南海	/ 239
210. 赵正溪	/ 212	238. 章卫星	/ 240
211. 张淑梅	/ 213	239. 徐金喜	/ 241
212. 孙克攀	/ 214	240. 洪光明	/ 242
213. 赵成良	/ 215	241. 孙 泓	/ 243
214. 王成志	/ 216	242. 汪意霞	/ 244
215. 赵 飞	/ 217	243. 许筱兰	/ 245
216. 赵志刚	/ 218	244. 张新红	/ 246
217. 朱家龙	/ 219	245. 江雁玲	/ 247
218. 笪先明	/ 220	246. 黄文琴	/ 248
219. 田 原	/ 221	247. 江 蓉	/ 249
220. 徐 梅	/ 222	248. 王宏书	/ 250
221. 梁永坚	/ 223	249. 蒋怀国	/ 251
222. 赵 健	/ 224	250. 王红梅	/ 252
223. 许继光	/ 225	251. 潘美琴	/ 253
224. 郭广全	/ 226	252. 汪 洋	/ 254
225. 李懋棠	/ 227	253. 马桂英	/ 255
226. 侯玉梅	/ 228	254. 项 琳	/ 256
227. 李世剑	/ 229	255. 许周宗	/ 257
228. 张 飞	/ 230	256. 李善效	/ 258
229. 董宏略	/ 231	257. 刘忠信	/ 259
230. 牛正银	/ 232	258. 周著久	/ 260
231. 桑灵侠	/ 233	259. 吴周民	/ 261
232. 祁雪林	/ 234	260. 王恒五	/ 262

261. 俞爱情	/ 263	289. 汪　勤	/ 291
262. 张勋武	/ 264	290. 徐子清	/ 292
263. 王　坤	/ 265	291. 章河生	/ 293
264. 王东正	/ 266	292. 王维送	/ 294
265. 王立新	/ 267	293. 江菊生	/ 295
266. 方晓舜	/ 268	294. 陈桂枝	/ 296
267. 许实明	/ 269	295. 吴小平	/ 297
268. 唐爱民	/ 270	296. 赵法为	/ 298
269. 李志坚	/ 271	297. 何凤转	/ 299
270. 彭志存	/ 272	298. 朱会明	/ 300
271. 程义松	/ 273	299. 刘思义	/ 301
272. 程少钧	/ 274	300. 万　婉	/ 302
273. 毕道成	/ 275	301. 储余根	/ 303
274. 韩彩娥	/ 276	302. 江启东	/ 304
275. 乔胜祥	/ 277	303. 江继安	/ 305
276. 江学农	/ 278	304. 吴江萍	/ 306
277. 夏仁杰	/ 279	305. 刘洪峰	/ 307
278. 宋小球	/ 280	306. 吴家春	/ 308
279. 杨迪中	/ 281	307. 王光煜	/ 309
280. 何克斐	/ 282	308. 程建华	/ 310
281. 林汪结	/ 283	309. 周文英	/ 311
282. 丁宪杰	/ 284	310. 金　京	/ 312
283. 李淑琦	/ 285	311. 杨兆根	/ 313
284. 陈柏林	/ 286	312. 何瑞霖	/ 314
285. 刘结根	/ 287	313. 张旭东	/ 315
286. 李卓霞	/ 288	314. 张朝海	/ 316
287. 王结兵	/ 289	315. 毕　坤	/ 317
288. 陈兰香	/ 290	316. 方捍东	/ 318

317. 吴戌	/ 319	345. 潘庆华	/ 347
318. 王播春	/ 320	346. 吴小涛	/ 348
319. 江玉文	/ 321	347. 李雪艳	/ 349
320. 王学平	/ 322	348. 王兴昌	/ 350
321. 程立乔	/ 323	349. 徐尧林	/ 351
322. 姚东红	/ 324	350. 张朝俊	/ 352
323. 刘后生	/ 325	351. 项田夫	/ 353
324. 张林根	/ 326	352. 许思桂	/ 354
325. 李国庆	/ 327	353. 王增霞	/ 355
326. 汪志彪	/ 328	354. 王树仁	/ 356
327. 舒建强	/ 329	355. 熊丰运	/ 357
328. 冯清明	/ 330	356. 谢玲	/ 358
329. 方桐辉	/ 331	357. 贺洪卫	/ 359
330. 汪险峰	/ 332	358. 张雪丽	/ 360
331. 姚英贵	/ 333	359. 李洪顶	/ 361
332. 许建荣	/ 334	360. 邢思斌	/ 362
333. 谢长富	/ 335	361. 冯子豪	/ 363
334. 胡积林	/ 336	362. 周俐	/ 364
335. 吕爱武	/ 337	363. 张成君	/ 365
336. 万春芳	/ 338	364. 高扬	/ 366
337. 孙伟民	/ 339	365. 徐超	/ 367
338. 窦厚平	/ 340	366. 周鸿飞	/ 368
339. 黄广奇	/ 341	367. 任金超	/ 369
340. 秦敬国	/ 342	368. 郑晓华	/ 370
341. 马建华	/ 343	369. 武克辉	/ 371
342. 王金成	/ 344	370. 胡勇	/ 372
343. 黄坤	/ 345	371. 汪汉云	/ 373
344. 魏光明	/ 346	372. 葛先兵	/ 374

373. 张信旨	/ 375	401. 彭庆辉	/ 403
374. 郑玉良	/ 376	402. 张先连	/ 404
375. 席飞鹤	/ 377	403. 丁建国	/ 405
376. 金树荣	/ 378	404. 曹魁英	/ 406
377. 李德新	/ 379	405. 季学兰	/ 407
378. 戴平安	/ 380	406. 姚明宏	/ 408
379. 魏来安	/ 381	407. 张英姿	/ 409
380. 周传江	/ 382	408. 张志强	/ 410
381. 罗继萍	/ 383	409. 曹春霞	/ 411
382. 彭德和	/ 384	410. 张　红	/ 412
383. 周定洪	/ 385	411. 萧泉林	/ 413
384. 刘仁发	/ 386	412. 沈成竹	/ 414
385. 吴克定	/ 387	413. 张尚平	/ 415
386. 张　斌	/ 388	414. 陈清兰	/ 416
387. 吕习武	/ 389	415. 叶家旺	/ 417
388. 鲍世勇	/ 390	416. 方　盟	/ 418
389. 严家国	/ 391	417. 王韩炉	/ 419
390. 蒋　莉	/ 392	418. 王爱萍	/ 420
391. 袁　晟	/ 393	419. 江　琼	/ 421
392. 刘　斌	/ 394	420. 黄广林	/ 422
393. 王　茹	/ 395	421. 邢梅虹	/ 423
394. 朱厚银	/ 396	422. 巩　超	/ 424
395. 李燕来	/ 397	423. 章万福	/ 425
396. 朱正樵	/ 398	424. 章新最	/ 426
397. 张世芳	/ 399	425. 梁正权	/ 427
398. 汪雨生	/ 400	426. 章晋玉	/ 428
399. 李贤龙	/ 401	427. 王　薇	/ 429
400. 方荣飞	/ 402	428. 钱义贵	/ 430

429. 胡双球	/ 431	457. 吴成宪	/ 459
430. 熊洪印	/ 432	458. 刘立珍	/ 460
431. 江向鸿	/ 433	459. 代文英	/ 461
432. 杨　芳	/ 434	460. 储　涛	/ 462
433. 王良才	/ 435	461. 徐　云	/ 463
434. 方　晔	/ 436	462. 高静芳	/ 464
435. 徐素芳	/ 437	463. 于振田	/ 465
436. 周银河	/ 438	464. 闫廷卫	/ 466
437. 潘志能	/ 439	465. 李永阳	/ 467
438. 严鑫立	/ 440	466. 李效林	/ 468
439. 王善政	/ 441	467. 崔明贵	/ 469
440. 陈　军	/ 442	468. 马静林	/ 470
441. 刘世鹏	/ 443	469. 王　杰	/ 471
442. 章飞燕	/ 444	470. 李　忠	/ 472
443. 孙文玫	/ 445	471. 马西林	/ 473
444. 汪　侠	/ 446	472. 杨安华	/ 474
445. 赵心安	/ 447	473. 张文岭	/ 475
446. 张广建	/ 448	474. 侯　颖	/ 476
447. 马建勋	/ 449	475. 罗　辉	/ 477
448. 韩争鸣	/ 450	476. 钱　卫	/ 478
449. 胡贺林	/ 451	477. 蔡静思	/ 479
450. 古元淮	/ 452	478. 蔡　毅	/ 480
451. 耿治国	/ 453	479. 吴　江	/ 481
452. 陈钦然	/ 454	480. 陈　锐	/ 482
453. 吴芳云	/ 455	481. 陈明瑾	/ 483
454. 黄永侠	/ 456	482. 陈琪峰	/ 484
455. 张丽华	/ 457	483. 白忠民	/ 485
456. 马俊侠	/ 458	484. 屠　悦	/ 486

现代诗

485. 孙明亮	/ 488	508. 陈　曦	/ 524
486. 张维质	/ 490	509. 王宝珠	/ 525
487. 孙先文	/ 492	510. 秦德林	/ 526
488. 陈森霞	/ 494	511. 魏义涛	/ 527
489. 王十伟	/ 496	512. 曹　洁	/ 528
490. 王一强	/ 498	513. 范　涛	/ 529
491. 王玉华	/ 500	514. 韩海涛	/ 530
492. 李晓地	/ 501	515. 王　钰	/ 531
493. 吴莉莉	/ 503	516. 王永光	/ 533
494. 林　芳	/ 505	517. 贺庆江	/ 534
495. 张迎春	/ 506	518. 倪　梅	/ 535
496. 朱立平	/ 507	519. 储柱银	/ 536
497. 朱德祥	/ 508	520. 朱保平	/ 537
498. 牛高山	/ 510	521. 陈　莉	/ 538
499. 段　勇	/ 511	522. 刘洪锐	/ 540
500. 任　瑾	/ 513	523. 信　鹏	/ 541
501. 李小弟	/ 515	524. 冯　强	/ 542
502. 韩　磊	/ 517	525. 王秋芝	/ 544
503. 朱文嫒	/ 519		
504. 周喻晓	/ 520	怎样识别古代的入声字	/ 546
505. 刘　梦	/ 521	平水韵《平仄可通用字表》	
506. 胡素文	/ 522		/ 550
507. 蒋雪芹	/ 523		

古
典
诗

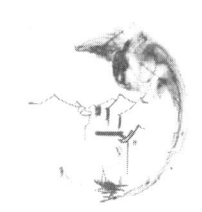

1. 叶嘉莹

【作者简介】 叶嘉莹,号迦陵,中国古典文学研究专家。现为南开大学中华古典文化研究所所长,中华诗词学会名誉会长、女工委主任。博士生导师,加拿大皇家学会院士。

生　涯

日月等双箭,生涯未可知。
甘为夸父死,敢笑鲁阳痴。
眼底空花梦,天边残照词。
前溪有流水,说与定相思。

铜盘高共冷云寒

铜盘高共冷云寒,回首咸阳杳霭间。
秋草几曾迷汉阙,酸风真欲射东关。
击残欸乃渔人老,阅尽兴亡白水间。
一榻青灯眠未稳,潮声新打夜城还。

菩萨蛮·西风何处添萧瑟

霜叶翻红,远山叠翠,暮霞影落秋江里。渔舟钓艇不归来,朦胧月上风将起。　　鸿雁飞时,芦花开未,故园消息凭谁寄。楼高莫更倚危栏,空城惟有寒潮至。

2. 周文彰

【作者简介】周文彰,出生于扬州,博士学位。曾任中共海南省委常委、宣传部部长,国家行政学院副院长,第十二届全国政协委员。现兼任 WCCO 顾问、中国人民大学、中国地质大学博士生导师,是享受国务院特殊津贴专家。现任中华诗词学会会长。

辛丑中秋"登高望远"书画雅集

五环耸峻柱蓝天,又入星繁云淡间。
手欲掬辉还揽月,桂香醉我若飞仙。

在扬州讲坛作"大运河与诗咏运河"讲座

河通南北已千年,始有诗书串简编。
诵入星云花雨散,归来喜见艳阳天。

诗咏运河

庚子春头瘟疫起,弘陶心系运河乡。
诗情遍洒名城邑,词令漫游古闸仓。
惊于先祖多奇智,醉在沿河尽异光。
夜半挥毫圈墨韵,晨中酌句傍花香。
一念维扬知意笃,百巡诗作恨才尪。

3. 郑欣淼

【作者简介】 郑欣淼,陕西省澄城县人,曾任中共陕西省委副秘书长、研究室主任;中央政研室文化组组长;青海省人民政府副省长;故宫研究院院长,中华诗词学会会长,中国紫禁城学会会长。《中华辞赋》社顾问,中国作家协会会员。

嘉峪关

边墙关塞老,岁月古今稠。
楼映祁连雪,野行戈壁舟。
墓砖思魏晋,锋镝想貔貅。
心绪亦东向,苍茫象外搜。

玉门关

颓垣犹壮伟,洪业有余霞。
周匝骆驼草,间开红柳花。
雄浑当汉室,闳放数唐家。
不碍春风事,明空万里沙。

莫高窟壁画

窟乃丹青库,禅门亦艺渊。
熙熙诸色相,察察善因缘。
说法情焉尔,思惟面澹然。
翩跹舒袖去,最爱是飞天。

4. 范诗银

【作者简介】范诗银,笔名石音、巴一、苍实,空军大校军衔。曾任空军航空兵某师副政治委员、国防大学中华军旅诗词研究创作院执行副院长,现为中华诗词学会常务副会长,中华诗词杂志社社长。

莫高里

杜子有村名莫高,唐家飘带汉家旄。
长风吹皱千年梦,眉眼惊心凭一刀。

心渡湄洲

海花一笛到湄洲,接水冬云寒不流。
天外凤凰分露雨,帆边霜雪送江鸥。
南风慷慨吹柔软,沉绿殷勤结素愁。
三炷心香千载梦,碧琉璃上唱渔舟。

大圣乐·莫高窟

古董滩头,玉门关底,白龙堆畔。若劲驼长影斜晖,摇碎细铃,吹裂冰纹羌管。帐外红旗迎飞雪,湿冷刃、青光飘冻眼。英雄老,剩长安绿蚁,葱岭黄卷。　　山高抱它水远。万千列、欢容菩萨面。叹袖红襟翠,琵琶筚篥,秋鸿春燕。阔殿拈花为痴笑,又高阁垂睛听凤愿。依谁个,醉初心、梦深温软。

5. 陈文玲

【作者简介】 陈文玲，中华诗词学会副会长，中华诗词学会女子工作委员会常务副主任。

泪雨纷飞
——悼抗击疫情牺牲的烈士

清明大地绿成织，缕缕思怀细雨湿。
此刻纷飞皆泪目，只缘壮士为情痴。

庚子之春

玄黄宇宙蕴人伦，雨水惊蛰万木春。
九派茫茫催将士，千城猎猎战瘟神。
珞珈山下集结号，黄鹤楼头渐次云。
数度悲情濛泪目，今夕远眺是星辰。

月牙泉

半湾冷月落人间，无际鸣沙挂日边。
昨夜楼台留远韵，今夕广厦奏长弦。
清凉潋滟云天外，剔透晶莹玉塞关。
千古凡尘皆洗净，飘然一寓水修禅。

6. 林　峰

【作者简介】林峰，浙江龙游人。现为中华诗词学会副会长兼学术部主任、《中华诗词》杂志副主编。著有《一三居诗词》《花日松风》《古韵新风·林峰卷》《一三居存稿》等诗集。

春到齐溪

翠满春三月，风轻白日低。
舟横桃叶外，桥没菜化西。
玉露生新芷，心波润浅泥。
谁催明媚色，喷涌入齐溪。

玉门关

关楼接大漠，鼙鼓动天声。
塞上金汤固，陇中壁垒横。
晴辉明朔野，佳气满边城。
谁在西风里，悠然忆远征。

黄河壶口

大河跌宕几时来，万古峰高铁锁开。
白雨连空堪溅月，寒声破壁欲喷雷。
云中龙自涛头起，天外鹤从川上回。
心有遥情何所寄，快呼浊浪入银杯。

7. 刘庆霖

【作者简介】 刘庆霖,黑龙江省密山市人,上校军衔。退役后,历任《长白山诗词》副主编、国务院参事室中华诗词研究院《中国诗词年鉴》执行副主编。现为中华诗词学会副会长、《中华诗词》副主编,著有《刘庆霖作品选》(诗词卷、理论卷)等。

敦煌印象

故关旧驿演沧桑,丝路驼铃响汉唐。
佛像坐空岩壁窟,阳光漾满觉河床。
千秋披雪山于侧,万里归人月在旁。
沙漠绿洲相搏击,让风力量有微凉。

黑龙江乌苏镇

边境驱车过此停,高高哨塔识曾经。
大江波浪中分界,小镇男儿半是兵。
脚下舰船流动哨,肩头日月往来灯。
渔歌谁唱乌苏里,常使行人驻足听。

行宿千山有感

饮罢轻眠岭上云,星天尘世已单纯。
十年四海二三事,一路千山八九人。
大佛化峰为悟我,杂花拦路欲香君。
可能明日群仙至,古月今宵忽换新。

8. 叶如强

【作者简介】 叶如强,安徽省诗词协会会长,省作协、书协会员。主张诗有音乐、绘画、境界三美,弘扬传统,推陈出新,深入浅出,文以载道。

庚子英雄礼赞(古风)

新春方饫宴,哨响动寒川。江夏初嗟屈,钟声复继先。名医难自救,遗爱魄徘徊。绝笔书啼血,今观亦顾哀。疾风催白发,板荡识南山。巾帼封城策,诚臣耄耋年。奋飞忘渐冻,何惜顾衰身。剪烛新婚别,闺中痛煞人。思思丝缕缕,缪绕短亭松。多少好儿女,英灵化彩虹。江城国歌起,雾海现方舱。号角中枢劲,军机竟夜航。白衣披铠甲,襟袖作风帏。儿抱娘亲颈,妻希胜仗归。血痕浮素貌,护服枕戈眠。南北驰援急,倾囊寄寸丹。程琳虽染疠,献血奋扬骁。克日斗冠毒,陈薇试疫苗。临危思宿将,杀伐统雄兵。国脉千流涌,九州坚五营。当年亦横槊,抗疫热中肠。事迹摧肝胆,泪盈温誓章。重黎火将取,楚雀逐瘟神。黄鹤楼重上,飞花向绿茵。雄才凡庶事,壮气鬼神惊。庚子典型在,长歌忆代英。

望海潮·庚子南方大水

雷鸣龙啸,崖倾峡倒,河湖横溢汤汤。峰逐黔川,涛奔浙赣,烟波荆楚潇湘。号角彻南邦。战旗连流域,死守严防。堤切分洪,闸开飞瀑致时康。　半生曾救淹荒。遍皖江浪楫,淮水风樯。危地徙民,穷途送米,新村归燕萦梁。鲜霁见春芳。痛绿洲帆影,青野波光。解甲同袍犹在,陷阵欣庚肠。

9. 左会斌

【作者简介】 左会斌,安徽省诗词协会常务副会长兼秘书长,中华诗词学会常务理事,中国音乐著作权协会、省党建人物研究会、省楹联学会会员。作品数次获奖。

叶 殇

落叶飘零演叶殇,从容淡定也悲凉。
青春似梦恨秋水,往事如烟恋故乡。
寂寞虚空寻净土,斑斓多色伴斜阳。
轮回千载一声叹,何日绿荫追汉唐?

落叶之咏

风慰离情歌昊宇,霜淹别恨舞天台。
飘零难羡柳梢絮,枯萎好成花下埃。
黛玉焚诗芳魄去,庄周惊梦蝶魂来。
如烟倩影韵流远,直面轮回不自哀。

清秋侠思

清秋冷落雨如毛,天地溟濛草木萧。
整宿蛩鸣星闭眼,一声雁叫海升潮。
人生有梦系华夏,岁月无痕屹舜尧。
小我休将愁泛滥,置身大业也英飙!

10. 董万英

【作者简介】董万英，安徽省诗词协会副会长兼常务副秘书长，安徽诗协女工委主任，中华诗词学会理事，《西部文学》副总编、安徽站长。

水龙吟·雁南飞

淮河湿地芦花岸，鸿雁往来声唳。野菱挂果，香蒲摇絮，影随身起。数点浮天，分明行列，拂云振翅。念 路前行，远离故土，风中影，飞天际。　引我家乡往事。月悬空、笺书频寄。绵绵私语，友朋对舞，追随嬉戏。身在他乡，数年幽梦，约期何全。幸兰香沁染，情怀未老，翱翔山水。

满江红·登岳阳楼

秋日登临，倚窗处、巴陵览胜。水天接、君山咫尺，洞庭千顷。野色湖光风卷浪，渔烟沙鸟云留影。近雕屏、佳句紫檀留，十年咏。　通天柱，擎盔顶。人已去，楼还兴。叹世间风雨，烟浓霜冷。多少先贤忧国事，早闻岁月惊人省。沐残阳、独立对苍穹，西风猛。

浮　云

几分入画碧空飘，常使斜阳织锦烧。
欲问随风何处去，无心出岫自逍遥。

11. 程志和

【作者简介】程志和,怀宁人,定居池州,曾为行伍,后供职电力部门,安徽省诗协副会长,中华诗词学会、安徽省作协会员,池州市杏花村诗社党支部书记、名誉社长。

平天湖印象

平湖明镜里,云荡水晶宫。
鸟乐巢偏静,花明晚愈红。
齐山通曲径,奇石卧林丛。
别墅藏佳地,庄园绿意葱。

咏 菊

百卉萧疏早,东篱引目瞻。
团团花冷艳,楚楚色秾纤。
寒蝶痴迷处,斜阳忘落檐。
晚来无琐事,独坐忆陶潜。

凯旋归来

时逢危难见精神,报国披肝护庶民。
斩尽疫魔归梓里,城中俱是献花人。

12. 耿汉东

【作者简介】耿汉东，安徽省诗词协会副会长，先后供职中共淮北市委宣传部和淮北日报社。1993年开始创作并发表作品，先后出版作品集若干部。

相城三吟

一

玄鸟衍商生相祖，夯基为郼筑东都。
沛州龙气八阶起，梧国侯除三世孤。
中散绝琴天籁远，刘郎倾酿百当无。
千年煌耀呈尘迹，一缕纯阳照瑞图。

二

相土乘骦征渤鲁，共公驾驷觅新途。
崤山一战悲秦地，亵镇三和喜宋都。
子张书绅孔家胰，少微琴醉剡溪株。
十年故国须彰矣，十赋相城写壮图。

三

古淮四镇酒千垆，相沛三吟史万图。
鲁氏黄堂失权杖，华元宋邑握兵符。
丽江倚剑君情绝，文石依山藕色殊。
莫叹相阳惊暮鸟，早听邻笛唱流苏。

13. 刘　标

【作者简介】刘标，安徽省诗词协会副会长、宿州市红杏诗社副社长兼秘书长，中国红十字志愿者。立言：做好自己，做好身边事，更好地做公益。

怀念父亲（新韵）
——纪念父亲诞辰八十五周年作

守孝实心三两年，牛蛇不惧自通仙。
立言十载青云志，燃炬旌旗继作贤。

南　下
——为亲家母张淑芳五十八岁病逝而作

谷风飞雨又江边，眼下荷开露仰天。
孙女虽娇知尽孝，哭求祖母不登仙。

刘童翊
——贺孙儿周岁作

刘家梧树满枝花，童语音来悦紫霞。
翊羽添高披彩锦，好生贤孝亮新娃。

14. 查振科

【作者简介】查振科,文学博士,中国艺术研究院研究员,中国书法院研究员,文艺评论家,安徽省诗词协会顾问,历任文化部艺术司文学处副处长、文美处正处调、戏剧处处长,文化艺术出版社总编辑。

雪梅香

暮云暗,平冈远树江村。袅炊烟难起,鸦飞雪冻山皴。荒路无人迹痕少,冷炉添火炭纹新。踏屐访,旧岁黄梅,独立寒滨。氤氲,驿桥畔,昨梦萧疏,不忆王孙。蝶昵蜂狎,未生半点娇嗔。冬去春来任交替,蕊开花落计晨昏。波心月,水阔堤长,最知芳魂。

东风第一枝

破雾穿云,新阳似束,奔腾万马乾昊。坚冰昨夕消融,曲水正当垂钓。髫童嬉谑,荡河柳、翻身颠倒。布谷鸣、声激林中,赚得出门姑嫂。　　才瞥见、枝头翠鸟,又目遇、水边红蓼。喧哗溪里鹅鸭,比划桥头翁媪。翼亭瞭望,渐行远、悠然湖棹。竟不管、阵雨山来,已有轻雷烦躁。

15. 胡 宁

【作者简介】 胡宁,合肥人,中华诗词学会青年部及女子诗词工作委员会副主任,中华诗词学会常务理事、培训中心高研班导师,《中国当代散曲》及多家省市诗词组织和刊物顾问导师。

渔梁坝上歌

未教秋心闲诗心,渔梁坝上畅风吟。银竹但种烟波里,雪涛驺响意骎骎。纵使磐石扣新锁,千年水色藉五阴。锦苔教砌茵茵岸,野菊开了七林林。载德青碑老故事,入抱清飔涤素襟。云楼鹤影未苍白,百丈渔梁凭钩沉。我今访谒身局外,雾里谁人呼与任。古坝焕然俊姣姣,乔柯落落倚黛岑。我把元宝钉数遍,群英拨雾契烟浔。江南第一今而古,江水新安古而今。紫阳山下归云晚,紫阳桥畔柳弦琴。一丛涟漪一丛碧,振衣好唱雨霖霖。水花雨花知几朵,争向风人句里簪。乡情别情常无措,丝丝剪来与酒斟。悠邈船歌隐约听,龙潭戴翠潜流深。每怜明月乘波碎,长在蓟都思村砧。我有离愁歌不歇,魂里梦里是乡音。我有骊歌歌未尽,渔梁坝上久差参。

16. 黄小甜

【作者简介】黄小甜，中华诗词学会常务理事、副秘书长兼教育培训中心副主任、研修班导师，《中华诗词学会通讯》副主编。

蝶恋花·夜游惠州西湖

一

黛浅蓝深幽静处，玉塔多情，倚月轻轻语：续个归期天可许？从今不作伤春句。　　千顷微澜笼薄雾，月挽朝云，默默行清素。闪闪波光吟小曲，柔情缱绻相思诉。

二

水榭亭台星儿铸，焕彩流光，邀月波中舞。湖畔黄蓝灯做主，枝红花绿生奇趣。　　路遇东坡闻笑语：灯合时宜，闪耀光芒镀。若啖荔枝来此处，休言曲直荤和素。

17. 吴化强

【作者简介】吴化强,安徽合肥人,中国书籍出版社副编审。中华诗词学会第三、四、五届理事,安徽省诗词协会常务理事,安徽太白楼诗词学会副会长,中央和国家机关书法家协会会员,中国新闻出版研究院书画社副社长、中国广播电影电视社会组织联合会书画摄影委员会副秘书长。诗词书法及论文多次获奖,部分作品入选中央电视台"最美人物发布厅"朗诵播出。

赞罗大富

至善拥军时慕贤,白衣巡诊乐华年。
多从小事融情感,赢得官兵众口传。

赞袁殿华

笃信身残志未残,育苗西藏耐高寒。
复为战友谋生路,企业宏开道义宽。

张丽莉

惊看客车追尾来,勇为学子挡横灾。
国风吹奏英雄曲,大爱凝成稀世才。

18. 贺云祥

【作者简介】 贺云祥，泾县人，安徽省诗词协会副秘书长、常务理事、责审部部长及《安徽诗坛》副主编，终审，中华诗词学会、竹韵汉诗学会、安徽省诗词学会会员，泾县诗词学会理事。

宣　城

江南最羡属宣城，自古骚坛享盛名。
谢李诗风承世泽，沈梅佳话振家声。
五湖史笔留遗迹，万里吟鞭寄梦萦。
若问逍遥何所往，敬亭山色远相迎。

广德太极洞

行吟识得洞连环，蹊径萦回十八弯。
境出恍如丹阙梦，身临真个紫霄间。
扁舟载得瑶池会，精舍来看下笋班。
游此方知藏太极，原来向下是登攀。

郎溪石佛山

诸天佛子一和南，撑起云层三十三。
慧眼观知金烁石，禅心悟彻绿於蓝。
分明妙诀烟霞里，细认玄机天地庵。
若与法筵龙象众，红尘攘攘复谁参。

19. 柯其正

【作者简介】 柯其正，教师，安徽省诗词协会副秘书长、常务理事、责审部部长及《安徽诗坛》副主编、终审，中华诗词学会理事，池州市杏花村诗社副社长，市作协及评协副秘书长。

偕友游平天湖

碧水平天洗倦心，还兼共友浣衣襟。
波光送影闲来去，草色入湖随浅深。
且惜川明风欲止，何凄云黯路将阴。
栖迟曲径谁知我，缘结同庚乐在今。

游新安江山水画廊

新安江水日朝东，两岸生民撒网同。
祭鼓声声催棹橹，游鱼节节出龙宫。
黯云不掩青山处，彼岸依然烟火中。
披发古人知与否？徽墙白屋对苍穹。

西江月·春雨

阵阵楼前密雨，沉沉轩外平芜。随车不歇上征途，依旧挥临荆楚。　幸得春霖爱抚，定逢阳气回苏。杏林已种万千株，且待开城光顾。

20. 宋信群

【作者简介】 宋信群，安徽省诗词协会常务理事、副秘书长兼采风摄影部部长。

水调歌头·徽商创业之路

苍松掩碧水，峻岭缺良田。何寻生计，山外能闯一方天。挥泪拜辞椿萱，负重饱经风雨，危隘接云烟。满担售干货，孤馆听铜钱。　跑贩运、办银号、创业艰。秉持贾道，正路逐利始扬鞭。店埠开张四海，星夜赚来万贯，斩棘达峰巅。仿效踏灵迹，雄起谱新篇。

沁园春·抒怀

青葱求知，韶华谋业，几经沧桑。忆往来吏事，羞于权术；沉浮商海，不踏官堂。酌字敲词，追风揽月，点墨全无书锦章？思平昔，看云烟散尽，些许彷徨。　莫言世路迷茫，亲情满、何愁何感伤。慨争名逐利，一泓逝水；修心行善，万古流芳。饱读怀珍，远游拓识，欲效诗仙豪气扬。活百岁，盼步行天下，再焕荣光。

风入松·学童课业重有感

黉堂步入考当头，不论春秋。闭门苦读欢声少，课业重、累了双眸。一盏寒灯常亮，两行青泪时流。　惟看分数世皆愁。岁月悠悠。相期一抹荒烟尽，高天阔、雏燕酬讴。瑞日践升教苑，青苗茁壮田畴。

21. 孙正军

【作者简介】 孙正军,宣城市人,宣州区无党派知联会副秘书长,宣州诗词学会副会长,安徽省诗词协会副秘书长、常务理事、农民诗词工委主任,中国诗书画家网艺委会副主席。

改革开放兴宣酒

新岁惊雷震九天,广邀四海举能贤。八荒觉醒羞追尾,万物复苏争上前。厚积久增桃李健,轻飏一任色香妍。老春抖落重重雾,小窖开通汩汩泉。正视弊端深治本,紧抓机遇勇攻坚。酬勤如约缤纷至,帮困扶危慷慨捐。彩凤涅磐方振翅,良驹驰骋再加鞭。绵柔力酿绵柔味,锦绣心吟锦绣篇。酒韵诗魂华夏誉,鸿图更展壮坤乾。

沁园春·端午

辽阔川原,金浪方收,碧玉又镶。正麦香浓郁,禾苗茁壮;熏风和畅,垂柳悠扬。剑样菖蒲,花般艾草,悬挂门庭迎吉祥。包鲜粽,饮雄黄美酒,共庆端阳。　　年年倒海翻江,看竞渡,龙舟气势昂。喜似霞旗帜,如雷战鼓;斗蛟兰桨,胜虎儿郎。孝烈曹娥,忠贞屈子,勇武申胥赖显彰。逢佳节,让群情激奋,好梦飞翔。

注:曹娥、屈子(屈原)、申胥(伍子胥),是端午节龙舟赛等活动纪念的主要人物。

22. 牛应萍

【作者简介】 牛应萍，安徽省诗协理事、责编部部长，中华诗词学会、陕西省散曲学会会员。

在《皖风徽韵》付梓之时

喜闻付梓史诗修，归梦今朝夙愿酬。
八皖来风喧笔底，一襟揽胜汇心头。
云凭舒卷陶怡舞，茶煮清浓自在瓯。
记取东君珍重意，徽音远送遍神州。

黄山第一奇观之云海

壶天隐在翠微中，深浅难量鹤雾蒙。
闯入蓬莱疑是幻，奏鸣交响只须风。
玉屏出浴如仙女，稚犬衔欢赛野童。
迎面飞来怀里扑，未曾抱定去匆匆。

金缕曲·听《红豆曲》为黛玉题字

不解呢喃语。笑憨痴、燕儿招眼，杏儿生妒。阿意西风因偏执，故做落红乱舞。芳信杳、柳枝换取。只影一弯残月甲，弄瑟琴、欲倩谁来赴？人不至，却沉雨。　　渐宽衣带悲凄著。见清泪、罗帕犹愁，问卿知否。寒袭窗前湘妃竹，叹绛珠千般苦。藏红豆、用心看护。杜宇啼成枝上血，问何由、木石之盟负。新旧恨，巫山处。

注：沉雨：形容感情或事业受到创伤的人。

23. 产金来

【作者简介】 产金来，安庆怀宁人，安徽省诗词协会常务理事、书画艺术部部长，中华诗词学会、中国诗词研究会会员。以诗传情、交友。

宜城印象

吴头楚尾地，一泻大江天。
古皖桐城派，风流八百年。

王家轿子门

王家轿子门，亘古自然村。
面对九龙口，风吹指马墩。
开言聊祖训，闭目念君恩。
幸有泉能语，欲呼知府魂。

注：此门为明代建筑，"文革"间被毁。传当年到此文官下轿，武官下马。九龙口、指马墩均为地名。

茶

饱吸春光吐嫩芽，村姑巧手揭轻纱。
柔搓定性添诗韵，焙烤成型共物华。
贵客临门初煮水，知音见面乐开花。
清心可以古今曲，尽付闲情念及茶。

24. 程源红

【作者简介】 程源红，郎溪县人，安徽省诗协常务理事、女子工委副主任兼秘书长，省诗词学会理事，中华诗词学会、省散曲学会会员。《江淮吟苑》总编助理。

夏日感事

雨过河源浥路尘，出门三里即桃津。
长攀葱岭裁云角，好补萤窗荫主人。
收得荷风添野趣，恨无笔力少经纶。
闲时当访康南海，不负朝朝沐北辰。

无 题

一灯一案一孤心，拾梦乡关夜独吟。
鹤入云间留素影，风穿陶径荡清音。
门前溪水流千里，帘内书童惜寸阴。
伴月推敲平仄韵，个中滋味满胸襟。

大佛山养心谷

百里瑶光逸树林，轻纱半掩醉花阴。
春秋锦绣铺原野，南北嘉宾赏素琴。
风舔红炉亲了乐，情生碧水柳堤深。
漫看涛岭亭山景，归去芬芳兜一襟。

25. 操礼端

【作者简介】 操礼端,安庆怀宁人,安徽省诗词协会理事、责审部副部长,中华诗词学会、中国诗词研究会、安徽省诗词学会、安徽太白楼诗词学会会员。《西部文学》签约作家。

猴

食杂不须筹,衣单仅顾羞。
危岩孤望远,茂树结思幽。
顽对千夫指,乖为孺子牛。
高才堪服众,美誉满神州。

驴

何必欺凌笑技穷,拉车驮载是初衷。
真诚赚得名愚笨,耿烈招来范失躬。
在世未曾赢大雅,过身还被夺雄风。
人间多少糊涂事,惯性吹沙毁眼瞳。

小重山·袁隆平

曾历饥荒为饭愁。萌生鸿鹄志,解民忧。潜心科研苦思谋。杂交稻,屡试不回头。　　一穗梦难求。丹心昭日月,忘春秋。如今四海庆丰收。神农奖,公必拔头筹。

26. 徐 杰

【作者简介】 徐杰，诗人，无为人，芜湖市湾沚区就职。安徽省诗词协会理事、责编部副部长，无为市诗词协会常务理事。

临江仙·春游天门山

碧水回环西顾，一江分割天门。诗仙台下客纷纭。纸鸢牵两渚，垂柳拂东津。　轻浪抚平足迹，童心描画沙纹。前人诗酒了无痕。春光正烂漫，重拾少年身。

临江仙·重阳别

落叶飘零离路，西风凉透青衫。重阳挥别更何堪。故园桃李在，人物旧曾谙。　家宅长蒙尘锁，荒丘湮殁慈严。雁声惊觉梦难酣。前程孰可料，从此寄江南。

27. 胡忠宇

【作者简介】 胡忠宇,安庆望江人,安徽省诗词协会理事、责审部副部长,自幼喜爱传统文化,尤爱诗词。

枕中作

频剪灯花到五更,无眠枕上听潮声。
盈盈一脉春江水,流尽相思梦不成。

闲　趣

虽无珍味可堪夸,一碟时鲜酒已赊。
最是人生寻乐事,尽浇块垒自清嘉。

感　怀

莫道征帆四海行,心牵归浦晓云轻。
茗山自在桃源外,更喜雷池一棹横。

28. 李　超

【作者简介】李超，经济师，高级工程师，安徽省诗词协会理事、诗教部副部长，中国书法家协会、中华诗词学会会员。

题方染之愚公移山画作

崖峭无风亦恐高，白云怯步半山腰。
早知君有马良笔，可替愚公墨少描。

春天送我满城歌

搜肠刮肚句无多，片语粗疏待打磨。
彤日白云铺画卷，清塘碧水孕新荷。
戴红一树添娇媚，披绿千山增崄峨。
我赠春天诗几首，春天送我满城歌。

卜算子·问蝉

时令西风多，高树蝉声少。几季清词唱与谁，许是情难了。
瘦影印东墙，遥望银河渺。惟有君心似我心，夜种相思草。

29. 吴根甫

【作者简介】 吴根甫,省诗协理事、责审部副部长,中华诗词学会、省太白楼诗会会员。

徽州行

行吟务必识徽州,黛瓦清溪韵致稠。
移步山川千幅画,承风耕读万家楼。
商赢天下馈乡里,曲动京城启派流。
一盏香茶长究味,回廊窗格马墙头。

游方以智之行窝

登临浮渡访行窝,应识乡贤寄兴多。
岩洞清幽安逸乐,江山更迭乱风波。
时乖骨硬天人妒,命舛才高世事磨。
弃士流奔无返棹,空留竹木自婆娑。

咏 菊

怜卿多少苦寒侵,厌听夸夸赞誉音。
冷暖时情终练达,清贫逆境自歌吟。
空无媚俗扬芳意,唯有图强立世心。
生不逢春花错季,霜前独笑傲如今。

30. 范安萍

【作者简介】范安萍,安徽省诗词协会常务理事、责编部副部长,安徽省诗协女工委副主任、微刊主编,中华诗词学会会员,安庆市诗词学会、怀宁诗词学会理事、编辑及副秘书长,安萍诗社社长,梧桐诗社顾问。

春　风（孤雁格）

忽觉东君方露面,坡边小草即还青。
能推湖水浣春燕,又绾丝绦梳发型。
携雨调和天下顺,润诗付与管弦听。
深更总是犹怜我,漫抚冰肌伴月明。

腊月二十九冒雨祭拜双亲有怀

龙山雨细草荒荒,独向坟头泪两行。
柔语温心犹在耳,寒风拂面倍愁肠。
枉生梅骨无奇志,暂远凡尘有蝶庄。
躲进吟坛常自遣,消磨岁月愧爹娘。

盼春　次韵柯其正先生

兰心自始向阳开,但恨阴霾日夜徊。
人饮晨昏孤酒烈,眸凝荆楚素笺哀。
腥风夺命焉无痛,浊水掀涛莫费猜。
梦入桃林枝蕊发,馨香已惹蝶飞来。

31. 方福乐

【作者简介】 方福乐，淮北市人，安徽省诗词协会理事、采风摄影部副部长，中华诗词学会、中国楹联学会会员，淮北市诗词学会学术指导。

梧桐村题咏

山村灵秀地，来凤落嘉林。
白草连城宝，良谋万斛金。
相探多故事，共话有知音。
偶自农家过，忽听谁鼓琴。

开晨读雨得句

小睡无心趣，闲听雨叩扉。
推窗风飒飒，拾韵翠微微。
笔底诗文贱，吟边胆气肥。
任由谁笑我，自许最珍稀。

题燕子楼

残灯冷墨为谁愁，一梦千年燕子楼。
归路几番思倦客，故园无奈失清讴。
当时明月凭栏读，此际弦音逐水流。
坡老曾来吟永夜，堪叹风雨最难收。

32. 祝 军

【作者简介】 祝军，安徽省诗词协会理事、责编部副部长，中国诗词研究会会员，安徽利辛县诗词学会副会长，习作散见于《中国诗词》《安徽诗坛》等网络媒体。

随性而诗

随性随心随己痴，夕光正值兴高时。
淝边把酒迷明月，诗协忘年拜雅词。
好运石旁交好运，名师群里遇名师。
弘扬国粹尽陶醉，一片深情恋秘奇？

母亲节陪父母游王人集印象江南农家乐

印象江南农户乐，花明柳翠傍田坡。
原生疏果爹娘喜，淳厚琼浆儿女酡。
土碗吟来诗七律，柴鸡悟出味三箩。
居家品到日西笑，租个司机返老窝。

屯溪老街（通韵）

媲美汴京府，老街夸誉荣。三江交汇地，一埠往来鸿。始步八家栈，初茶老翼农。太平兴业旺，盛世茂才涌。纸墨徽香逸，蕙楼傩戏融。马头墙溢彩，镇海渡飞虹。程氏三宅烁，文房四宝珑。匾招叠店火，阁笑画檐重。万粹楼扬艺，众家力作宏。丁年炤耀史，尽采赤囊中。

33. 马 杰

【作者简介】 马杰,阜阳界首人,安徽省诗词协会理事、诗教部副部长,界首市诗词学会名誉主席。小说、诗词等作品偶见于多家媒体,部分作品曾获奖。

历溪行(通韵)

相约结伴历溪行,一路欢歌笑语浓。
古戏台前听古戏,双龙谷里看双龙。
游人情醉牯牛绛,骚客意牵秋浦红。
美景山花观不尽,心思已绕万千重。

闻建生物国防有感

崛起之途坎坷多,群狼环伺又如何?
凶神嘶吼食人曲,壮士高吟斩魅歌。
利剑指天惊鹫鸟,蛟龙入海慑狂魔。
航灯引路千帆竞,巨舰披开万里波。

鹧鸪天·咏春

落日红霞映水天,春心乍起若童年。
丘山移步观蜂蝶,曲岸抬头赏玉兰。
比西子,赛貂蝉。娇柔好似梦中仙。
翩翩起舞撩人醉,一缕情思伴柳烟。

34. 阮毅民

【作者简介】阮毅民,池州贵池人,中学高级教师退休。安徽省诗协理事、责审部副部长,池州市杏花村诗社会员。作品多次发表于《西部文学》及多家微刊。

思（通韵）

山野灼灼方冶艳,旋即红落下尘埃。
荷钱初露惊春暮,翠盖趋黄叹夏衰。
一夜金风到丘垫,千篱龄草奉荆钗。
周而复始岁相似,星命犹花凋再来？

注：1. 荷钱,状如铜钱的初生的小荷叶。2. 龄草,菊花。

夏夜闻织娘（通韵）

常忆儿时夜纳凉,闻息蹑脚近篱笆。
声犹祖母纺车试,身似香神幽殿藏。
明月有知童稚意,草棘故隐软寒光。
低吟耳畔催眠曲,野静风来睡玉旁。

注：香神,乾闼婆的意译。乾闼婆在印度神话中是半神半人的天上乐师,是帝释天属下职司雅乐的天神。

蝉　语（通韵）

黄泉阴暗思昭亮,历尽曲幽唱九天。
梅雨浓霾毁薄翼,层林重雾蔽鸣蚿。
鸟湿双羽落平地,鱼现纤鳞诱钓竿。
虞仕知虫饮清露,玉家仿我作琼璇。

35. 钱叶芳

【作者简介】 钱叶芳,安徽省诗词协会理事、诗教部副部长,中华诗词学会、安徽省太白楼诗词学会、炳烛诗书画联谊会、铜陵诗词学会及枞阳诗词学会会员。

秋 感

秋风萧瑟暑寒交,枯叶凋零挂树梢。
阵阵飞鸿刚掠影,双双紫燕渐离巢。
露滋菊绽满枝灿,霜染枫红遍野姣。
云淡天高性情爽,清香漫品韵儿敲。

秋 荷

习习寒风催叶落,露凝雾绕起烟波。
茫茫暮色掩垂柳,缕缕晨曦映倦荷。
但见萧疏秋色赋,又闻馀馥雁声歌。
深藏玉节酿新梦,夏日炎炎诗兴多。

秋 芦

枯萎未曾生落寞,仰天傲骨暑寒经。
时春显露细尖角,近夏延伸遍绿汀。
芦絮白云同慢舞,雁声短笛共聆听。
金秋依旧别般景,宛若长廊一画屏。

36. 钱　钟

【作者简介】 钱钟，铜陵市枞阳人，公务员退休，安徽省诗词协会理事、采风摄影部副部长，中华诗词学会会员。行伍出身，初学声律，吟咏养性，无求面世。

八一抒怀

行伍扛枪不计年，位卑视责重如天。
摸爬练就忠贞节，征战结成生死缘。
正步铿锵量岁月，虚名缥缈比云烟。
青丝霜染兵心在，梦里巡疆箭上弦。

岩上松

偏将沃处予他人，却在危岩自立身。
峭壁求生怀有信，盘根破石意尤真。
问磐觅汁虬枝壮，向涧呼风气色新。
好似崖前悬一命，居然苍劲翠臻臻。

渔家傲·抗洪

连日星辰都不见，接天暴雨地生怨，水满江河波浩瀚。危两岸，苍生社稷濒灾难。　　骇浪惊涛何忌惮？神兵怒气冲霄汉，敢与洪魔交恶战。君且看，翠蛟击退声声赞！

37. 王意中

【作者简介】 王意中,池州杏花村人,安徽省诗协理事、责编部副部长,池州杏花村诗社副社长。

十三日登洞头望海楼

半岛孤悬望海楼,洞天雄踞此开头。
直穷吴越三千里,浪卷云奔不见收。

登金陵阅江楼

卢龙脊脉紫霞飞,高阁千寻出翠微。
碧瓦凌霄侵玉宇,朱帘盈彩入彤扉。
气吞吴楚浮云散,势领江河带岳归。
剑铖沙沉波淼淼,六朝歌罢尽斜晖。

黄河印象

昆仑浩渺意茫茫,人道鸿源始发祥。积雪层开动魂魄,灵川叠汇起炎黄。萦回九曲青云外,横贯三山玉宇央。跌宕千钧难见影,奔腾万里不由缰。飞湍直下高原裂,转石逆冲惊兽藏。斧斫龙门挟雷电,浪掀壶口割阴阳。裁成锦带穷分野,炼得彩虹抛作梁。混浊扬清识泾渭,鸣宫奏羽撼潇湘。潼关峭拔鼓声劲,秦岭崖嵬气势长。凿壁通渠思夏禹,伐夷安国仰轩皇。波平风定烟霞焘,日举星沉岁月苍。既入溟瀛懒西顾,蓬莱一棹任颠狂。

38. 程　萍

【作者简介】程萍，铜陵市枞阳人，安徽省诗协理事、责编部副部长，安徽省诗协女工委理事，中华诗词学会、中国诗词研究会会员，枞阳诗词学会副秘书长。

庚子春望

东君到处千山碧，春社来时燕子斜。
人在家中愁宿雾，草生溪上瘦晴沙。
早樱吹雪窗间叠，丝雨流烟垄上赊。
风物清和顽疫过，楼前闲听一声蛙。

谷雨有思

浓阴淑气透窗纱，玉盏初承谷雨茶。
絮白随风何处堕，萍青泣露不须嗟。
漫将清意酬芳节，懒把陈词慰凤琶。
莫向枝头求解语，人间只合寄无邪。

答叶如强会长

同游浮渡未曾忘，当日论诗花送香。
世外千家题石壁，云中四月得瑶章。
常开徽韵鉴风骨，不改初心托夜光。
料是飞鸿识高格，明朝代我践榴乡。

39. 张 华

【作者简介】 张华,池州市贵池人,安徽省诗词协会常务理事、诗教部副部长,中华诗词学会会员,杏花村诗社常务副社长,秋浦诗社名誉社长,《现代青年》2018年度人物"十佳诗人"。

松

倚壁向苍穹,顽躯似鬼工。
霜皮溜岩雨,针叶过山风。
地瘠根尤壮,岁寒枝不空。
贞心谁可友?梅竹或能同。

竹

蟠蛰经年久,春风一夜苏。
摇摇新管发,藪藪旧皮枯。
直骨撑高节,虚心立瘦躯。
幽窗君作伴,好学七贤徒。

梅

夏叶荣无异,秋枝枯亦同。
群英霜后蛰,孤艳雪中红。
疏影怜和靖,香泥爱放翁。
余钟真铁骨,冷冷报春风。

40. 徐惠君

【作者简介】 徐惠君,六安霍山人,退休教师,安徽省诗协理事、责审部副部长,安徽女子诗词工委委员。

采桑子慢·题霍山睡美人

身披薄雾,犹见天姿风韵。看头枕南山沉睡,秀发如云。双乳成峰,数秋餐露得精神。缠绵清梦,迷离忘想,宛是天真。记得那年,奉迎献酒,遇上时君。竟生恋,相思难忘,盼望长频。怎有而今,别来相隔断知闻。宁成山脉,难抛爱慕,负了青春。

梦横塘·老家的夏日

傍山摇梦,依水凝情,故园中夏真美。遍地桐阴,早减却、蒸炎狂肆。蝉唱榴花,燕飞芳草,柳牵荷气。看松溪石涧,远近横穿,过兰径、通禅味。　欣观屋外烟霞,将天然秀色,铺撒居里。绿绕吾庐,窗槛下、浅红新紫。竹风过,吹香弄影,一阵清凉足堪慰。侧卧藤床,品茶吟赋,总令人陶醉。

41. 黄爱玲

【作者简介】 黄爱玲,安庆市桐城人,安徽省诗词协会理事、责编部副部长,省诗协女工委常务理事,中华诗词学会、桐城作协、安庆诗词学会会员,桐城诗词学会副秘书长,多家微刊编委。

遣 怀

世间无处不多情,打叶穿林听雨声。
檐下谁人思故旧,枝头小鸟叫阴晴。
回眸饶是尘和泪,失意莫非琴与筝。
花落花开浑忘却,微吟相狎薄轻名。

东部新城

阔道连桥势不同,垂杨戏水绿葱葱。
群楼耸立穿云汉,高铁疾驰飘彩虹。
坐倚龙山宜置业,毗邻动脉可张弓。
放飞岂忘桐花色,再写春秋震九鸿。

画堂春·夏日原野

山乡野陌绿葱茏,炊烟袅袅长空。一池烟蕊映波红,蜓戏薰风。　　缕缕馨香扑鼻,回眸撩发娇容。闲情向晚步花丛,拾趣廊中。

42. 潘保根

【作者简介】 潘保根，无为人，文联工作，安徽省诗协常务理事、外联宣传部副部长，芜湖诗词学会副会长，无为诗词协会会长。出版《春风吟草》《潘氏家谱》《张恺帆诗词研讨文集》《鹧鸪词三百首》。

端午怀古

端午临门雨气豪，每教功过两相高。枉承孝义千秋远，未见文章一字褒。遥忆当年读书志，得全后世举贤韬。内忧外患催吟笔，似是而非著战袍。无忍庭前香草谢，何堪劫里美人熬。为民生计仍忘倦，履职守忠焉惮劳。雄略逸言争进取，樗材蠹蓼拟锄薅。除尘怎奈风波急，变法图谋砥柱牢。独木难支攒众怒，群魔霸道压孤操。剑锋折尽臣欺主，楚殿倾时犬跳槽。身逐浮萍情逐梦，心如野马目如刀。恩从德业源头降，怨向汨罗深处淘。泣血怀沙留逸响，衔哀效死付离骚。佞才运势中天问，故事沉沦小鬼嚎。采艾驱邪轻甲胄，纫兰作佩代云旄。纶竿肯放垂辞海，不钓鱼虾只钓鳌。

题皖诗协兼贺驻铜陵办事处成立

缘自江城韦氏鹰，盘旋文界遇贤能。赋闲拜柳追彭泽，履迹悯农怀少陵。布局知音过荒落，抟沙指望向高层。春风给力巧援手，刀笔椎锋强破冰。侠士初磨倚天剑，诗坛直挂启明灯。师门好客量才入，桂殿留芳信步登。铁血琴声汤沸沸，规模德业日蒸蒸。秦关易水吟何似，缺月疏桐梦也曾。意外谁铃暂停键，哀边唯识坐禅僧。流星枉许三生愿，藏石空添一诺承。拾起沧桑随九转，却抛悲喜未孤征。宋唐研透期同化，韵味盛来待复兴。问道嘉宾慕名访，辟疆大吏与时增。章程敲定鹏程远，地气接通人气凝。世事轮回当有律，光阴荏苒总无凭。荣华独抱冰心在，更把冰心作准绳。

43. 程东升

【作者简介】 程东升,北京人,安徽省诗协诗教部部长,中华诗词学会会员,受家庭影响,自幼喜爱传统文化,潜心研习诗词多年,已创作近千首作品。

父 亲

当初未老鬓先斑,一入泉台去不还。
检点童年何所剩,至今犹记背如山。

西江月

但把人间况味,兑成酒里糊涂。前情旧忆两相除,只剩闲愁几许。　此事不干风月,而今久退江湖。醉来何要倩松扶,一任地荤天素。

鹧鸪天

旧忆柔情两不空,樽前拼得醉颜红。投机更在相逢后,大梦常在对饮中。　神脉脉、意融融,两心交处便无穷。当时况味依然在,一片幽思入晚风。

44. 陈学友

【作者简介】陈学友,从教退,现任利辛县老年大学诗词教师,安徽省诗协理事,省诗协诗教部副部长,中华诗词学会、亳州市诗词学会会员,利辛诗词学会副会长。

谷 雨

微风子夜雨霏霏,杜宇声声农事违。
东院三娘忙点豆,西邻二老急关扉。
鸡啼晓月南冈去,犬吠黄昏北地归。
绿水村塘闲不住,秋来网网鳜鱼肥。

书 虫

书痴结友老书生,秉烛芸窗万卷耕。
读破秦唐连夜雨,吟来魏晋五更明。
诗词曲赋尽情唱,山水情仇凭意萌。
遍阅炎黄千古史,胸藏华夏历朝兵。

踏 春

久宅楼台乍踏春,天光云影物华新。
和风轻吻行人面,流水闲吟大地茵。
桃李幽香迷远客,芷兰秀色醉归人。
有花无酒缺诗意,日暮微醺差两巡。

45. 程极悦

【作者简介】 程极悦，歙县人，教授级高工，一级注册建筑师，国家级有突出贡献专家。现为安徽省诗协学术指导，中华诗词学会会员，安徽省诗词学会副会长，著有《十驾楼词稿》等。

念奴娇·昱岭关

峰峦昱聚，是何人仗剑，劈开危石？百丈雄关加锁钥，第一歙州墙壁。鼓角犹闻，羽旌宛在，千载风萧瑟。女垣攀遍，戍楼难觅陈迹。　　尚有古道逶迤，襟连吴越，多少持筹客。昔日繁华消歇后，依旧岩青泉碧。却喜融杭，长三角内，肯阙黄山席？砥平云路，扶摇高展鹏翼。

注：《水浒传》第九十八回称昱岭关是"歙州第一处要紧的墙壁"。

望海潮·屯溪镇海桥水毁

千钧雷怒，三川涛涨，奔腾百里横江。蛟擘厚墩，鼍移巨石，须臾五百沧桑。桥圮痛彭殇。想溶漾畴昨，鸥泛鳞翔。梦断今宵，郁郎何处赋归樯。　　犹思绾毂谁将，有程门袭冶，戴氏倾囊。舟筏错迎，车徒鼟互，熙熙纸户茶纲。津市交黎阳。叹徽人乐善，推及家邦。早觅彝尊石碣，重立塽亭旁。

注：镇海桥，明戴时亮建，清程子谦父子重建，朱彝尊撰记。近人郁达夫有诗咏之。七日大水，桥圮，殊为可惜。

46. 邹　诚

【作者简介】 邹诚，中华诗词学会理事，安徽省诗协学术指导，中国楹联学会、书法家联谊会会员，诗书画研究会研究员，省文史馆员，作协会员，淮北中华诗词集编委会及《淮北吟坛》主编。

相城秋兴

枫叶初霜赤锦林，相山濉水气清森。
洞云海蜃连天阁，湖泽风烟掩树阴。
贤圣为民弹裕曲，黎元系国动忠心。
故园望断江村里，笑说寒衣毋用砧。

谒五坡岭怀文天祥

晋谒怀君不朽名，将身殉国令人擎。
自堪生命轻鸿翼，唯史留传忠烈盈。
虏帝劝降成话柄，胜皇虽诏未公卿。
金瓯俱失只求死，存世丹心启后英。

洞仙歌·咏马

龙姿玉骨，自生鬣眉扫？汗血风来暗嘶晓，动真情、须鬣一拂青云，天地转，唯有江山不老。　　奔驰谁执手？嘱咐叮咛，勒辔凭鞍诉襟抱。问老马如何？怒咤风云！报捷到、雄强独好。但愿告，凯歌几时还？功不负，流年返程归道。

47. 唐 佳

【作者简介】 唐佳,天长人,安徽省诗协学术指导,中华诗词学会常务理事,中国楹联学会理事,省作协会员,原省诗词学会副会长兼秘书长。

感太白生平

天纵英才志未酬,平生笑傲自风流。
杨妃捧砚应无匹,力士脱靴谁与俦?
且仗诗吟青史著,聊凭酒醉盛名留。
山川太白诚相辅,造化成仙不可求。

感少陵生平

出身士族少无忧,失意科场志未休。
十载长安元有冀,三篇礼赋究何求。
悲逢乱世携亲避,幸遇诗仙结伴游。
家国心关凝律韵,荣膺圣誉亦风流。

感东坡生平

学问才情数一流,春风得意守诸州。
因陈奏折非新法,竟陷乌台作楚囚。
跌宕人生犹豁达,沉浮宦海任娱游。
诗书幸获文忠谥,青史何悭上席留。

48. 胡建业

【作者简介】 胡建业，蚌埠人，安徽省诗词学会常务理事、省诗协女子工委顾问，中华诗词学会会员，"中华诗词论坛·江淮风雅"首席版主，中华散文网特约编审。

过水东老街

网子街连圣母堂，积屯多少老时光。
三官殿里高香火，十八踏边方井凉。
背影拖平青石板，乡思骑上马头墙。
苔阶对接古丝路，载梦移舟泛水阳。

南漪湖

一湖九嘴十三湾，紫气萦回韵万千。
银网翻飞红日下，青牛骑到黛山边。
风扶雁阵粘天去，岸枕涛声和梦旋。
径入波心登半岛，谁来都被绿催眠。

夜驻新安

坐爱青溪浣落霞，折腰津口拾飞花。
武陵只隔两三步，灯火参差十万家。
水入新安清到底，怀收风月韵无遮。
分明已立神仙界，天姥来呼不上槎。

49. 张武扬

【作者简介】 张武扬，政府机关工作多年。散文集《青花的韵味》《人生就是一种经历》曾分获安徽省社科文学艺术奖。偶为诗词，感受文字搭叠与韵律起伏之美。

念奴娇·咏北戴河联峰山

海山相映，尽乾坤万象，烟霞吞吐。劲羽冲霄重洗濯，抬眼松涛苍莽。昨梦嵯峨，推迁往事，百载承溪墅。危栏凭遍，岂惟舒啸踟伫。　　望海亭畔吟诗，东临碣石，名篇传千古。际会风云承浩气，开阖莲蓬仰俯。隔树穿幽，苔痕盈径，岩壑闻花语。长风千棹，万重波阔鹏翥。

注：莲蓬：北戴河联峰山因状似莲蓬，故又名莲蓬山。

水龙吟·咏长治井底村挂壁公路

飘旋九转盘纡，竦峙百仞危岩瞭。神工鬼斧，錾穿如练，悬嶰险峤。万象森罗，霄埃照彻，崖深溪老。任驱车绝壁，前川瀑挂，穿高隧，呼鹰鹞。　　扛鼎壮怀驺浩。纵松风、焕然春晓。崿奇结屋，炊烟嶂掩，青冥蜿绕。翠绮回廊，民居霞外，凭栏凌傲。欲河山遍览，云开天路，望苍峦峭。

50. 李晓明

【作者简介】李晓明,新西兰华人。留英经济学博士,新西兰梅西大学金融经济学教授、博导。中华诗词学会、安徽诗协等会员。

望湘人·武汉疫灾南半球仲夏感赋

倦晴光抹岭,溪水种云,万林层染阴郁。忍闪愁星,不言黯月。屺屺芸生泯灭。鄂域笼怀,楚歌盈耳,龟蛇尤咽。便复听、黄鹤吹箫,亦恐商音吹裂。　　休道山羞造孽。奈人间嗜欲,直如饕餮。更频踏同河,往哲作何评说?天使坦对,毒侵肌骨;但噢殷红心血!莫问讯、疫去何时,且看春消残雪。

注:古希腊哲学家赫拉克利特说,人不能两次踏进同一条河流。

八声甘州·霍克斯湾塘鹅陆地越野之旅

抱天涯东极一披襟,吟竿钓沧流。笑惊涛白练,吹笳擂鼓,欲捆青洲。回望嶙峋石壑,隐约路螮蛛。终见巉崖上,奇壮斯游。　　唤取精灵问语,道扶摇浩瀚,搏意难收。叹将雏营穴,多少稻粱谋。笃䴔鹕、殷殷容彼,任雨风、摛锦共春秋。他年返、者砂岩岬,端侑赓酬。

注:新西兰霍克斯湾是全球最早迎接日出的地方之一,其拐子角拥有世界上面积最大的塘鹅栖息地。

51. 蔡玉啟

【作者简介】蔡玉啟，安徽颍上人，现居合肥，省诗词学会副会长。

宿黄山狮子林

凌空云谷上，始信有高峰。
海气铺千丈，松烟锁万重。
潜秋循寺迹，薄夜辨狮踪。
坐对清凉晓，滔滔化酒浓。

谒陈寅恪墓

独立苍冥向岁阑，自由一鹤落云端。
三千雾岭松犹碧，十二冰川石未寒。
同结丹心归故国，别裁青史鉴长安。
萧萧且唤庐前雨，景望先生和铗弹。

贺新郎·过九江

雁断浔阳阔。望苍茫、雾披暮色，片帆催发。白浪寒波滔滔去，衰草黄芦难接。横卧处、长桥如铁。九派三江倾眉目，待登楼倚柱云勾月。吴楚气，几番烈。　　重来底事青衫抹。记当时、琵琶唱罢，慨歌流咽。客路相逢休问讯，商贾红颜漫说。须纵酒、诗题热血。省却儒冠空自累，念功名千古俱飘忽。风渐紧，拍天彻。

52. 张孝玉

【作者简介】张孝玉,霍邱人,省诗词学会副会长,阜阳市政协委员,阜阳市诗词学会会长,曾荣获《中华诗词》"青春诗会""谭克平杯"青年诗词提名奖与中华诗词学会"华夏诗词奖"优秀奖。

移 花

野花请到院中栽,此刻逢人示乐哉。
添得绿枝虽有限,延伸春意亦无埃。
堪欣真性卉中慧,岂羡黄金财外才?
最是天然颜色好,馨香自有蝶蜂来。

杜甫草堂

草堂已不是当时,直面凄风尚感知。
茅舍终残风雨破,哀心每念士人痴。
诗行浸满黎民泪,奇句宜为百代师。
诗史鸿篇今复阅,满腔热血赋新词。

向日葵

独立身姿心向阳,田园梦好寄情长。
嫩肌滴翠奚邀宠,弥酃铺天自主张。
幸浴光辉加动力,恩沾雨露展金黄。
特经炒作成真价,身后长留一段香。

53. 王春敬

【作者简介】王春敬,曾在地方党委、政府和部门工作。现致仕赋闲。放飞思绪,吟诗填词,开阔胸襟,陶冶情操。著《纵浪大化》诗词两集。

鹧鸪天·秋分喜庆丰收节

秋半秋分秋雨声,乡歌乡晒动乡情。
幽香遍野夸风物,红叶漫山飨客朋。
丰年乐,悦情生,载歌载舞颂登平。
连村都在嘉年庆,万象欣欣喜向荣。

松柏颂(孤雁格)

幽崖有柏松,最喜傲严冬。
虽古存真色,凌霜无悴容。
偏供寒鸟落,何惧冻冰封。
气节云霄上,襟怀宇宙同。

唱 春

野花梅簌溢寒香,垂袖开怀沐碧光。
莺唤柳条摇绿水,树依山径探红芳。
白云岂解骚人意,杜宇悬知雅道长。
烂漫春光诗不尽,狂歌曲水下清觞。

54. 宋 平

【作者简介】 宋平，现任安徽省诗协副秘书长兼外联宣传部部长。自幼受家父影响和文化熏陶，一生酷爱文字。先后从事记者和编辑工作，发表新闻作品上千篇，曾有作品荣获新华社好新闻奖。

萧县岱湖秋色

威赫龙辰塔高矗，幽幽湖面漾寒秋。
一晖夕照染晴野，数缕垂丝拂水流。
逶迤山峦含黛影，参差蒲草吐须虬。
华灯初上生光焰，三五游人泛彩舟。

乡村纪事

柴扉虚掩处，碧水绕房前。秋柿垂青树，西风摇白莲。金浮黄稻垄，香漫绿瓜田。鸡唱晨晖里，蛙鸣夜月圆。萋萋修竹下，耿耿忆童年！

咏 蝉

厚土三年苦练功，一朝脱颖啸长空。
居高振翅临天下，任尔东西南北风。

55. 孙文祥

【作者简介】 孙文祥，中共安徽省委《江淮》杂志社党委中心组秘书、机关党总支秘书。安徽省诗词协会会员。

桂林山水

千里画图千叠峰，江流宛转静从容。
人间山水绝奇处，引得嫦娥离九重。

大别山行（古风）

巍峨大别山，横亘皖西南。林木蔚然绿，巨石刺天残。溪流八百里，山道九十盘。云涌峰壑深，瀑飞绝壁湍。夕至豺狼出，朝来虎豹还。鸿雁飞不度，猿猱愁登攀。山北雪皑皑，山南花烂漫。炊烟有人家，鸡鸣闻吠犬。世外桃源里，举杯论秦汉。山中无时疫，清平亦悠然。无计问归隐，惟余空嗟叹。愿随荆公意，一梦到潜山。

56. 胡雪梅

【作者简介】 胡雪梅,安徽省诗协会员及女工委委员。闲暇时喜欢用笔墨书写人生。

鹧鸪天·历溪风光

丽日结游到历溪,层林尽染秀峰奇。村中古木参天起,医馆民居绝世遗。 王典墓,镇南祠。景观星布看迷离。人文地物天归一,圣旨君家有旧题。

临江仙·梦里牯牛降

倒映千峰龙池碧,珠玑韵落其间。危梯石砌接高天。半空泉水下,鱼戏互缠绵。 传说异鸟今无迹,祥云升佛萦环。我歌未阙蕊珠篇。心期知几许,有幸到君前。

浣溪沙·霜花

雾气烟云凝作花,无根无絮亦无瑕。遍游野陌白蒹葭。清绝孤吟新月里,相逢一笑冷冬赊。择词品茗乱涂鸦。

57. 李　峰

【作者简介】李峰，公务员。安徽省诗词协会会员。

行香子·望月

玉镜齐天，轮转盈亏。对长空，映照知谁？春秋冬夏，百转千回。阅几多情，几多喜，几多悲。　　遥遥相望，清光万里。盼今宵，梦里依偎。流年往事，都在心扉。忆一襟露，一席话，一帘辉。

满江红·春日

雀啭林空，惊酣梦、凭窗漫瞭。晨旭露、霞披广厦，鸽飞大昊。翠染晴园花气蕴，苍蒙远路云烟缈。任柔风、轻入戏帘旌，春光好。　　寻幽径，亲绿草，穿芳野，游栖岛。看鹰旋兔跃，鸳泳翁钓。鹭掠清波娇影动，蜂迷玉蕊红香闹。春方醉、不意日西垂，炊烟袅。

58. 万士华

【作者简介】 万士华,安徽省诗协、庐州诗词学会、中国诗词协会会员等。作品散见于中国诗词、诗词月刊、庐州诗苑、安徽诗协等刊物。

偶　感

日映榴花挂满枝,薰风灵雨正当时。
闲来偶做诗家客,岂奈无为叹我痴。

暮春有感

丝雨香风沐嫩芽,黄鹂逗趣醉流霞。
惜春又送春归去,静坐闲庭看落花。

鹧鸪天·栖霞采风

微雨清风趁晚秋,骚人结伴古都游。栖霞红叶与君醉,明秀黄花为客幽。　　山色好,笑声柔。此行得趣又何求。突来灵感成佳句,万里云山一笔收。

注：栖霞,明秀皆为地名。

59. 杜鲜果

【作者简介】 杜鲜果,生于山西,旅居合肥。省诗协会员、女工委委员。诗词散见于网络诗刊。清心不逐俗,淡泊疏名利。怀一腔执着,寄一份痴狂。

鹧鸪天·无题

夜下沉思多少回,红尘一世又因谁。劳情不外生恩怨,嚼舌犹能招是非。　春易逝,愿难随,梦同现实总相讳。若今寻得清修地,万念皆抛做墨痴。

岁末感吟

久为征客数冬春,每到年终盼省亲。
忍看他人归故里,寂邀谁个饮香醇。
家书拟就凭鸿寄,愁绪勾来向月陈。
难料风云舒或卷,何须一味解迷津。

秋　韵

微微凉意遣,瑟瑟柳枝轻。
雨沥残桐冷,霜临新菊明。
幽池香倚恨,篱畔韵撩情。
莫叹征鸿远,凝心玉骨迎。

60. 李嫦文

【作者简介】 李嫦文,合肥人,安徽省诗词协会会员。诗词作品散见于炳烛诗刊、松云诗刊、庐阳书院、中国散曲大典及若干电子微刊,2014 年主编散文集《金色记忆》问世。

游齐云山

丹岩耸翠入云端,神秀天开别有天。
山色湖光风水地,道宫鸣磬伴岚烟。

鹧鸪天·游屯溪老街

傍水依山徽派装,朱楹黛瓦马头墙。霓灯闪耀迎千客,商铺繁华列两厢。　　歌凤啭,舞龙翔,伴随乐曲更悠扬。凉风拂面游人醉,明月圆圆似故乡。

【双调　得胜令】小暑（新韵）

小暑日如蒸,蟋蟀夜闻声。大雨时倾注,青蛙时噪鸣。荷风,依旧秋波送;莲蓬,花仙贵子生。

61. 丁景玉

【作者简介】 丁景玉，安徽省诗词协会会员，从事新闻工作20多年。近年来，广交诗友，拜师学律，刻苦钻研古诗词，习作100多首，在省内外诗刊、微刊上发表70多首。

治 淮

伟人号令治淮河，亿万神兵降怪魔。
筑坝拳畦虹彩练，泄洪麦垅紫云歌。
排山倒海威风范，截水飞崖惠泽坡。
一道清泉流四省，碧波染绿众川禾。

江城子·清明忆双亲

清明将至忆双亲，意芸芸，泪纷纷。父爱如山，母爱子纯真，梦里双亲呼我醒。音已杳，诲犹存。　读书才会跳龙门，语循循，话亲亲。纯洁家风，世代惠儿孙。飘渺英灵遗爱在，天眷佑，显慈云。

蝶恋花·咏焦岗湖

浩瀚轻烟飘渺影，无际红莲，绿叶青裙净。莲坐观音初酩酊，染香衣角冰清冷。　人涌岸边廊下等，画舫穿梭，湖上疑仙境。水上晨凫惊吓醒，观光骚客生诗兴。

62. 詹传珍

【作者简介】 詹传珍，安徽省诗词协会会员。幼儿园退休老师。

乡村打工者

褴褛高空湿，风吹白发新。
酬劳堪薄食，僻壤忝居贫。
出入匆匆步，眠餐倦倦身。
营生莫言苦，笑对暖心人。

回乡偶书

卧龙山角几农家，袅袅炊烟薄似纱。
难忘门前鸡犬逐，每怀雨后种桑麻。
外公持酒香椿嫩，祖母开颜剥野虾。
老宅依然人未在，声声杜宇又闻鸦。

父母搬迁日感怀

即将詹郢别，晓色始微茫。
念旧情难尽，回眸心易伤。
高槐蝉寂寂，甘井泪汪汪。
父母身安处，从今为故乡。

63. 张庆军

【作者简介】张庆军,安徽省诗词协会会员,中国诗歌网会员,合肥市高中英语一级教师。

梦楼兰(古风)

徒生豪情赴楼兰,只为前世曾遇见。
几株蒺藜且相拥,顾盼不知是何年。
半生尘土归去处,雨落鄯城印清欢。
孤影举樽邀拾遗,西域丝路无鄯善。

别远松

策马横空破渺茫,诗心消瘦寄南塘。
谁知庚子难相聚,落寞犹叹在异乡。

浣溪沙·秋思

人到溪山豁远眸,纷飞叶落夕阳洲。天涯不觉又经秋。
往昔从容云影过,而今感慨顺安求。风华岁月任悠悠。

64. 张四海

【作者简介】张四海,安徽省诗词协会会员,合肥市人,其作品曾散见于省内外部分网络诗词微刊。

新农村

农村新筑一排齐,高阁民居尚觉低。
都是党扶韬略好,莺歌燕舞百灵啼。

金错刀·秋思

深秋至,顿生凉。凋零多叶遍金黄。昔时碧海繁林树,今夕残枝败叶光。　光景逝,复无常。斯人处事莫求强。趁时还立功千载,转眼云飞梦一场。

临江仙·抗洪

暴雨连降无尽,青苗起伏淹头。河堤开裂水横流,断桥房毁折,残破甚堪愁!　军地勇于联动,齐心除患划谋。官兵威武护神州,江南除水患,铁骨保无忧!

65. 金　波

【作者简介】金波，肥西人。安徽省诗词协会会员，曾在多家媒体发表过诗、词、曲作品。

行香子

才过清明，雾雨初停。玉阶下、残落新英。春华正好，难负深情。叹前天开，今天谢，后天泠。　　良辰美景，醇浓香茗。莫笑他、眼倦骭轻。人生且短，淡看功名。诵早间词，午间曲，晚间经。

采桑子

蜀峰塔下松林翠，问也无由。叹也无由，听取风吟万古愁。
天鹅湖上春波绿，新月如钩。残月如钩，不见归乡竹叶舟。

66. 姚玉珠

【作者简介】姚玉珠,安徽省诗词协会会员,安徽财经大学退休,诗词爱好者。创作诗词作品逾300百首。

心中的铁轨

终是交横向远方,容颜斑驳对斜阳。寂寥无语悄然去,萧索别怀任自长。物是时迁风一样,今非昔比泪双行。少年求学道旁走,伙伴摩肩笑脸扬。几木并充青石戏,数灯齐闪列车狂。暗伤鬓角染秋色,仍为家山讴寸肠。高铁惊呼三百里,彩虹飞贯八千乡。历经岁月光华退,地转寒霜灵秀藏。深寄情缘追旧雨,春吹野草换新装。

小 满

麦禾吐玉戏云龙,瑞色浑天日入彤。
朝露待东争濡泽,晚香着雨饰韶容。

67. 杨德来

【作者简介】杨德来,安徽省诗词协会会员。自河南大学退休后定居合肥。

咏 蝉

地下年年意不平,盼来世上一争鸣。
思飞夜梦生双翼,欲咏幽宫练腹声。
甘露为餐守清节,高歌明志觅良贞。
何堪百日君离后,寂寞林中未了情。

咏故乡小河

小河如画绕村东,秀色时常入梦中。
波碧沙黄鸥鹭聚,滩平土沃稼禾丰。
向南九曲汇淝水,循势三回泄暴洪。
百里流承祖先脉,千秋润泽故乡功。

临江仙·重游科学岛有感

归来重游科学岛,秋深云淡天高。长堤烟柳旧亭桥。水光霜叶里,楼墅露精雕。　叹六四零三当日,托卡马克今朝。扬帆科海驾波涛。故人无觅处,逐浪尽新骁。

注:四楼三别墅:指四座科研主楼和原遗留的1号3号6号三座别墅;"六四零三":为五十年前科学岛国防项目代号。

68. 赵广曙

【作者简介】 赵广曙，庐江人，安徽省诗词协会会员，庐州书画院院长，中国书法家协会、中国甲骨文书法艺术研究会会员，国家一级美术师。书崇古拙，文尚自然。

江西游学（古风）

丽月复远行，随师游学忙。弟子十余人，相约赴南昌。君自海岛上，我从淝河旁。北疆冬寒久，南国春意昂。高铁穿山越，窗外景绵长。一闪眼前过，再见洞里藏。山连山苍苍，水流水茫茫。阡陌草绿绿，田野花黄黄。听诗说曹风，蜉蝣振翅翔。人生立百年，莫虚此一场。

草（古风）

生不择地皮，长靠雨露滋。路边任尔踩，崖岸随风欺。春来嫩尖发，荣在盛夏时。根根互连接，叶叶相扶持。常与鲜花伴，霜雪藏身姿。寒极阳又至，破土立新奇。

注：观央视《草》，传唱人冯家妹、陈果毅，作词包珍妮，均为 SMA 患者。天籁之音，感人至深。

读笔意赞

书之妙道唯神采，形质铿然骨力清。
心手双求方达意，纤微毫发定输赢。

69. 陶柏林

【作者简介】 陶柏林，定居合肥，安徽省诗词协会会员。作品散见《中华诗词》《中华散曲》《中国当代散曲》《九州诗词》及安徽等刊物上。

【黄钟 昼夜乐】春融

紫燕呢喃绕屋飞，回归，回归喜巢垒衔泥。布谷鸟声声唤急。金黄菜花蝶蜂戏，粉桃红绽放娇迷。小草萋，垂柳依依，垂柳依依，水岸角蛙声脆。〔幺〕抢期抢期时令催，储水，耕地，耕地忙播种施肥。暮彩霞余晖最美，田间小路嬉笑追，手机响快步家回。农院烟炊，农院烟炊，呷老酒尝新味。

【仙吕 哪吒令带鹊踏枝 寄生草】黄湖之秋

碧湖，船儿织梭；碧空，鸟儿唱歌；碧漪，鱼儿戏荷。天际边，朝阳跃，湖面上闪耀金波。（带）俏姑娥，帅阿哥，手采莲蓬，网撒清波。一路忙金秋醉我，一边唱戏曲民歌。（带）秋风爽，秋色多。船舱载满秋收乐，鲜鱼肥满舱中货，莲蓬饱满圆盘坐。斜阳遥送彩晖长，浪花陪伴渔谣和。

【仙吕 后庭花】香椿树

树高乔木蓬，桩头一束红。羽叶双双对，白花裂裂丛。嫩芽萌，踏青巧遇，采尝春味浓。

70. 胡 林

【作者简介】胡林，安徽省诗词协会、六安市作家学会会员，现定居合肥。

游千岛湖有感

湖光似镜开，山雨掩楼台。
绝妙丹青手，蓬莱入画来。

新安江山水画廊

五月新安江水平，风光旖旎自生情。
枇杷清酒相成趣，恍若人于画里行。

齐云山游记（新韵）

白岳钟灵秀，丹霞染壑幽。
摩崖石刻现，空谷籁声留。
岚雾出峰顶，滩涛伴渡头。
风光迷过客，潇洒画中游。

71. 郭本志

【作者简介】 郭本志，合肥人。安徽省诗词协会会员，诗海选粹诗社会员，常有诗词散见于各网络微刊平台。

临江仙·雪夜吟

玉蝶遥知芳意，寒枝犹抱多情。林间原上落盈盈。素心何脉脉，幽梦故轻轻。　淡向鬓边几朵，诗成骨傲魂清。松高篁覆一溪冰。香浮春有信，影断夜无声。

临江仙·五月即事

堤岸藏鸦烟柳，亭边戏蝶栀开。疏疏篱落径封苔，燕归荷韵动，香度竹幽斋。　会景岂惟在远，孤吟更喜风来。笔床茶灶寄情怀。闲身心似简，清熟雨楼台。

踏莎行·初冬日遇故友

枫叶新霜，芦花飞雪。何时偷换青丝发。廿年契阔已成翁，风尘苦旅谁人说。　点茗留云，引泉洗月。忆曾鸥社同君结。还将意气向樽前，心行不谓多离别。

72. 马昆仑

【作者简介】 马昆仑，合肥人，喜爱诗词歌赋，安徽省诗词协会、中华诗词学会、合肥庐州诗词学会会员，安徽省散曲学会理事。

祁门采风行（新韵）

山峻水温馨，花香鸟唤人。
乡村存古色，篝火染星辰。
进退出招巧，输赢不较真。
红尘催岁月，天地鉴经纶。

马鞍山—采石矶（新韵）

水劲石奇雪浪飞，翠螺峭壁水天辉。
骑鲸捉月真狂客，离世成仙可誉谁？
领首三矶堪壮美，凭江一势比神威。
迂回突兀称绝秀，悦目行舟欲忘回。

73. 胡 颖

【作者简介】 胡颖,安徽省诗协会员。合肥师范学院退休教师。诗词作品散见于《中华诗词》《诗词月刊》等。

己亥秋栖霞山赏红叶

秋色多情意自闲,栖霞赏景缓登攀。
桃花湖畔桃花杳,红叶谷前红叶殷。
曲曲廊桥隐岚雾,斜斜日脚透光斑。
若无造化丹青手,怎绘金陵明秀山?

齐云山

齐云山峻与云齐,索道横空架险梯。
百丈摩崖分上下,三层洞府有高低。
月华街隔红尘远,太素宫消歧路迷。
神秀天开幽绝处,遗形忘性鹤同栖。

白牡丹

守真抗旨出西京,铁骨丹心动洛城。
澹澹冰绡匀雪煖,澄澄金蕊映霞明。
花容冠绝群芳妒,气韵无双高士倾。
都道春风全占断,那知历劫炼坚贞。

74. 邓本宝

【作者简介】邓本宝，巢湖市政协驻会常委，汉语言文学研究生，安徽省诗词协会、安徽省诗词学会、巢湖市诗词协会会员，在国家、省、市级报刊上，散见诗词、散文等。

学诗感悟

芳词雅作读来惊，看似单纯半辈情。
妙对常闻诗友颂，苦吟也遇晓鸡鸣。
微刊赤胆扬他律，小报虔心吐己声。
莫忘师恩勤勉学，朱旗猎猎万人擎。

注：朱旗，喻安徽省诗词协会若一面红色战旗。

班 花（坡底韵）

前排小女自谁家，玉质纤妍树翠华。
善舞能歌如艺使，知书晓律是班花。
诗云体沐三更月，赋罢身披七彩霞。
媚眼常羞唇浅笑，明朝及第品香茶。

庆祝改革开放四十周年

霹雳惊雷自邓公，春风化雨万花红。
烟消云散沉冤洗，路转峰回正道通。
焰焰丰碑昭世界，累累硕果济苍穹。
神州美梦童耆笑，燕舞莺歌庆伟功。

75. 占国兴

【作者简介】 占国兴,现居合肥,安徽省诗词协会、合肥庐州诗词学会会员,作品散见于《诗词月刊》《诗词报》《庐州诗苑》等报刊,两次在全国诗词大赛中获奖。

卜算子·西陵峡

今日已云开,昨夜还风雨。万里山峦翠映江,壮丽兮荆楚。绿水竞东流,春过西陵浒。千载航船道不休,感慨思今古。

水调歌头·岁末

连日北风劲,皖地入寒冬。人逢新岁将至,佳节盼年丰。揽胜居巢水色,细赏庐州美景,感喟愈从容。行走故乡路,风物最情浓。　待春时,登高处,望葱茏。长歌漫漫,云舒云卷物归宗。放眼三山五岳,回首仙音神韵,自信汉唐风。今有中华梦,时代九州同。

夏　夜(新韵)

夜色苍茫月似灯,凭栏高处揽清风。
儿童楼下频玩乐,笑语和融天籁声。

76. 曹 蓉

【作者简介】 曹蓉,安徽省诗协采风摄影部副部长,合肥市文旅局工作。游目骋怀,从平凡细微处发现美好。

新安江山水画廊

一滩复一滩,九曲又三弯。
百里飘罗带,千峰束髻鬟。
坡坡香雪海,岭岭赤金颜。
越女对明镜,江中度白鹇。

雄村吟(古风)

百里新安岛,雄村若掌珠。桃花词客忆,丹桂沁娇姝。曹氏多荣仕,家门隐雅儒。一朝三学政,父子柱臣殊。宰相朝朝有,代君三月无。欣然归故里,爱我旧墙隅。书院辨遗迹,江滩怜绿芜。

姬川梅花

探身涧底披香雪,倒挂悬崖望九鸿。一树朱砂迎暖日,漫山绿萼送和风。孤芳玉蕊眉间秀,清韵冰姿骨里红。最喜疏枝渐江写,曾闻瘦影近人工。百年梅老花犹著,将欲歌之向上丰。

77. 李佩文

【作者简介】 李佩文,安徽省诗词协会会员,中国国画院安徽分院常务副院长,安徽省书法协会会员,合肥市光明医院副院长。曾在《淮河早报》等刊物发表作品。古风为主。

春 景

含烟垂柳依水栽,万点桃红映瑶台。
星月传情花不语,燕讨堂前独自开。

秋日闲趣

常念秋风细雨柔,湖边独钓野鱼勾。
菊黄蟹肥好时节,醉卧农家不知愁。

乡 思

青石桥上人影瘦,野水无情怎渡舟。
隔江虽为桑梓地,如今还乡已白头。

78. 祝永庆

【作者简介】 祝永庆,安徽省诗词协会会员,合肥中国科学技术大学退休。本人热爱文学和古典诗词创作。

荷上斜雨

两只白鹅依碧水,一滩鸥鹭恋荷妆。
欲凋花瓣时时落,初露莲蓬淡淡香。
残叶微黄堪入画,挥毫难以写情伤。
无聊撑伞赏池馆,斜雨潇潇天气凉。

江村烟雨

三十载前曾遗梦,山阴崎道雾丛生。
归来忆起钱塘水,不辨潮声和雨声。

问　牧

青云有意候归鸟,细雨无心淋暮雅。
攀问牧童寻宿处,乱山丛里是侬家。

79. 张晓燕

【作者简介】 张晓燕，合肥人，省诗词协会会员，市老年书画研究会秘书长和《书画缘》副主编，省老年书画研究会高级书画师。作品散见于《诗歌月刊》《合肥晚报》等多家诗刊、杂志、报刊上，多次在全国诗歌征文大赛中获奖。

咏水仙

点点丛花叶影疏，幽香沉醉入诗书。
妍姿得水纯如玉，芳意含羞翠敛裾。
未见冰肌争寸土，犹随寒露愿清虚。
凌波仙子无娇态，淡粉轻施心自舒。

咏　荷

和风拂柳荡荷田，飞鸟垂青弄满鲜。
池下身轻梳叶柄，水中腰细见婵娟。
娇红烂漫洁高艳，淡粉从容态自妍。
不与百花争秀色，只留倩影舞翩跹。

坚　守

中央令下会精英，硬仗全民定打赢。
绿警冲锋挑重担，白衣冒险救危情。
山乡防疫织罗网，地域封城扎寨营。
幸有三军真铁骨，舍生忘死保安平。

80. 吴聪仁

【作者简介】吴聪仁,合肥人,安徽省诗词协会会员,作品散见于《安徽诗坛》《安徽诗歌》《青年诗人》等微刊。

巢湖夕水

一

青山作笔水为笺,难尽临巢暮色前。
霞漾粼光长潋滟,云垂浮华共蹁跹。
风吹列岸青葭曳,棹动连波白鹭旋。
将欲留吟天渐晚,湖仙梦里舞婵娟。

二

浩浩烟波碧水平,红轮退却浪潮生。
闲听击岸波涛劲,静看穿天羽翼轻。
逆水横舟孤橹唱,随风纵雁独秋鸣。
若人一醉悲愁去,我把巢湖作酒觥。

太平湖

沧波万顷似无边,百里湖山一色连。
众岛群芳齐竞秀,从来流水不争先。

81. 李晓雯

【作者简介】李晓雯，90后，大学本科汉语言文学专业毕业。爱好文字，犹喜近体诗。

窗外之景

凭窗远眺竹阴斜，雨霁新晴遮暮纱。
灌木丛中萌绿眼，柴门幽角绽梅花。
熏风吹面温柔过，春色生波景自赊。
瘴疠除时烟雾散，寻诗结旅浪天涯。

浪淘沙·国庆七十周年逢哥哥工地开工有寄

礼炮震长空。机械隆隆。平川一望际无穷。野陌荒园今换面，笔绘新容。　　秋韵白苹风。励志飞龙。雄鹰试翼俯苍穹。安得高楼云外耸，天物交融。

浣溪沙·杏花

粉底参红颜值佳，娇羞可爱气清华。风招含笑近窗纱。
不与牡丹争富贵，常随杨柳醉烟霞。香腮小萼众皆夸。

82. 王安信

【作者简介】 王安信，公务员，无为人。安徽省诗词协会、中华诗词学会会员，无为市诗词协会常务理事，昆山明星诗社社长。已在报刊发表诗词300余首。

警民鱼水情

暴雨成灾夜不眠，人民利益大如天。
警军共建春风暖，艰险排除瑞梦圆。
金色盾牌书壮志，男儿热血谱新篇。
初心永在为家国，使命担当有铁肩。

皖风徽韵

雅韵儒风继世长，忠诚节义永留芳。
持家有道谋鸿业，教子成才作大梁。
秀水灵山存浩气，文人墨客聚庭堂。
徽商富贾忧天下，诗意江南入梦乡。

丹桂飘香迎国庆

粉嫩金黄叶底生，花开满树夜分明。
香飘万户侵肌骨，书读三更悟世情。
喜雨适时风物秀，寒枝挂月露华清。
年丰岁稔秋光好，兰桂齐芳国泰平。

83. 徐爱群

【作者简介】 徐爱群，退休教师，无为人。安徽省诗词协会、中华诗词学会、芜湖市诗词学会会员，无为诗词协会理事。作品散见于诗刊及网络，有《蜗苑居诗词集》。

汛后抒怀

久雨渐消逢嫩晴，闲云出岫启新程。
龙潭游得迷峰色，凤岭归来恋瀑声。
分韵高楼酬鹊唱，抒怀芳径和鸾鸣。
我今一任抛余事，独把诗情慰老生。

故 乡

环水长街享美名，练塘要塞似坚城。
肥饶田野嘉粮富，清澈江河虾蟹盈。
闹市常供时尚菜，芳邻更有挚醇情。
西沉日下客归去，深巷又传歌舞声。

满庭芳·古韵徽州

礼乐之邦，东南邹鲁，江南皖韵誉收。青砖黛瓦，四水润徽州。槛外清溪碎月，曾引得、墨客常留。问津处，白云禅寺，无梦到徽州。　　三雕音律美，世称三绝，千载名流。古文化，远扬四海歌讴。商业辉煌海外，三百载，德礼兼收。看今日，繁华依旧，古邑更风流。

84. 陈　璟

【作者简介】陈璟，无为人，安徽省诗词协会、芜湖诗词学会、中华诗词学会会员，无为市诗协副秘书长。热爱文学，作品散见于国内诗刊及网络平台。

学诗感言

浮生多事瞎穷忙，少许诗心满纸荒。
偶效刘伶千盏醉，也言李杜一时狂。
迎风添冷欺花瘦，开句成痴度日长。
可惜清眸看未破，糊涂安处即为乡。

随　感

闲情寥落感思迟，放手孤高也学诗。
笔下江湖多跌宕，世间人事总参差。
栖贫醉笑千秋业，傍水依山几味痴。
算有百年浑一梦，些儿名利葬无知。

无　题

泼墨悠闲心自阔，养茶能浣眼神明。
赌书陋宅当从乐，知我凡徒不诣羹。
岁岁东风吹淡泊，时时丝雨误深情。
万般尘浊求名累，一醉高眠莫用争。

85. 汪振山

【作者简介】汪振山，无为人。安徽省诗词协会、无为市诗词协会、芜湖诗词学会、中华诗词学会会员。喜爱诗词，有作品发表于诗刊和网络平台。

满江红·国庆七十周年抒怀

七十春秋，坎坷路、大江南北。追记忆，血腥风雨，拓新开辟。笔染江山千代咏，宏图壮志循疆域。有无数、英烈永长存，编成册。　　多少事，为社稷。天地铸，辉煌得。看礼花竞放，不辞朝夕。民诵华章今逐梦，月垂星宇长征觅。瞻前程、昂首绘蓝图，思求索。

唐多令·上元节感怀

万物复苏时，雁飞南岸栖。暖日阳、鸟语欢嬉。伫立无言忧疫病，上元节、赋忧词。　　大爱化悲慈。白衣抗疫之。共战魔、传捷音兮。待得人间春意满，同欢乐、庆功归。

86. 周云辉

【作者简介】 周云辉,教师,无为人。安徽省诗词协会、中华诗词学会、芜湖市诗词学会、无为市诗词协会会员。极爱古典诗词,作品散见于国内诗刊杂志和网络徽刊中。

菊

斯时秋暮冷霜深,仍有金英现热忱。
卷絮层层围蕊笑,伸枝簇簇向阳临。
色鲜满院黄光闪,气旺盈身喜意钦。
君若痴情搴一朵,怜香请别动花心。

垂 柳

婀娜迎风舞细条,恰如长发摆蛮腰。
依依含态百般媚,袅袅生情千种娇。
牵动古今文士梦,引来南北玉人箫。
但看痴客流连处,多少相思打水漂。

咏 竹

遍岭层层立翠庹,迎风舞蹈起波涛。
枝摇似比仙娥秀,根定不输君子豪。
傲骨也生低首叶,虚心只着洁身袍。
自然勃发凌云志,一直冲天节节高。

87. 陈永龙

【作者简介】 陈永龙，公务员，无为人。安徽省诗词协会、中华诗词学会、芜湖市诗词学会会员，无为市诗词协会副秘书长。热爱文学，作品散见于全国书刊。

闲 赋

一入诗门不畏艰，书山绝顶肯登攀。
撩人风月眸中远，得意文章笔下闲。
错把浮华空试墨，未随大梦也开颜。
多情转约吟朋醉，何惧芸芸笑老顽。

防汛抗洪

江湖水漫鬼神惊，涨势堪堪越坝平。
暴雨飞来山谷响，狂风呼啸电雷鸣。
新堆十里寻危处，杂草堤边化险情。
昼夜巡逻何所惧，军民死守保诸生。

临江仙·闲赋

几十年来勤拼搏，闲看逝水流东。儿孙绕膝爱奇浓。友情依旧在，世故饱谙中。　　白发苍颜专古典，何叹无语词穷。师尊激励是东风。平生多少事，从小敬英雄。

88. 王荣炳

【作者简介】 王荣炳，高级教师，无为人。安徽省诗词协会、中华诗词学会会员，芜湖市诗词学会理事，无为市诗词协会副会长。热爱古典文学。作品散见于全国书刊。

春 行

春舒万象明，看景醉升平。
一抹遥山黛，半窗修竹横。
桃红妍秀水，柳绿衬芳英。
百鸟喞啾乐，悠然我畅行。

自 述

常嗟运道天玩弄，生在寒门远市街。哪得偷闲图悦乐，唯安拼力拾禾柴。难将纨绔弱躯覆，誓把雄心满腹埋。暗夜囊萤精笔墨，深冬映雪瘦形骸。才高方可倾豪气，学富当能作鼎槐。拿月未成轻怪命，登峰不及只求乖。立身穷地妖魔哭，从教杏坛神鬼差。应藉恣狂迁逆势，却无果勇走天涯。行藏总露家和校，好坏何关绪与怀。幸有多情结良友，还呈暖语慰同侪。众人嘻笑愚和鲁，鄙自独存幽亦俳。春梦长凝于陌野，诗歌浅写在书斋。风花作伴柔衷诉，梅竹为邻乱俗排。大量弘扬除草昧，微名鼓噪散江淮。忧愁遣去魂恒定，怡荡招来意必谐。老酒频斟酬小我，哪须短叹落空阶。

89. 胡永霞

【作者简介】 胡永霞，无为人，爱好文学，安徽省诗词协会、中华诗词学会、芜湖市诗词学会、无为市诗词协会会员，作品散见于全国书刊。

春 华

四月梨园燕雀啁，柳帘次第渡边舟。
青山秀水无缘尽，嫁与春风畅意游。

独坐船头的娇娘

眉锁云烟暮色浓，芦溪作伴坐船峰。
卿卿涛语皆空寂，不见江郎悦我容。

南乡子·惟许九重晴

阴晦雨难停，深夜鹣鹣两地情。遭疾无从思绪乱，思卿。小院花疏寂寂生。　惟许九重晴，沐夏云飞鸟瞰鸣。百结别愁由此解，归程。又道欢期月正盈。

90. 李建华

【作者简介】李建华，无为人，安徽省诗词协会会员，无为市诗词协会副会长，芜湖市诗词学会理事，中华诗词学会会员。作品散见于各类报刊及网络平台。

思　亲

京洛三千里，故园犹未还。
春风思雁足，秋雨梦淮关。
渐似龙钟步，新添鬓发斑。
庭除椿已老，独向夜光寒。

遣　兴

一笑仰天自解颜，仙人黄鹤未知还。
海风万里吹新客，江月千年照旧山。
枕上莫惊宵雨重，庭前应赏暮云闲。
花开花落寻常事，卮酒何妨映鬓斑。

满庭芳·清明

桃李飞红，河梁暝柳，又逢梦冷梨花。密烟霏雨，寒意漫人家。几日阴晴未定，近寒食，哀苦交加。销魂客，山阴道上，思绪乱如麻。　　吁嗟。荒草掩，苍松风咽，老柏啼鸦。念银汉程遥，尚有归槎。尽是梦中旧忆，存几许，诗酒年华。凝思久，西山远望，一缕夕阳斜。

91. 周　勇

【作者简介】周勇，高级教师，无为人。安徽省诗词协会、无为市诗词协会、芜湖市诗词学会、中华诗词学会会员。作品散见于全国报刊。

赞脱贫攻坚

脱贫硬仗莫忧难，奋进征途应抱团。
不忘初心同致富，记牢使命共争冠。
集思广益无歧路，淬砺前行有险滩。
梦想百年成伟业，江山红遍色如丹。

致敬子弟兵

风雨施威河欲漫，雄师锐旅抗洪忙。
迅如猛虎皆戎士，游若蛟龙尽泥裳。
填土装沙封管涌，打桩楔木战黄汤。
交融血脉鱼和水，协力同心筑障长。

自　嘲

搏击杏坛酬壮志，囊中所学悉心教。
阅文夜伴残星落，备课通宵晓日交。
三尺讲台春月逝，一支粉笔岁华抛。
回眸往事书尘味，黑发经霜尚自嘲。

92. 徐照玲

【作者简介】 徐照玲，无为人，安徽省诗词协会所属《安徽农民诗词》编委，安徽诗词协会、中华诗词学会、芜湖市诗词学会会员，无为市诗词协会理事。文学爱好者，作品散见于全国各大报刊。

听 雨

梅雨频来急，氤氲漫自潇。
正萦浮梦绪，难系蹙眉梢。
时事千分化，人情几共交。
试将庸念弃，只作雅风敲。

蝉

掩身数载苦修行，只待红尘百日生。
化羽高歌追远梦，无妨长短赴前程。

夜 景

月洒银辉不夜天，熏风习习拨心弦。
春江依旧迷朝暮，伊甸何曾惜岁年。
一道流星幻陈迹，几重残梦了尘烟。
拟将呓语吟千遍，融入柔肠伴丽娟。

93. 童长城

【作者简介】 童长城，高级教师，庐江人，安徽省诗词协会、中华诗词学会、芜湖诗词学会、无为市诗词学会会员。爱好诗词，作品散见于国内诗刊杂志和网络微刊。

西江月·巢湖中庙被淹随感（新韵）

一杵钟声扰梦，两行慧典参禅。千年寒寺雨中闲。是否虚空怠倦。　　普佑凡尘旅客，开觉六度情缘。却遭恶水浪滔天。软弱一方眷念。

卜算子·读三国

气尽主无能，乱世英雄汇。皆是微尘弱草名，何必浮生累。且定一方安，又似流星坠。唯有长江滚滚流，往事催人泪。

采桑子·踏春

樱花不误春来早，陌上青青。湖面莹莹，双燕齐飞伴影行。晚霞落日苍山远，小伞轩亭。静享空灵，万物丁生皆是情。

94. 黄莲香

【作者简介】 黄莲香，无为人，安徽省诗词协会、芜湖市诗词学会、中华诗词学会会员，无为市诗词协会理事。对诗词有执着的追求，作品散见于全国书刊。

鹧鸪天·堂前燕

别去何曾旧约抛，闲檐春至燕栖巢。汝怜故地殷勤意，吾惜堂前喁语娇。　　翻迭岭，掠鸢霄。双飞饮啄任迢遥，那年缘结牵情种，归傍依依许暮朝。

江城子·感怀

朱颜暗换鬓微霜，着轻妆。叹流光。尘世如烟，借问几多长。风月笙歌羞与乐、寻淡泊，匿书房。　　预蕲秃笔著华章，拜才良。读三唐。炳烛之明，人笑我痴狂。忍尽嘲讥犹未悔、谁解语，共徜徉。

夏日做客农家

山谷人家秀色多，小桥村舍绕青罗。
随肩幽鸟古槐隐，信口金蝉高柳歌。
攀径云中寻月竹，引觞阁上看风荷。
却怜我亦身为客，偏醉留心约素娥。

95. 许锦先

【作者简介】 许锦先,高级教师,无为人。安徽省诗词协会会员,无为市诗词协会常务理事,安徽诗词学会、中华诗词学会会员。兴趣广泛,尤其钟情古典文学创作,作品散见于各大报刊。

无为锦绣溪

闻道濡须锦绣溪,香园碧水与云迷。
满湖光艳人争赏,两岸林深鸟自啼。
松柏长青伴忠骨,烟霞不尽泻虹霓。
魂牵梦境知何处,移步城南问柳堤。

无为黄金塔

特立芝城汰水边,栉风沐雨已忘年。
情投佛地通禅意,神佑征途驶顺船。
忧乐流光空过眼,兴衰往事苦萦牵。
登临复见祥云出,入耳清音胜管弦。

无为状元桥

临湖凭望乐逍遥,绝胜时容映碧霄。
玉带霞舒迎过往,高名远播出邢焦。
持身有道丹书记,奉爱无私日月昭。
若此风情何处觅?濡须灵秀状元桥。

96. 杨永生

【作者简介】 杨永生，中学教师，无为人。安徽省诗词协会、中华诗词学会、芜湖市诗词学会会员，无为市诗词协会理事。业余喜作诗词，作品散见于各大报刊及网络微刊。

题墙角砖上草

不羡葱茏遮碧空，一隅静处笑微风。
黄钟大吕响天地，我自轻弦诉我衷。

感端午

粽叶飘香艾插门，龙舟竞渡闹晨昏。
因怜一水楚臣赴，遂使千年佳节存。
贤士虽亡仍有迹，庸夫既逝了无痕。
只缘身死名消者，才德难教后世尊。

唐多令·元夕

窗透月华时，鸣禽伴冷栖。叹上元、可有喧嬉？一疫旋来皆惴惴，纵灯舞、必心违。　　梅艳冷寒欺。厄遭香益弥。险难中、大义堪唏。抬眼月消云蔽处，信少顷、灿仍归。

97. 白海军

【作者简介】 白海军,中学教师,无为人。安徽省诗词协会、中华诗词学会、芜湖市作家协会、芜湖市诗词学会会员,无为市诗词协会理事。热爱古典文学,作品散见于全国书刊。

霜 寒

梅香如故笑甘霖,墙角风寒解遁音。
浊酒一杯孤白品,霜来几度锁春心。

无 题

大雪残阳一片天,红霞巧镀白云边。
江寒气冷归渔隐,水静波平泊钓船。

遥 问

问讯云烟度万重,遥祈雁阵寄相逢。
冰心一片彤壶里,无尽余晖醉晚钟。

98. 龚仁秀

【作者简介】龚仁秀，比亚迪无为员工，无为人。安徽省诗词协会、中华诗词学会、芜湖诗词学会会员，无为市诗词协会理事。作品散见于国内诗刊杂志和网络微刊中。

唐多令·幽兰

幽谷独光芒，氤氲溢暗香。饮清泉、碧叶凌霜。堪笑百花春斗艳。天生俏，不轻狂。　　酷暑藐骄阳，严冬拒焜黄。任炎凉，淡雅清扬。天险平畴宜莳种，浑不觉，入华章。

定风波·游园

细雨菲微落绿苔，柴门轻启入园来。一径落英香客履，醇美，半池碧水润诗怀。　　只顾观光今日景，仙境，春回春去不堪哀。休叹人生如转烛，匆促，莫遗浮世一欢谐。

满庭芳·虚无常伴

绿染清溪，荫笼庭院，雅居未有纤尘。闲临书案，香茗润喉唇。帘外流莺恰恰，暗香处、荷芰清新。绮窗下，竹荫摇曳，少有语声频。　　前尘常体味，营生碌碌，总自伤神。不如回，且耕谷口归真。漫享风清月白，安闲绪、书墨相亲。祈余岁，虚无作伴，清静永为邻。

99. 梅顺青

【作者简介】梅顺青，高级教师，无为人。安徽省诗词协会、中华诗词学会会员。无为市诗词协会常务理事。作品散见于全国各大报刊。

五四感怀

何必伤情白发生，也曾潇洒也年轻。
桑榆不服青春老，拽住光阴再一拼。

对　弈

两军对垒狼烟起，良将交锋车马惊。
审度时机偷布阵，运筹帷幄巧攻营。
暗奔楚界谋擒帅，强渡汉河施伏兵。
搏杀围追鏖战急，棋高一着定输赢。

探寻霄岭古道

布荆古道贯深山，冷落人间半世闲。
拄壁悬阶惊险峻，沿溪危卵绝淙潺。
似听商客挥鞭急，犹忆肩夫举步艰。
遗史尘封烟影淡，桑田沧海焕新颜。

100. 尤德木

【作者简介】尤德木,高级教师,无为人。安徽省诗词协会、中华诗词学会、芜湖市诗词学会会员;无为市诗词协会理事。作品散见于全国诗刊。

遣 怀

校匽乡野处,妙矣拥长天。
昼赏白云动,夜看明月悬。
心神追放远,事业把知传。
简淡一身外,眸光接逝川。

游马仁奇峰有咏

听熟奇峰立九垓,马仁福地野僧台。
蝉鸣古树传声远,石恋紫楠酬志陪。
青竹从山腰长起,鲫鱼自北海游来。
玻璃栈道空无托,惆怅登高久淹徊。

赞抗疫英雄

山河巍耸国魂擎,斗疫时期君子行。
壮士丹心辉日月,白衣铁甲耀冠缨。
千磨万劫为初愿,百炼一身持节名。
何惧风狂雷烈烈,为民舍命召忠诚。

101. 杨克强

【作者简介】杨克强，退休公务员，无为人。安徽省诗词协会、中华诗词学会、芜湖市诗词学会会员，无为市诗词协会顾问。精通国粹艺术，书法、戏曲、诗词有专长。

庚子元夕有寄

鱼龙黯默罢箫筝，月照寒旌忆旧盟。
有约不来卿莫怪，通宵疫战未休兵。

赞中医药战疫奏神功

扁鹊携来百草方，中西合璧战灾殃。
回春效显奇经穴，起死功归好药汤。
化古弘新夸国手，垂仁济世仰徽芳。
喜看雨后千山翠，拂日云帆续远航。

观北斗卫星完美收官直播

神火携长箭，寰球覆网罗。
星空舒臂翼，桂月舞姮娥。
成像毫能识，巡航秒不讹。
收官夸卓伟，山姆奈愁何。

102. 王明志

【作者简介】王明志，企业家，无为人。安徽省诗词协会、中华诗词学会、芜湖诗词学会会员，无为诗词协会理事。酷爱古典诗词，作品散见于全国各大报刊。

满庭芳·徽州女人

人卷疏帘，云堆翠髻，淡香扑面夭夭。心存庭训，仪态万千娇。课子持家绩纺，守耕望、思透红绡。静幽巷，重楼烟锁，别绪寄新谣。　　金风寒翦翦，罗衫凉透，锦字迢迢。问云水，匆匆无语难邀。碧瓦粉墙旧梦，斜阳约、玉枕孤宵。心千结，鹊桥归路，寻暮暮朝朝。

莺啼序·徽州记忆

清溪傍山雾里，静幽犹梦驻。燕萦绕，深巷斜飞、觅寻仙迹佳句。老街慕，青砖黛瓦，雕梁画栋游踪顾。浣晨纱砧杵，书声挑灯成趣。　　明镜人行，太白醉赋，看屏风鸟渡。叹山尽，唯忆黄山，岳依弘祖愁诉。望天台，峰高宿雪，迭烟嶂，云纨虚素。地灵居，俊杰时生，卷怀千绪。　　信诚载德，济达徽商，纵横总善驭。兴国粹、曲文成韵，天下誉驰，荟萃精英，海内名负。灵蛇入笔，文章丰旷，洛阳纸贵流年惜，酌云烟，水墨江南驻。华笺半幅，清明入画新安，八皖风流无数。　　钟灵山水，情忘归迟，乐疏钟暮鼓。敬贤训，心存礼序。善美分明，儒秀兰章，杏花微雨。登楼眺远，流霞云树，绪呈思横惊飞鹭，过繁华，淡泊倾壶语。杯中弄影临风，痴绝徽州，旅愁尽去。

103. 何章宝

【作者简介】何章宝,无为市教育局就职,无为人。安徽省诗词协会、中华诗词学会会员,无为市诗词协会副会长。喜爱诗词创作和赏析。

听 荷(新韵)

趁雨听荷何处寻,桥边柳色蘸衣襟。
莲花落尽随秋意,菡蕊一支成绿阴。

莲月诗

碧空圆月水中莲,不染纤尘体态妍。
月映莲华光妩媚,莲经霜月味芳鲜。
莲姿绰约听流水,月貌雍容望九天。
漫品莲香斟月色,诗人贪夜更无眠。

两棵银杏

雌雄银杏树,偕立吐馨香。
苦子芳年孕,青颜桂月黄。
雄材姿绰约,母木影凋伤。
久望怦然悟,椎心恨断肠。

104. 王海云

【作者简介】 王海云,教师,无为人。安徽省诗词协会、芜湖市诗词学会、无为市诗词协会会员。作品散见于全国报刊及网络平台。

雾

迷雾重重遮蔽日,前程漫漫叹时艰。
无情岁月无情我,壮志难酬心未顽。

咏雪帅彭玉麟

一梅一赋情如海,投笔从戎建伟功。
重义轻财为社稷,此生典范是彭公。

105. 郑君芳

【作者简介】郑君芳，高级教师，无为人。安徽省诗词协会、中华诗词学会、芜湖市诗词学会会员，无为市诗词协会理事。酷爱古诗词。作品散见于全国报刊杂志。

村 居

闭关三月余，解禁赴村居。
啼鸟迎归客，贞松守敝庐。
半酣红杏醉，新绿嫩杨疏。
婉约同诗画，浑然入太虚。

过荷塘

浣女溪头弄碧波，砧声搅醒满塘荷。
风裙袅袅舒星眼，粉面盈盈羞玉娥。
翠掩鸳鸯双戏水，香萦蝴蝶白穿梭。
偏隅泽国焉能静，兰棹轻摇人又歌。

学诗有感

度涉骚坛晚，痴心学孟郊。
对窗勤诵读，索句费推敲。
才薄难题意，词穷自解嘲。
诗成常拥鼻，遗味胜兰肴。

106. 朱爱君

【作者简介】朱爱君,无为人,安徽省诗词协会、中华诗词学会、芜湖市诗词学会会员,无为市诗协理事,作品散见于报刊杂志及网络平台。

暮 春

橘子香馨已暮春,枝头嫩果不沾尘。
金蜂吟唱娇阳灿,玉蝶翩跹冷露新。
桃李花残皆谢客,江湖水涨又怀人。
闲情若可存心底,雅韵留笺赋作真。

闲 吟

堤边烟柳拂虹桥,陌上云霞沐野蒿。
碧水微澜生紫气,苍山叠翠锁青袍。
闲歌胜地江河秀,醉舞清风羽翼高。
画里飞书邀赋客,琴心借梦赠诗豪。

抗 洪

浊浪滔天虐夏花,邪风劲雨打堤沙。
四方洪汛凭谁问,数万英豪战水涯。
弱柳应知平险阻,新荷岂愿失清嘉。
军民坚守如磐石,党众齐心织锦霞。

107. 汪俊生

【作者简介】 汪俊生，无为人，安徽省诗词协会、中华诗词学会、芜湖市诗词学会会员，无为市诗词协会理事。作品散见于全国多数专业诗刊。

秋 风

草色渐衰鹤唳空，芦花飞雪老梧桐。
千山万壑行经处，染得层林一片红。

他乡听庐剧感吟

离愁难遣月中行，隐隐轻飞丝竹声。
何以客居闻俚曲，心头更起故园情。

童年忆趣

水中掷瓦数漪涟，飞转陀螺甩响鞭。
树下持弓惊宿鸟，池边攀柳网鸣蝉。
铁环滚石恐丢后，竹马嚣尘奋向前。
总是蓬头归舍晚，虽遭呵斥却依然。

108. 丁朝钰

【作者简介】丁朝钰,无为人,安徽省诗词协会、中华诗词学会、芜湖市诗词学会会员,无为市诗协理事,作品散见于报刊杂志及网络平台。

咏张孝祥

于湖镜水涵,笔墨润江南。
镇守龙蟠路,宏才比仲堪。

接官亭

塔下接官亭,濒临弋水青。
中山新路阔,商贾是明星。

梦自然山庄

一路花含笑,青萝欲上墙。
奇珍招雅客,妙语出农庄。
自拍田园景,同斟黍酒香。
兴犹时未尽,植梦小池塘。

109. 许先木

【作者简介】许先木,无为人,安徽省诗词协会、中华诗词学会、芜湖市诗词学会会员,无为市诗词协会理事。热爱古典文学,作品散见于各大诗刊和网络平台。

祭"九一八"

积贫华夏九州疲,横祸飞来众力持。
落魄平民遗恨日,忠诚壮士立功时。
长城关内磨刀刃,秦岭川中祭义旗。
故土三江得收复,抗倭四海会成师。

盛　世

双轮日月碾春秋,一叶旌旗舞玉楼。
国运亨通歌盛世,人生练达说风流。
无边稻菽千重浪,不尽山川万里悠。
举目扬眉看世界,回肠荡气立神州。

阅　兵

鸿雁排人字,飞鸢喷火烟。
扬眉八万里,吐气五千年。
国庆彰吾辈,家兴慰祖先。
京畿辞旧路,华夏谱新篇。

110. 明平原

【作者简介】 明平原,无为人,安徽省诗词协会会员,无为市渡江书画院常务副院长,无为市书法家协会副秘书长。书法诗词作品多次在省内外获奖,作品散见于报刊。

防 疫

庚子新冠势逆天,黎民度日恍如年。
封城阻路查形况,禁足关门拒结缘。
风月同天情共系,山川异域志相牵。
明朝痛饮庆功酒,泼墨挥毫绘巨篇。

抗 洪

斋外晨听旬日雨,心忧天降祸成双。
瘟神败走丢残局,蛟鳄又来翻作泷。
睿智深谋强国策,凝心聚力铁肩扛。
纵观华夏千秋史,多难需经必兴邦。

111. 陈庆华

【作者简介】 陈庆华,无为人。安徽省诗词协会、中华诗词学会、芜湖市诗词学会、无为市诗词协会会员。热爱古典文学,作品散见于全国书刊。

云

聚散虚空呈万象,飘浮仙境幻神姿。
忽如骏马奔腾过,又似绵羊快乐追。
雨霁天边镶五彩,风掀海面调千骐。
逍遥自在行缥缈,变化多端问是谁。

夏日乡村

纷纷红紫任飘零,布谷山间唤早耕。
戴笠披蓑犁日月,栽秧点豆盼收成。
乡村此刻闲人少,田野他时绿意盈。
一望无边希望满,农家乐里醉蛙声。

雷 锋

孤苦伶仃党是娘,寸心小草报春阳。
横流物欲谁能傻,时代精神可显彰。

112. 程能平

【作者简介】程能平,高级教师,无为人。安徽省诗词协会、中华诗词学会、芜湖诗词学会、无为市诗词协会会员。兴趣广泛,尤爱文学,作品散见于报刊及网络平台。

赋 闲

晨光天际露,淑气水滨飘。
戏鸟轻盈舞,鸣蝉婉转嘹。
临溪时度曲,隔岸复吹箫。
老友相逢乐,酣歌破寂寥。

《晨光曲》舞

夭夭丽女列成行,罗袜云衣映绿杨。
曲里春风香暗度,舞中回雪韵悠扬。
碧蒲举处月华满,木凳旋时玉影长。
桂殿姮娥莫相妒,吾曹不与竞恩光。

晨舞有感

晓风轻拂起纹波,珠露晶莹落碧荷。
谊结重逢缘不浅,舞欢更觉意相和。
凝眸含笑呈娴雅,掩袂藏春见娜婀。
不负平生欢乐事,轻酬一梦未蹉跎。

113. 王礼才

【作者简介】 王礼才,高级教师,无为人。安徽省诗词协会、中华诗词学会、芜湖诗词学会、无为诗词协会会员。热爱文学,作品散见于报刊及网络平台,偶有获奖。

家访不遇

僻径幽深暮霭寒,风催铁锁扣门阑。
墙边几尾金丝竹,细雨盈盈驻足观。

君子梅

洗尽铅华自不同,身无媚骨斗霜空。
清香只解行人乏,未与风流诉寸衷。

战　疫

作恶妖魔漫卷烟,山河万里受熬煎。
中央决策明方向,大众豪情谱壮篇。
白褂丹心诚枳善,长城伟业亦弥坚。
风消雨歇持虹舞,柳绿花红诱碧天。

114. 俞桂珍

【作者简介】 俞桂珍,无为人,安徽省诗协会员、中华诗词学会、芜湖诗词学会会员,无为市诗协理事。爱好诗词,作品散见于各大诗刊和网络平台。

春 雨

杨柳沿途绿,春风越岭新。
檐前听细雨,不见旧浮尘。

登海天一洲望杭州湾

大鹏张羽翼,迎我至杭湾。
白浪齐头卷,青云随手扳。
扁舟飞越国,一梦过吴山。
涨落由他去,风流未肯闲。

夏 夜

月照山乡草木馨,重重树影绕园庭。
闲听蛙鼓声声脆,卧看云空点点星。

115. 汪邦根

【作者简介】 汪邦根，高级教师，安徽无为人，安徽省诗词学会、中华诗词学会、芜湖诗词学会会员，无为市诗词协会常务理事。作品散见于全国诗刊。

行香子·赠亚子先生

墨转乾坤，笔走铺呈，怎冗言道尽其名。淋漓酣畅，黑白相凝。有几分禅，几分古，几分萌。　　龙塘风骨，南宫本性，笑世人浑浊难清。至诚至简，浓淡相萦。且许多玄，许多妙，许多情。

行香子·好一阵疾雨腥风

雾起楼台，云涌枝梢，把花儿如此轻抛。摧斜榴树，刮落莺巢。好一番风，一番雨，一番咆。　　沟渠混漫，泥尘侵道，任汪洋恣肆城郊。吹飞蜂蝶，散去蛛螯。叹几重合，几重奏，几重嘲。

永遇乐·鲍叔牙

贱亦相偕，达能相契，仁爱无二。几度分营，三番弥合，力擢排他议。共扶明主，争名霸业，不枉众家崇贵。唯焦孟、堪堪可应，问谁顾情伦比。　　人间百态，天下数杰，贤者煌煌明璀。太史罗呈，圣人称赞，御寇天分说。彼时已渺，今又何觅，况日风追浮靡。唤天公、精神抖擞，再添旖旎。

116. 洪卫东

【作者简介】洪卫东,公务员,无为人。安徽省诗词协会、中华诗词学会、芜湖诗词学会会员,无为市诗词协会理事。爱好文学,作品散见于全国书刊。

咏 梅

冬中佳物当君属,贵宅贫家着意栽。
不取颜鲜争色去,偏从品格著花来。
形神朗朗清清骨,肌蕊莹莹淡淡腮。
往往清香先入鼻,忽而轻赞腊梅开。

夏日偶成

乡村夏日田园秀,偶得微风细雨凉。
火赤石榴花乱眼,酸甜桑葚果飘香。
从容白鹭轻轻舞,自得红蜓缓缓翔。
勿羡城中华厦屋,情牵陋室是家乡。

乡村四月所见有感

乡村四月风光盛,丝雨晴烟景物新。
布谷声中农事紧,槐花香里鸟音醇。
粉红蔷蕊生篱畔,翠绿荷钱出水滨。
口鼻眼眉皆爽畅,烦忧顿去长精神。

117. 钱春香

【作者简介】 钱春香，教师，无为人，安徽省诗词协会、中华诗词学会、无为市诗词协会副会长。热爱诗词，作品散见于全国各大网站和书刊。

门前鸢尾花开即作

桃李清颜惭不及，风藤紧密黯瑶窗。
休怜此处云侵木，小径前头蝶一双。

清平乐

黄花未绽，整宿秋虫啭。啼破紫薇香一半。催走几排征雁。
可怜家住溪边，相思依旧年年。昨夜郎君传信，趁她月色行船。

眼儿媚·永安河春色

交叠千千舞东风，堤岸绿绒绒。黄莺枝上，白鸥云外，碧水连空。　　蓬帆经过牵长带，转眼便无踪。两行小橹，几圈波皱，一对渔翁。

118. 吴业荣

【作者简介】吴业荣,教师,无为人。安徽省诗词协会、中华诗词学会、芜湖诗词学会会员、无为市诗词协会理事。喜爱古典文学,作品散见于各大诗刊和网络平台。

勇士归来

江城云散四时春,灿烂樱花送问询。
千座山峰光色秀,万倾湖泊雪涛粼。
恩情铭记乾坤久,医术精娴心目神。
夹道欢迎声鼎沸,几多热泪洗风尘。

访　友

门前荷叶塘,翠竹绕围墙。
几面照花影,笔端生墨香。
新茶润喉肺,烈酒醉心肠。
日近西山别,风中渐渺茫。

题鸠兹古镇

鸠鸟不兹生,留存千古情。
涓涓扁担水,代代富商城。
江岸繁华地,人间厚德名。
风霜添岁月,改革更年轻。

119. 刘如松

【作者简介】 刘如松,无为人,安徽省诗词协会、中华诗词学会、芜湖市诗词学会、无为市诗词协会会员。热爱文学。

周益民先生高考摘桂

十年未负暑寒磨,腹内深藏锦绣多。
一举荣登龙虎榜,待时振翅向天歌。

题郑会钤山居图

雨后桃花半映红,一湾溪水窜桥东。
岩间飞瀑云中出,几处人家隐岭中。

120. 齐 超

【作者简介】 齐超,无为人,安徽省诗词协会、中华诗词学会、芜湖诗词学会会员,无为市诗词协会理事。热爱文学,作品散见于全国各类报刊和网络平台。

吟 荷

别样芙蕖绽未羞,沁香莲润动晴柔。
水波憨笑蜻蜓立,便引罗裙唱晚舟。

途中所见

流水人家花满瓮,斜阳大道弄青红。
喜看莺燕回巢去,忘返垂鱼一钓翁。

游 春

柳拂池塘曦境重,一年烟雨自春风。
半湖绿水蹊边草,桃李枝疏相映红。

121. 金传保

【作者简介】 金传保,无为人,安徽省诗词协会、中华诗词学会、芜湖诗词学会会员,无为市诗词协会理事。爱好文学,作品散见于国内诗刊和网络平台。

抗洪前线

十里长河白水漂,危楼半现树枝摇。
穿梭汽艇救黎庶,搏击洪魔斩浪潮。

夏 暑

雨霁云收止夕阳,浮舟山泊捕鱼忙。
金蝉欢唱风波静,白鹭高飞菡萏香。

端午节寄语

糯粽香飘千万家,艾蒿助力涤污邪。
但祈亲友增康福,共赏神州胜利花。

122. 李登桂

【作者简介】 李登桂，公务员，无为人。安徽省诗词协会、中华诗词学会、芜湖市诗词学会会员，无为市诗词协会副会长。热爱古典文学，作品散见于全国书刊。

蝴蝶落于手上

宿雨新晴野兴添，满原烟草任吾拈。
掌中似有春香在，蛱蝶翩飞上指尖。

月亮湾赏春值雨

漾漾清溪水一湾，菜花层叠入重山。
可人最是如烟雨，轻绿淡黄笼此间。

过竹丝湖

水烟杳渺雁声稠，风拂黄芦未肯休。
归棹莫言时尚早，竹丝湖上已深秋。

123. 钱　静

【作者简介】钱静，公务员，无为人。安徽省诗词协会、中华诗词学会、芜湖诗词学会会员，无为市诗词协会理事。钟情国学，作品散见于各大报刊和网络平台。

诉衷情·中秋

生凉轻露桂花香，凝思万年扬。相思洒泪君去，难复见、总思量。昂首望，月银光。耀街坊，溢香榴粒，月上兰窗，夜短情长。

忆秦娥·黄山

黄山境，青峰雾罩松茸影。松茸影，千峦绝壁，彩云翻岭。苍松舒臂来迎请，玉屏异卉枝枝兴。枝枝兴，海浮天阔，峭崖光映。

124. 束忠玉

【作者简介】束忠玉,无为人,安徽省诗词协会、中华诗词学会、芜湖诗词学会、无为市诗词协会会员。钟情国学,作品散见于各大报刊和网络平台。

咏 梅

料峭春寒仍矗立,渺茫绝境待重生。
星移斗转寻常事,冷雨凄风任尔行。

咏 荷

婀娜池上傲,粉面又桃腮。
美景四时异,芳心多半猜。
含羞寻雅韵,枕水梦瑶台。
早有相知意,缘何涩涩开?

相思引·夜笼轻烟

夜笼轻烟心笼寒,凭栏处水阔天宽。无星无月,更雨寂风残。　常恨此生非我愿,贞心洁瓣赛幽兰。玉枝素蕊,能自在清欢。

125. 邰根济宇

【作者简介】 邰根济宇,高二学生,无为人。安徽省诗词协会、芜湖市和式太极拳协会、无为县诗协会员。文学爱好者,偶有作品发表报刊。

鼠年夏日

青山难见影,古道昼分眠。
后羿神弓墨,丝弦化白烟。

风

隐迹随寒暑,乾坤运此间。
充盈凝大义,匪止太虚艰。

中国龙

寰球君做主,上下五千年。
另日腾天宇,匡扶世界圆。

126. 龚雪莲

【作者简介】 龚雪莲,无为人,安徽省诗词协会、中华诗词学会、芜湖诗词学会会员,无为市诗词协会理事。热爱古诗词,作品散见于报刊和网络平台。

野 花

静拥野山名不详,早经春雨领春光。
风儿借去三分色,我自还留一段香。

墙角一株辣椒(新韵)

墙边簇簇自青红,不谙人间百样功。
未必神仙桌上有,我凭一辣解秋风。

暮 秋

高梧经雨壮,寒菊历霜稠。
枯草埋荒陌,飞鸿落远舟。
村闲生地阔,壁陡野山幽。
留守二三户,书声一院收。

127. 卞昌好

【作者简介】卞昌好,公务员,安徽无为人。安徽省诗词协会会员,无为市诗词协会常务理事。多才多艺,更钟情国学,作品散见于各大报刊和网络平台。

观三公山有感

三公傲立向天张,北瞰中原南挟江。
蕴藉千秋豪杰梦,风云变幻只平常。

寨基山

寨基东向斗牛冲,势奇江大第一雄。
镜壁神光含日晕,驼峰巨背伏天弓。
风吹竹海翻惊浪,雨过云岚起卧龙。
遥想黄巢安寨景,悠悠岁月又依同。

游啸岭口古道

曲径蜿蜒入汉中,苍松岭口沐江风。
冬来风卷千层雪,春至花开万顷红。
猛虎啸林明月静,商行踏迹板霜重。
先人奋疾精神在,可晓今朝盛世逢。

128. 陈永昕

【作者简介】陈永昕，高级教师，无为人。安徽省诗词协会会员，中华诗词学会、无为市诗词协会常务理事。诗词散见各大报刊及网络媒体。

高考揭榜日有感

珠树立云台，春风好自来。
谁知深谷里，犹有一枝开。

校运会感怀

云絮风轻沐旭光，班班彩列任飘扬。
久干村野花犹艳，暂雨校坪草未黄。
技有专长岂落拓，性无偏狭自轩昂。
喜看飞马腾龙势，谁说榆桐不栋梁。

诉衷情令（金经素牍醉书楼）

金经素牍醉书楼，意气曾方遒。画桥梦醒何处？澍雨荡村舟。　　人未老，志难酬，欲何求。此生拼得，落日浮云，孤雁清秋。

129. 童天明

【作者简介】 童天明，教师，无为人。安徽省诗词协会、中华诗词学会会员，无为市诗词协会理事。酷爱诗词，勤于习作，作品频见各大报刊。

问诗心

壮心曾楫飞天浪，春梦征帆潮水头。
隔岭新词自华岳，敲云秀句问青牛。
登山观日谢公履，渡海听风范蠡舟。
一札诗笺风雨撰，千年可见暮云稠。

耕 读

拟似参云动玉阑，灯遥海曙弱光寒。
三山五岳沉酣梦，一雁中天早问安。
笔落露华星煮茗，诗成曙色火烧丹。
吾耕七色彩云路，驾凤和箫天地宽。

130. 徐 云

【作者简介】徐云，教师，无为人。安徽诗词协会、中华诗词学会、芜湖诗词学会、无为市诗词协会理事。兴趣广泛，偶有作品发表。

期 盼

鼠岁洪魔狂肆虐，银河悬泻万民惊。
三军奋勇苍龙缚，数夜驱驰大义行。
剑指乌云九天碧，旗开画卷百川清。
凤凰浴火生机焕，满望金秋瑰景呈。

致抗洪英雄

云天五月起苍黄，风雨如磐恁地狂。
万亩农田呈沼泽，千条河道见汪洋。
三军奋勇战魔障，车马驱驰固阵防。
百姓转移谋大局，人间有爱福泉长。

半亩荷塘

曲径通幽半亩塘，盈眸瑰景正前方。
芙蓉出水竞神采，蝴蝶含情著艳妆。
锦鲤池中游婉约，娇莺叶底唱悠扬。
静心须觅清宁处，收取冰肌一抹香。

131. 樊晓华

【作者简介】 樊晓华,企业家,无为人。安徽诗词协会、中华诗词学会、芜湖诗词学会会员,无为市诗词协会理事。作品散见于各大报刊,并多次比赛获奖。

再赴黄山

且赴瑶台做雅仙,邀来挚爱炫屏前。
登高共赏人间美,唯愿来生再续缘。

十六字令·青阳一日游之柔

柔。挚爱同行去远游。青阳至,倩影丽人留。

章台柳·酒

龙山酒,龙山酒!昨日恩情君记否。故地初逢喑许心,此番重遇须相守。

132. 吴天启

【作者简介】吴天启，医师，无为人。安徽诗词协会、中华诗词学会、芜湖诗词学会会员，无为市诗词协会常务理事。作品散见于各大诗刊，并多次获奖。

预祝安徽诗协丛书出版

分流九派汇诗江，妙笔生花泼墨香。
揽胜乘舟留足迹，听溪浮翠绕山房。
英才荟萃平台展，古典传承美誉扬。
精品珍珠生活孕，几经磨砺映霞光。

赞朱老总

大象无形潜海龙，闻雷觉醒入云空。
师挥反剿燃星火，力挽狂澜拥泽东。
跃马千军倭寇逐，渡江百万石城攻。
德高望重人民爱，一统江山盖世雄。

133. 万盈盈

【作者简介】 万盈盈,无为人,安徽诗词协会会员,无为市双拥协会会长。一个喜欢文字的女子,作品散见于诗刊和网络平台。

雨 夜

浮岚横远岫,薄暮望烟津。
暝色几时殁,晚莺千日循。
无端狂雨夜,不禁悸心呻。
帘卷寻归影,街灯空照人。

晨 起

雨露微芒青黛尽,凭栏极目岂无闲。
箫音驰跃轻升舞,树杪绸缪欲减删。
草碧霞晖心向远,林幽雾起鹿归山。
人生实苦徒留憾,望断尘缘一寸间。

无 题

桃花落地香尘陌,独揽春光拟燕裾。
消尽繁华何处是,细将风月几时初。
随他草木千层意,不为心湖一寸疏。
孤月多情长相守,苍山泱水赋诗书。

134. 章东林

【作者简介】 章东林,芜湖县退休教师,安徽省诗词协会会员,芜湖县作家协会会员。热爱文学,笔耕不辍,在各级各类报刊、杂志上发表多篇作品。

青弋江夜吟

青弋江边夜,粼粼照月明。
微波浮棹楫,碎影动瑶琼。
何处渔歌子,无时楚客筝。
从来故乡水,此刻最多情。

故乡山上竹

故乡山上竹,一望绿泱泱。
万叶临风雨,千枝历雪霜。
怀空腰未折,节老骨犹刚。
破土初心在,何愁岁月长。

夏日荷塘

风姿绰约亭亭立,夏始春余第一花。
鹚首频回贪丽质,金鳞漫戏赏清嘉。
田田绿意增湖色,灼灼朱颜映晚霞。
卓尔品高泥不染,无尘君子古今夸。

135. 翟付满

【作者简介】 翟付满,无为人,文学硕士,教师,安徽诗词协会会员,中华诗词学会、芜湖诗词学会常务理事,无为市诗词协会副秘书长,作品散见各大诗刊。

吊屈原

招魂又至楚江边,屈子情深实可怜。
儿处干戈戕郢内,何人刀剑死军前。
诗吟大泽裁忧恨,身赴长流洗谤愆。
古往今来多少士,凭临湘水悼风烟。

次潘公韵赋《感遇诗》

千古风云起一聊,运移造化幸相招。若无渭曲占星梦,焉有朝歌败虏骄。华发簪风形已老,秋原逐鹿志难销。大贤虎变兴周社,圣主龙骧耸峻标。德布九州功赫赫,声加四海义昭昭。至今故事满传说,从此新篇任饰雕。百代风流入云隐,几人慧目识英翘。君臣交厚三分合,鱼水言欢数挽邀。舌战愚儒定盟约,气吞群丑夺妍娇。扎孤江畔何辞远,平叛蛮天不惮遥。顾盼生雄安五路,鞠躬尽瘁抚遗苗。连征曹魏报恩遇,屡出祁山彻夜宵。诸葛高名垂宇宙,后人缅想仰风调。服公擒虎复擒豹,愧我畏魔还畏妖。剑舞空庭醉明月,舟浮沧海泛波潮。男儿大笑向知己,荣辱于中岂动摇?

136. 黄淑珍

【作者简介】黄淑珍,芜湖市无为人。安徽省诗词协会会员,爱好古体诗词、美术,用手中的笔描绘精彩人生。

秋　天

尽染秋风万里晴,满山红叶景鲜明。
来年若想春生谷,只待东风处处耕。

游茶卡盐湖二首(新韵)

浩瀚银波碧艳天,成群牛马碧云间。
盐池固体化成卤,逗笑游人影似牵。

敬老师

凝神黑板献丹心,吐放青丝教子孙。
粉笔成灰金玉刻,拳拳桃李记洪恩。

137. 钱玉秀

【作者简介】钱玉秀,无为市人,无为纺织厂女工,安徽省诗词协会会员,喜欢学习古诗词,愿在诗海浪韵中绚丽人生。

恩 师(新韵)

少立踌躇展奥博,勤为壮志显精哲。
桃红吐锐良师乐,柳绿披装益友呵。

记同学四十七年重聚(新韵)

慨叹流年附丽云,戛然顾首半生旬。
同窗岁月追逐稚,共盏风光嘻戏绅。
忆叙别离花烂漫,时闻兴废鹤沉吟。
举杯畅饮邀宾客,狂唱飞歌庆美辰。

138. 方林桂

【作者简介】 方林桂,助理会计师。安徽省诗词协会会员,热爱文学,酷爱诗词。诗词刊物发表多首作品。

游西递古村落

水润三春秀,山含四季香。
红鹃迎客趣,绿柳别丝长。
黛瓦融丰韵,青楼映白墙。
人文传德厚,礼孝永流芳。

深山访友

山林远处有人家,木屋篱墙水滴洼。
燕舞清风穿翠柳,云撩瀑布透虹霞。
闲中对弈盘中趣,月下谈诗笔下花。
老酒新茶藏密决,延年益寿洗尘哗。

抗洪灾(新韵)

银河溃口落人寰,万里长江巨浪掀。
疫怪衰消呈水兽,军民合力斗魔顽。
天灾地害来袭猛,众志成城战正酣。
等到云开欢胜日,青山碧野尽欢颜。

139. 洪业掌

【作者简介】 洪业掌，无为市人，安徽省诗词协会会员，无为市诗词学会工会主席。爱好诗歌和书法，诗词作品已在多家刊物和媒体发表。

思（新韵）

鹊叫花香吹唢吹，洪家老大娶王闺。
生儿育女年劳苦，饱雨饥餐日锁眉。
小鸟渐离新谷觅，高堂犹恋旧衣窥。
天伦乐享随鸾去，耿爽留存佑代辉。

抗 洪（新韵）

入讯黄梅降雨连，回阳小暑续阴天。
风急浪遏江湖警，水猛石崩堙坝悬。
孱弱乡民迎逆境，刚强战士奋争先。
灾情血肉牢防守，众志成城确保安。

盛 会（新韵）
——贺诗词学会十四届会员代表大会召开

骄阳绿茂夏鸣蝉，盛会群杰聚水边。
咏颂诗词白首雅，抒歌典故壮时欢。
提毫乡土风云丽，洒墨英雄岁月坚。
振起中华民富庶，一心粉彩绘河山。

140. 林淑琴

【作者简介】 林淑琴,无为汽车站退休职工。安徽省诗词协会会员,自幼酷爱文学,喜用诗词装点生活。

夏夜数星星

翠柳柔风爽,芙蕖碧水亭。
盘旋莲子笑,荡漾鸟声聆。
眼底鸳鸯趣,岸边葭苇青。
闲情追梦境,夏夜数星星。

西江月·荷塘拾趣

千里云舒日影,九天雨后霞光。偷闲一刻赏莲芳,惬意凌波踏浪。　　紫燕穿林归去,荷风扑面馨香。绿肥红瘦舞霓裳,戏水鸳鸯幻想。

朝中措·荷花情

绿肥红瘦两相宜,溪碧柳条垂。荷叶蜻蜓立上,琴音弹奏谁知?　　凌波移步,莲花仙子,蝶舞相随。出水芙蓉望月,丝连藕断情痴。

141. 程龙玲

【作者简介】程龙玲，安徽省诗词协会会员，从小爱好文学，喜欢诗词，让生活多姿多彩。

防 汛（新韵）

狂风暴雨大江哀，筑坝圩堤祸险排。
万众一心同鼎力，苍生确保不徘徊。

赞最可爱的人（新韵）

万里长江雾气飘，千条坝埂浪滔滔。
军民合力中流稳，勇士防洪砥柱牢。
露宿风餐何所惧，披星戴月重担挑。
全国上下齐相守，大爱无疆揽九霄。

诉衷情令·探亲

凌晨枯树叶披霜，常忆别愁凉。今朝放手君去，故扮作、轻松妆。　　望碧落，月寒光。白悲伤，分开圻地。寄托相思，等待悠长。

142. 方琳霞

【作者简介】方琳霞,安徽省诗词协会会员,无为市百货公司退休职工,爱好诗词等文学。

赞单骑川藏凯旋(新韵)

天山鸟径人行少,峻岭崎岖险象生。
越野单车行万里,千帆历尽凯歌升。

三河恋(新韵)

纷呈五月访三河,小镇幽芳隐翠罗。
古旧民宅檐翘展,青石路径藓斑驳。
亭中倩影风光异,水下白鲢碧浪沱。
众卉争春杨柳逸,轻舟一去日如梭。

赞子弟兵(新韵)

云低暗牖晓风狂,宿雨连旬至祸殃。
水泻千村汹涌滚,忠诚卫士舍身扛。

143. 叶守松

【作者简介】 叶守松，无为人，安徽省诗词协会会员，爱好古体诗词，有多首（阕）作品发表于省市级刊物。

最可爱的人

抢险救灾盔甲披，一声号令大江驰。
军歌嘹亮催征鼓，堤岸挥师举战旗。
为报人民施恩事，可将生命献身时。
满腔热血长城铸，抒写青春最美诗。

画堂春·游子情怀

红蕖照水映瑶池，摇珠绿伞光移。鼓蛙蝉唱鸟声啼，雏燕巢栖。　　游子情怀故土，时时独问归期。依栏无语梦相依，此恨谁知？

鹧鸪天·小村之恋

田野秧苗淡淡香，小桥流水戏鸳鸯。一晨甘露千楼上，十里长亭古道旁。　　风抚竹，月摇窗。天涯儿女梦家乡。小村之恋浓如酒，情似江波无限长。

144. 蒋峥嵘

【作者简介】 蒋峥嵘，安徽省诗词协会会员。多年喜爱古体诗词，作品散见于省市级杂志。

恋 春（新韵）

河边垂柳换新装，柔媚随风袭舞裳。
园里百花争斗艳，心间数朵觅巢忙。
水中鱼跃玩交语，低调禽窥捕郁泱。
遥看枝丛息众雀，恰含飞倦细思量。

感 悟（新韵）

万物善学规，功德转运回。
花残催玉果，树壮顶梁辉。
日末披星月，明灯神异晖。
人生循类此，后辈迈前挥。

春光美（新韵）

阳光灿烂照神州，湖面幽禽啼唤攸。
堤岸柳条随律舞，苍茫繁艳不怀羞。
翠竹葱郁实盈满，丹凤斑斓展翅优。
闲趣欢歌驰九野，和谐美好解烦愁。

145. 马龙喜

【作者简介】马龙喜，无为人，安徽省诗词协会会员，多年爱好古体诗词。在省市级报刊上，发表多首（阕）作品。

喝火令·骑行看云舒

燕剪池边柳，轻骑踏古都。玉轮飞越藏川途。结伴友情同在，霞落酒常沽。　　笑语疏才气，欢歌赏静湖。月牵云朵寄蓬庐。约好征程，约好转经书。约好圣城相见，淡看世荣枯。

杏　花（新韵）

碧水浮云向远涯，柳堤遍映满溪霞。
黄鹂最爱行人少，自在枝头数杏花。

行香子·梦里（新韵）

碧水无尘，烟雨朦胧。叹天涯倦客艰辛。掬池边水，还我天真。梦故乡月，故乡路，故乡人。　　轻飞白鹭，蛙鸣陌野，柳婆娑燕舞衔春。儿时嬉戏，母笑频频。那几声唤，几声笑，几声亲。

146. 王安兵

【作者简介】 王安兵,退休教师,安徽省诗词协会会员,酷爱古典诗词,现在无为老年大学诗词班学习。

山村晨韵

一片朝霞映远山,三枚球彩挂云间。
秧田漠漠平如镜,农舍村村不旧颜。
雾绕青峰增景色,烟升黛瓦醉乡关。
都城闹市无心恋,只念家前亮水湾。

初夏闲情

最美人间立夏天,落红影事恋春烟。
故园缤丽风吹艳,新圃芳菲雨洒鲜。
丘岭攀爬拈绿果,荷塘信步观青莲。
千山鸟语歌浪漫,一路花香舞玉娟。

老村一瞥

祥云朵朵又春阳,风暖徐徐沐老房。
陋屋柴门陪旧梦,嫩苔石路伴康庄。
枯颜相聚新闻乐,暮岁流连往事苍。
遥想当年豪壮志,闲谈偶尔露锋芒。

147. 章爱华

【作者简介】章爱华，退休教师，安徽省诗词协会会员，2019年10月至今已发表作品二十余篇。

春日村景

夜晚西风穿户牖，黎明乳雾破朝阳。
平畴老叟耕牛乐，大路农姑遛狗忙。
燕绕高楼寻旧迹，蛙鸣野地找新塘。
缤纷景色如油画，美好家园处处昌。

乡 景（新韵）

条条大路连乡镇，往返司机驾驶精。
喜鹊枝头来客叫，白鹅坝岸见人迎。
村庄宠犬农姑耍，地里黄牛壮汉耕。
旷野繁花芳味散，家园美满引游增。

防 汛（新韵）

雨骤天低云似墨，江河水涨汛情催。
田园埂坝坚强守，道路沟渠谨慎归。
内涝排除防险峻，外洪泄导去凶悲。
人人警惕消灾害，万众一心渡困危。

148. 万渐根

【作者简介】 万渐根,退休医师。安徽省诗词协会会员,青年时期开始爱好古体诗词,多次发表于省市级刊物。

水　情

暴雨缠绵地缀天,山岚漫舞雾弥烟。
光波闪烁八方耀,震耳雷鸣九岳颠。
触目汪洋成广海,惊心浩荡画无边。
毋迷玉帝传真旨,赖有军民抗涝篇。

笛　仙

昔年有幸申城旅,伴友偷闲共舞台。
沪上笛仙吹玉曲,韩湘巨擘惬胸怀。
余音绕室犹萦耳,久日悬梁溢笑腮。
圣手乘风归故里,先生驾鹤再难来。

荷（新韵）

碧叶盈池难见水,挨挨挤挤绿蓬苏。
伊人炫丽结莲籽,契手诸君共兴枯。

149. 曹莉萍

【作者简介】 曹莉萍，无为人，安徽省诗词协会会员，喜欢唐诗宋词，爱好写作。在诗词刊物上，发表多首（阕）作品。

春 雨

千丝万滴水珠弹，遍洒春畦新绿欢。
几蕴幽怀甘润意，倾情且待百花姗。

摊破浣溪沙·思父

拂面春风曳柳欢。清明偏近怅花妍。蓄泪层云悯人意，雨流连。　驾鹤仙游慈父去，登门客路至亲潸。缅忆音容徒问梦，恸绵延。

烛影摇红·守护家园

雨幕苍茫，水花四溅江河溃。天公何事未垂怜，清世良田毁。　夜半英雄不寐，护江堤、晨昏守卫。家园挚爱，赤了忧心，众生感慰。

150. 范文友

【作者简介】 范文友,无为市人,安徽省诗词协会会员,现在无为市老年大学诗词班学习。

洪 灾(新韵)

万里长江泄怒涛,洪峰过处树无梢。
新春种有金花放,早稻收成水面漂。
谷穗青黄浆未满,鱼塘色淡子频逃。
排干补毁培根土,岁末脱贫不动摇。

望 乡(新韵)

旷野月初升,寒塘水面平。
长天飞断雁,远海落孤鲸。
夜梦江南雨,秋愁塞北声。
关山出古道,涕泪望标灯。

151. 吴克水

【作者简介】 吴克水，公务员，无为市人。安徽诗词协会、中华诗词学会、芜湖诗词学会、无为市诗词协会会员。

咏 蝉

髫龄弱若隐泥中，破土缘高慕伟桐。
羽化匆匆垂褶翼，延昆乐乐闹村空。

银屏奇葩

境外仙花落地奇，扎根石罅未曾移。
天香御气缘崖嗅，玉骨冰姿绝顶窥。
峭壁迎宾皆入画，遥空送客自成诗。
农家欲晓当年事，谷雨银屏看放枝。

雨过暑至

淫雨消停白转青，长河滚滚下东溟。
秋风未到芝城巷，夜月难休掌上屏。
偶向南濠观碧水，时来北塊觅清泠。
阴阳易节天之道，道是无情却有形。

152. 吴介生

【作者简介】吴介生,无为人,高级教师。安徽诗词协会、中华诗词学会、芜湖诗词学会会员,无为市诗词协会常务理事。爱好传统文化,作品散见各大诗刊和网络平台。

雾

谁泼弥天乳,来浆覆地纱,
仙姝斯可沐,术士未堪夸,
已恨蓬山隐,翻惊蜀犬哗,
循声都不见,驿路惯停车。

夜

乱叶旋秋蝶,黄云向暮倾,
飞鸿犹乏力,老圃尚摇旌,
衾冷疑霜重,肠枯得句轻,
无由成坐久,相对一灯明。

南歌子·消夏

青眼荷尖蝶,焦风叶底蝉。金乌渐似火龙蟠。已惯南窗佐酒北窗眠。　云起偏催墨,诗成独伫栏。远山顾我亦苍颜。忽有林泉消息隔屏看。

153. 沈清波

【作者简介】 沈清波,无为人,教师,书法家。安徽诗词学会、安徽诗词协会、芜湖诗词学会会员,无为市诗词协会常务理事。热爱文学,作品散见于各类报刊及网络平台。

泊佛寺

平畴峰土起尘巅,岚色浮青隐佛泉。
羌箭二千邀雪界,虬松十万夏云天。
苔痕湿月忘心性,石室铺阳种善莲。
泥委春花香不见,应僧半榻锁秋烟。

新秋自题

劲爽秋风胜暖风,云光天影净遥空。
水明欲瘦性圆石,霜重始惊蛰暗虫。
拌杖敲棋问童牧,烹茶洗砚抒心衷。
偶来向晚酌诗壁,为赋榆阳慰退翁。

秋　意

秋怀一叶意纷纷,鸿雁传声流白云。
水瘦山妆僧茗满,蝉清林静蜀香氲。
惜莲方外坐禅榻,泼墨雕虫化斧斤。
心诵苇江凌雾去,慢词几句赠予君。

154. 陈修发

【作者简介】陈修发,公务员,无为人。中华诗词学会、安徽诗词协会、芜湖诗词学会会员,无为市诗词协会顾问。热爱文学,已出版个人诗集多册。

春 囧

疫魔肆虐扰民心,日月玄明夜雨淫。
天使养形除魅患,祈求安泰抱衾吟。

春 困

半日诗书半日眠,一杯小酒一蔬鲜。
呼天叩问江城事,天帝因何戕鼠年。

春 萌

春柔又见涧边生,苔藓青光石上呈。
冷雨徘徊无定日,难为莺语乱江城。

155. 赵同峰

【作者简介】 赵同峰,芜湖人,安徽省诗词协会及芜湖诗词学会常务理事,无为市诗词学会会长。中华诗词学会会员。

怒江大桥

飞扬瀑布高雄处,云影天光俊美山。
川藏咽喉青嶂下,怒江襟带雪峰间。
官兵敬献忠诚志,血汗抛开恶劣关。
洒泪图文镌仰慕,含情世事激登攀。

天际云游

山峰险峻尽奇绝,道路崎岖更精神。
绚丽云霞缠玉体,崇高境界胜阳春。
艰难汗水抛飞喜,博大胸怀赏赐新。
苦累遨游思异域,欢欣闯荡舞红尘。

攀　登

山峰秀美攀登上,草木幽深舞动随。
苦累穿行寻乐趣,欢欣笑语话惊奇。
遨游画境清新展,荡漾情怀奥妙追。
净化心灵抛琐事,飞奔野外显雄姿。

156. 张名臻

【作者简介】 张名臻，安徽省诗词协会会员，多篇诗词入选省市级诗刊。

川藏骑行（新韵）

久盼遨游圣地寻，心存博爱启风尘。
飞登驿站传经历，不尽长坡荡履痕。
雪域高原迎客喜，格桑野艳落晖芬。
天山一色多光景，悦怿骑行怎畏辛？

汽　渡（新韵）

一江隔断两山丘，远望白云路尽愁。
欲过清溪无野渡，公车何故不能游？

谒金门·夏荷（新韵）

芙蓉立，菱透绿群荷芰。闲看鸳鸯游暗地，藕花深处觅。
杨柳鸣蝉休憩。隔水稚年窥睨。万顷荷花莲并蒂，馥香清静溢。

157. 金齐鸣

【作者简介】金齐鸣,安徽省诗词协会会员,无为市诗词学会副会长。喜用诗歌颂党和祖国,装点生活。

杂 诗

一城一路一新貌,一旭一霞一片祥。
一水一溪一柳影,一花一径一梅裳。
一风一缕一丝醒,一画一情一韵妆。
一赋一诗一唱醉,一歌一颂一春光。

西江月·五月(新韵)

杏俏桃甜李怯,风轻柳弱波泓。泉淙清夏戏天虹,语诧花羞婧影。　　影婧羞花诧语,虹天戏夏清淙。泉泓波弱柳轻风,怯李甜桃俏杏。

醉熏酊(新韵)
——应好友家福先生之约而作

人间五月芳菲艳,古郡八方喜悦升。
四座知交偕贵友,一堂雅士是狂丁。
邀杯引唱琴心曲,举盏欣闻萨克声。
戏剧高腔馨夜色,狂歌美酒醉熏酊。

158. 吴淑芳

【作者简介】 吴淑芳,安徽省诗词协会会员,热爱古典文学,尤其喜爱作诗填词,作品散见于省市级刊物。

荷 塘

荷塘行步醉明眸,照影芙蓉相对幽。
垂柳池边小鱼戏,绿肥红瘦水东流。

洪 灾

一片汪洋涝水灾,圩堤两岸垒泥台。
五洲湖畔芦杆舞,八面援军踏雾来。

采 莲

湖面微波吐瑞香,风摇荷影漾鱼忙。
轻舟淑女寻莲乐,头戴芙蓉出未央。

159. 彭克和

【作者简介】 彭克和，安徽省诗词协会会员，酷爱古体诗词，多年勤学苦练，诗词作品见于多家刊物。

荣 归（新韵）

闻令争先勇报名，机车急速赴江城。
集中患者隔离紧，救治病人医术精。
生死未辞冒艰险，安危不顾显英雄。
荣归故里凯旋笑，一代功勋喜庆迎。

战汛情（新韵）

长江滚滚汇流川，一片汪洋碧落连。
肆虐洪峰翻作浪，倾天暴雨似生烟。
抗灾抢险军先到，筑坝巡堤夜不眠。
任尔滔滔黄水涨，同心协力保家园。

凯旋归（新韵）

骑行西藏路危艰，险象横生岂等闲。
雄峻群峰寒地立，苍茫六宇紫光参。
身非临境谈何易，体有强能始敢攀。
喜悦心情祈祷去，健康玉体凯旋还。

160. 张晓明

【作者简介】 张晓明，无为人，安徽省诗词协会理事，中国楹联学会会员，芜湖市诗人协会理事，无为市诗词学会常务副会长。

秋游竹丝湖

波平水软静风恭，敖广频惊小艇从。
翠绿漫山皆倒影，琉璃泽国尽巅峰。
东瀛岛上难寻觅，西子湖边不寄踪。
天界瑶台人造化，巍巍大坝锁蛟龙。

中秋对月

一轮皓月伴窗肩，寂寞嫦娥碧海天。
痛饮何当千古醉，广寒宫外桂花眠。

161. 张大光

【作者简介】张大光,无为人,安徽省诗词协会会员,诗词作品多次入选省市级纸质刊物。

致我的战友

寻寻觅觅何所以,大任担肩焉敢疑。
沉夜难能浇睡眼,晓星易见执牛犁。
隆图百代强兵马,励志千方动想思。
皓首穷经人不老,春晖常沐总惊奇。

又到教师节

蜡烛丝蚕孺子牛,平生抱梓付春秋。
半支粉笔宏图展,三尺讲坛初愿谋。
学子莘莘期竞渡,李桃灿灿促兰舟。
鲜花寄语何当表,万里征鸿祝未休。

162. 王卫东

【作者简介】 王卫东,高级教师,无为人,安徽省诗词协会会员,无为市诗词学会副会长。

赞子弟兵

狂风暴雨阴云布,告急频频漫坝河。
幸有长城兵子弟,忠心赤胆伏洪魔。

自动伞

缩收健体顶头圆,闲日请君藏柜眠。
总觉此生无一用,花开雨骤掌中悬。

163. 朱先贵

【作者简介】朱先贵，安徽省诗词协会常务理事，安徽省作家协会会员。先后在《诗刊》《诗潮》《人民日报·海外版》等海内外报刊发表作品。

夜巡长江大堤

身处江风带月刀，堤防固守筑城壕。
万家灯火平安夜，浪急流湍志更高。

抗洪抢险

云压群山翻砚田，乾坤混沌水生烟。
惊涛半夜断行路，勇士三军逐浪前。
唯有雄心多壮志，敢教日月换新天。
洪灾不敌人间爱，一处危时百处援。

164. 史明静

【作者简介】 史明静,安徽省诗词协会会员,中国楹联学会会员,无为市诗词学会副会长。

游盱眙第一山

丘陵欣画境,十月野微寒。
极目淮河对,低头古道盘。
丛林惊墨宝,浅水映峰峦。
胜景盈诗意,才疏下笔难。

重 阳

阵雁南飞秋渐老,轻霜淡抹菊犹黄。
登高极目家山望,别绪愁心暮色苍。

诉衷情·秋思

斜阳枯柳又披霜,常忆早春凉。村头放手君去,绊故里、育儿郎。　　凝皓月,映寒光。懒梳妆,一怀离绪,凭倚轩窗,梦短思长。

165. 刘应平

【作者简介】 刘应平，无为人，安徽省诗词协会会员，自幼酷爱文学，上世纪八十年代起多篇诗歌、散文等文学作品散见于国家、省、市级书刊。

咏壶口瀑布

气盖山河壮九霄，摧枯拉朽欢腾啸。
一川黄浪玉壶翻，十里龙槽车马叫。
卷雪惊雷烟雾腾，奇观天景群峰眺。
神州大地显瑰琦，华夏文明惊炫耀。

游东南第一山

淮河绕帝乡，洪泽润田桑。
秀竹南山翠，斜阳秋水长。
碑文崖上刻，墨宝殿中藏。
诗卷存千古，游人喜若狂。

更漏子·乡情

霜菊黄，秋柿老。枫叶荻花晴好。田园阔，果蔬丰。稻香浪万重。　清风起，金钩细。碧水粼粼鱼戏。乡音亲。笑谈声。夕阳照晚亭。

166. 秦为燃

【作者简介】 秦为燃，无为人，安徽省诗词协会会员，爱好古体诗词，作品散见于省市级刊物上。

中国人

东方狮早醒，圆梦向前行。
心有愚公志，胸怀世界情。

家　庭

秦某小家园，方宅近亩田。
千花多日丽，百卉四时鲜。
早起雄鸡报，晚归雌犬喧。
身疲心不倦，夜夜可安眠。

调笑令·本意

游子，游子，子弟为求福祉。仁人志士离家，万里千里种花。花种，花种，求得鸿厘惠众。

167. 戴继芳

【作者简介】 戴继芳，无为市人，省诗词协会会员，从小酷爱诗词，平时用诗词装点生活，亦爱好书画。

雨中荷塘

疏雨微风淡若纱，几回飘落到人家。
池塘一枕相思梦，绿水波心红藕花。

防汛抗洪

暴雨连绵浪顶天，江河湖海水淹田。
农房冲毁门窗倒，山体滑坡泥石填。
众志成城身赞许，军民合力手相牵。
无疆大爱真情在，防汛驰援逆向前。

骑行川藏（新韵）

铁骑不怕猛抽鞭，壮志雄心勇向前。
跨月行凭大胆，伴尘双脚映高山。
松多封雪银蛇趣，波密堆冰玉影翩。
且看林芝千里绿，飞驰拉萨梦乡圆。

168. 杜天云

【作者简介】杜天云,无为市人,安徽省诗词协会会员。多年爱好古体诗词,善于钻研,勤奋创作,作品散见于诗词刊物上。

读"漱玉词"感赋(新韵)

绝后空前辞赋神,扫眉才子易安君。
风华盖世传千古,妙语惊天感亿人。
死做鬼雄成夙愿,生当无愧立乾坤。
锦书雁字相思怨,月满西楼寄梦魂。

水 灾

暴雨滂沱生雾气,湍流急泄卷泥沙。
淹房没地摧楼宇,断路冲桥灌室家。
街市行舟焉有道?圩堤溃口漫无涯。
军民联手天灾斗,又见英雄恶浪踏。

渔歌子·明月(新韵)

人行千里总相随,初一十五自盈亏。凌碧落,入香帏。圆圆缺缺竟为谁?

169. 孙 平

【作者简介】孙平，无为市人，退休教师，安徽省诗词协会会员，爱好古体诗词，作品散见于诗词刊物上。

端 午

粽香飘万户，锣鼓赛龙舟。
艾叶翻旗影，楚江思酒流。
离骚存雅韵，天问祭神州。
屈子丹心驻，忠魂千古留。

华艺舞蹈《月满西楼》（新韵）

月满西楼寄梦魂，锦书雁字怨良人。
一秋感物相思重，两地闲愁意念深。
飘逸轻舒罗袂舞，回旋俯仰燕飞身。
纤腰似柳颜如玉，华艺拳拳古韵心。

西江月·汀堤骑行（新韵）

霞蔚云轻风静，山青水碧堤新。欢声笑语共追寻，神采飞扬英俊。　车载闲情逸趣，轮旋惬意欢欣。从容潇洒踏歌吟，熟路轻装挺进。

170. 丁祖平

【作者简介】 丁祖平，无为市人，安徽省诗词协会、中华诗词学会会员，作品散见于各网络微刊和省市会刊上。

少年志

自古英雄出少年，初生牛犊搏云天。
甘罗人幼为卿相，解缙年轻是俊贤。
报国荣家无惧意，凝心献策有谋篇。
童如旭日红光满，照耀神州永向前。

诗词学会代表大会

雨洗芝城脱俗尘，吟坛换届物华新。
霜翁出口成章丽，靓女摇唇即席真。
曼妙身姿台步秀，清纯音质唱功神。
诗词歌舞一堂乐，国粹弘扬锦绣春。

战洪魔

女娲炼石补非齐，雨漏西南万物凄。
倒决天河长浪涌，横冲江赣绿禾啼。
八千将士身凝坝，百万官民力赛猊。
众志成城歼水魅，敢教日月化虹霓。

171. 毕秀梅

【作者简介】 毕秀梅,无为市人,安徽省诗词协会会员,爱好古体诗词。作品散见于省市级刊物。

春雨即景

问柳小桥东,青烟锁郁葱。
溪心波泛绿,岸畔雨飘红。
竹径萦纡入,花堤委曲通。
徐行苔石上,似在画图中。

安 吉

安闲触露行,且喜晓风清。
吉蕊争萌出,兮依玉岫生。

赞骑行川藏线

飞登驿站著征衣,不惮年高近古稀。
万里骑行天险路,终成夙愿载誉归。

172. 魏广扣

【作者简介】 魏广扣，无为人，酷爱古体诗词，勤于学习与创作，作品散见于省市级诗词刊物。

忆秦娥·本意

惊雁别，深秋花落寒江冽。寒江冽，飒然清月，阵人难褒。伤心离别悲欢悦，故园东望关山轶。关山轶，长空漠漠，日霞充咽。

诉衷情·求知

人生当愿子孙昌，勤读细先尝。才华顺应天道，铸大器，路遥长。　　思往事，莫能忘，耐寒霜。古今贤者，发奋研求，舍弃嘉扬。

更漏子·赞吊兰

吊兰嫣，藤蔓缀，花间数它奇丽。随近景，恋幽愉，眺窗濡似图。　　心跳跃，羽浮烁，情趣源于欢乐。文字背，美猗猗，清风长得宜。

173. 潘恒俊

【作者简介】 潘恒俊，无为人，安徽省诗词协会会员，爱好古体诗词。作品散见于省市级刊物。

立冬日游匡河

秋尽冬来叶未黄，匡河岸柳袂轻飏。
红鳞戏藻潭云皱，笛韵悠悠送雁行。

174. 赵可畏

【作者简介】赵可畏,芜湖人,现就职于某国营通信企业。三华文苑会员,芜湖市诗词学会会员,《蚓虹文圃》编辑,工作之余偶尔咏诗、写文。

致高考学子

丹心妙笔学生同,卷上方知须用功。
莫道寒窗辛苦日,蟾宫折桂榜花红。

缑山月·夏夜感怀

偶有半丝愁。邀朋去驾舟。湖光山色乐悠悠。任苍穹变化,雷电闪,乌云至,雨倾流。　人生总有云烟事,思起上眉头。长江东去水难休。我丹心一片,寻海角,波涛看,似飞鸥。

醉红妆·夏日芜湖镜湖公园

婆娑细柳尽开颜。曲栏杆,水裹烟。桴舟游客续良缘。湖中乐,似鸥旋。　回眸堤岸绿无边。草儿翠,鸟儿闲。更有笙歌翁媪醉,听鼓点,舞翩翩。

175. 秦步胜

【作者简介】秦步胜,南陵县人,南陵县老年大学诗词班优秀学员,南陵县诗词学会理事,芜湖市诗词学会会员。

游家乡春谷公园感怀(通韵)

花香鸟语风光秀,明媚骄阳暖客心。
公谨剑持春谷守,诗仙醉卧酒杯寻。
小乔初嫁娇容美,黄盖临功苦肉真。
宝鼎镇园留万古,泉萦七彩仰天喷。

游弋江有感

青江两岸景悠悠,旖旎风光任意游。
文友同行情义重,田园山水把诗留。

咏丫山牡丹

春暖纷纷竞笑颜,宜人香气透心田。
迎风映日勤摇曳,乐为丫山结善缘。

176. 苗蔡畅

【作者简介】苗蔡畅,小学老师,安徽省诗词协会、中华诗词学会会员,固镇诗词学会理事。

春游浍河二桥见闻二首

一

春来景物皆如画,陶醉时人尽兴游。
两岸花繁临碧水,馨香拂面笑声柔。

二

粉红跑道遍芬芳,绿树花廊接水塘。
满目浓荫情欲醉,东风送暖尽徜徉。

抗疫有感

时临新岁节,骤起巨风波。
三镇阴云乱,千家横祸磨。
封城方控疫,舍己又如何。
愿得岐黄术,人间祛疾疴。

177. 孟国田

【作者简介】孟国田，固镇县人，中华诗词学会会员。安徽省诗词学会会员、理事。安徽省散曲学会会员、常务理事。蚌埠市诗联学会《涂山集韵》编委，县诗联学会《谷阳诗刊》主编。微刊《江淮吟苑》总编助理。

登仙寓山

俗事全抛去，只身山野游。
东溪花竞放，西涧瀑飞流。
翔鸟不停唱，闲云一望收。
风光如画卷，次第入吟眸。

行香子·重过后湖

把伞长堤，执手回蹊。倚桥栏烟露沾衣。盘揉额发，遥指斜枝。看花儿落，舟儿动，鸟儿飞。　彩云易散，绮梦难追。损形神更问谁知。重临旧景，翻起怀思。惹一分愁，三分怨，六分痴。

【正宫　醉太平】夏日荷塘

堤边碧草，湖外斜桥，晚风拂过画船摇。拨开柳梢。竹篙欲点身姿俏，丹唇轻启歌声妙，云天渐暗影儿遥。何人弄箫。

178. 盛 莲

【作者简介】盛莲,教师,淮南人,安徽省诗协,淮南市作协会员。安徽散曲常务理事兼副秘书长,安徽女子诗词工委会常务理事等。

贺《淮畔艺苑微刊》

自古乡关底蕴雄,百花争艳醉眸瞳。
嘉名问世文坛赋,俊友抒情淮畔融。
凤集梧桐择良木,鸾翔淝水寄清风。
祝君椽笔生佳玉,璀璨珠玑耀碧空。

茅仙洞

登高远眺话长淮,叠翠双峰韵律裁。
千载遗风香袅绕,三湾幽境画涂开。
茅仙古洞寻神迹,灵雨空山脱俗埃。
半日参禅心性悟,凤凰台上慕高才。

拜访书家

慕名拜访立程门,世外桃源瓦埠村。
幽径蜿蜒香暗透,清荷素雅韵长存。
行云闲畅引文典,把酒清欢满玉樽。
西席迷津轻指点,躬身洗耳仰昆仑。

179. 杨东市

【作者简介】 杨东市,安徽省诗词协会、中国现代作家协会、淮南硖石诗词学会会员。

秋　风

秋来气爽感清凉,莫测云天雁影翔。
淅沥蒹葭含薄雾,玲珑橘柚透斜阳。
新蔬田里齐添色,硕果园中亦有香。
一切烦忧风扫尽,丰收喜悦引壶觞。

诗友欢聚

诗友今天聚会欢,情深意重互相观。
灵犀一点交心易,况味千番见面难。
只怯襟期犹自阻,怎堪梦寐绪微澜。
浮华减尽何频数,薄酒金樽醉眼看。

舜耕山赏梅

一度相逢一度思,最多情外最情痴。
舜耕山下三千树,耐得寒霜是此枝。

180. 卞修轮

【作者简介】卞修轮,安徽省诗词协会会员。

春 雨(新韵)

玉手轻扬甘露液,九霄万点细丝垂。
裹风过野枯茎醒,破雾穿林旧燕归。
巧染桃红诗意赏,急涂柳绿画情催。
浮尘尽洗春眸亮,抑气长舒出闭扉。

寿州宾阳门外晚骤雨即兴(新韵)

风驱云暗雨压城,欲倒八公人断行。
天水隔离灯带闪,波光辉映鲤群兴。
十分潋滟夺诗目,千籁齐鸣入圣听。
横扫倾盆烦躁气,震雷声过妄心宁。

痛悼霞姐(新韵)

憨直低调暖如霞,为长为师世尽夸。
三载同窗情似姐,卅年共事品无瑕。
近聊爱子学功待,远去极天家厦塌。
云痛风号倾泣雨,送君拙句泪悄滑。

181. 方守庆

【作者简介】方守庆,安徽省诗词协会会员、中国诗词研究会会员、淮南硖石诗词学会副秘书长、淮南煤矿诗学《枫叶诗刊》编委。

秋风野韵

秋风慈爱拂轻柔,灿灿黄花漫岭头。
泥淖残荷歌落照,寒天鸿雁唤乡愁。
稻禾丰硕连云汉,水鹜膘肥戏碧流。
八月人间月圆夜,清辉一泻引歌喉。

南乡子·武汉怀思

三镇耸名楼,望断潇湘隐鹭鸥。不尽江流穿市去,悠悠,识得人间几度愁? 何日解眉头,祸世瘟神虐未休。国令遣兵驰武汉,雄谋。指日花明鹦鹉洲。

【双调 折桂令】书房

情寄处、一角书房。褊小单间,几个平方。中外文学,理工科技,诗赋词章。做书虫、心灵染香。荡学舟、文海飞航。尘世茫茫,何以消愁,乐此云乡。

182. 李维焕

【作者简介】李维焕,警察,安徽省诗词协会会员。

交 警

三尺岗亭迎盛夏,一双铁臂舞清秋。
巡防何惧风霜苦,援救不辞汗水流。
常向文明开笑脸,岂朝违法去低头。
安全通畅平生愿,科技创新勇探求。

月夜思

一轮玉镜照千秋,谁寄豪情谁抒愁。
铁马冰河寒色冷,春花清影夜光幽。
人猜仙子蹁跹舞,月叹中华天地酬。
遨览九霄何足道,蟾宫直上有神舟。

坡山观瀑布云

秋季古村游客早,坡山绝顶海天宽。
流云似瀑飞深壑,初日如朱画秀峦。

183. 李博文

【作者简介】李博文,安徽省诗词协会会员。安徽博璋商贸有限公司董事长,安徽君励生态养殖有限公司董事。闲时喜欢写诗词,作品散见于《淮河早报》《江淮烽火》等报刊杂志,曾出版过诗集《博文随笔》。

立冬初夜小辞(古风)

夜深无寐上高台,闻香寻梅廊前开。
又见霜花映冷月,应知秋尽苦寒来。

笔墨纸砚(古风)

砚落浮尘卧月台,繁华笔录惹尘埃。
云霞纸若任翻卷,墨似狂涛滚滚来。
俯看泽国三千里,仰望雨幕几万重。
风前已是花千树,雨后唯余满园空。

184. 李秀峰

【作者简介】 李秀峰,淮南人,安徽省诗词协会会员,安徽博璋商贸有限公司总经理,安徽君励生态养殖有限公司董事,安徽铿锵弹簧有限公司经理。喜爱诗词鉴赏,作品曾在《淮上烽火》杂志及网络发表。

听春雨

细听春雨品新茗,烟色氤氲透我心。
珠玉敲窗庭院落,雅声犹在似弹琴。

听 蝉

星光玓瓅自斓斓,月影浅予更嫣然。
风动梧桐秋色早,闲来独坐听寒蝉。

望 乡

竹篱残破草丛生,岁月悠悠数几程。
老屋楹联门上落,荒园枣树刺藤横。
曾经秋夜攀枝乐,犹忆春时听雨声。
此去流年浮若梦,回眸不忘故乡情。

185. 苏林生

【作者简介】 苏林生，中华诗词学会会员，中国诗词研究会常务理事、淮南分会会长，中国现代作家协会安徽分会副主席，原淮南硖石诗词学会常务副会长，淮南市作协会员，淮南煤矿诗词学会《枫叶诗刊》编委会副主编。

祝贺淮南硖石诗词学会第五次会员代表大会胜利召开（新韵）

三秩春秋斗暑寒，鸿猷共议续新篇。
回眸殊绩花争俏，展望长程景更妍。
遒劲苍松犹挺峻，雄威赤骥猛加鞭。
激流澎湃昂天啸，再铸辉煌赖众贤。

鹧鸪天·中国军人

一缕晨曦号角鸣，行操起步动雷霆。握枪便似离弦箭，越野轻如飞树莺。　　平急难，解民惊。尊荣威武凸人评。强军旨意和平共，抒发精忠报国情。

行香子·诗颂战神（通韵）

朗朗乾坤，月色如银。刹时间、妖怪潜临。骚人相聚，意志坚贞。仗腰中剑，壶中酒，韵中魂。　　宏图似锦，前程多难，笔如枪、展卷狂吟。雕章琢句，大赞军民。悟情中诗，胸中志，战中神。

186. 李少剑

【作者简介】 李少剑,淮南市硖石诗词学会、淮南煤矿诗词学会会员。

雪 恋(新韵)

寒酥天幕落,琼树碧枝垂。
智叟情怀赋,玩童白玉堆。
杯中河岸柳,梦里断崖梅。
相遇莲蓬季,何愁雪不回。

山 溪(新韵)

茵茵溪草稠,白练黛山柔。
幽谷千千水,出峡入海流。

等(新韵)

今夜月如钩,清辉洒小楼。
不听门洞响,忐忑上眉头。

187. 朱守根

【作者简介】朱守根，淮南峡石诗词协会、淮南煤矿诗词协会会员。

舒城万佛湖印象（通韵）

舍予之城有众仙，万佛山下建家园。
神兵十万战龙口，湖水千方灌沃田。
绿树森森岛青翠，烟波浩浩水天蓝。
更欢鱼跃稻菽浪，美景怡人绽笑颜。

山中人家（通韵）

山中溪畔几人家，李艳梨白桃色霞。
蝶舞莺啼吟浣女，一溪欢乐满溪花。

雨中荷塘（通韵）

微风拂面藕花香，小雨霏霏烟雾茫。
袅袅娜娜出浴女，银珠滚滚满池塘。

188. 孙登先

【作者简介】孙登先,中国诗词研究会、安徽诗词学会、淮南硖石诗词学会、淮南煤矿诗词学会会员。淮南煤矿诗词学会《枫叶诗刊》编委。

故乡颂

乘车北上到农家,故里乡村织彩霞。
雨洗青苗铺锦缎,风扶翠叶托红花。
人来路犬惊飞鸟,水动村姑喜浣纱。
远眺田园桑梓美,山清水秀令人夸。

金婚感言

风雨同舟五十秋,几多欢喜几多愁。
灌园食力齐家乐,相敬如宾岁月稠。
曾效春蚕丝吐尽,甘为蜡烛泪横流。
梦圆祖国新时代,举案齐眉到白头。

重返军营故地有感

登临太谷叹沧桑,往事如烟两鬓霜。
放眼军营花吐艳,回眸乡梓果飘香。
韶华渐逝同仁老,卸甲难忘友谊长。
恨那光阴催白首,豪吟时发少年狂。

189. 杨立惠

【作者简介】 杨立惠,女,中华诗词学会会员,淮南硖石诗词学会副秘书长,淮南煤矿诗词学会《枫叶诗刊》编委会副主编。

秋 意

昨夜天池玉露斟,茵茵小草渐铺金。
风将出岫闲云牧,知了轻吟画外音。

学诗自嘲

也慕先贤凿斧功,雕精炼细作诗虫。
逢豪放处效刀客,谋婉约时成女工。
暂借春花三朵韵,穷追秋月几丝朦。
骚坛哪个能如我,瘦尽肥姿句未通。

水调歌头·中秋思乡

心箧又开启,捧出旧时光。那年正是春好,河水润花芳。常借蓝天遛鸟,检阅田间麦浪,两只辫飞扬。树上结欢笑,挎满几箩筐。 风送爽,桂写意,月推窗。清辉铺案,提笔皴染小村庄。任是花期渐远,但有情怀未老,乡路梦中量。岁月一杯酒,慢品齿留香。

190. 秦俊文

【作者简介】秦俊文,安徽省诗词协会会员,马鞍山退休教师,格律诗词爱好者。

蝶恋花·临荷偶得

映日荷塘炎夏里。耀眼莲花,迎面送香气。梅雨方平初伏意。人依岸柳幽情起。　默恋新荷花并蒂,风漾涟漪,绿海胭红挤。连理双枝谁可替,怀君脉脉几时已?

江城子·暑夜思

夜来蝉闹未停消。月柔娇,暑风撩。热浪翻熏,心静仗空调。伏下江南蒸笼罩。风汛起,海天遥。　儿时炎夏赖巴蕉。扇轻摇,伴蝉蜩。一众乡邻,高地侃神妖。直到童亲惊悚叫,星眨眼,是良霄。

临江仙·岸边闲思

庚子水丰凉伏暑,叉江犹报鱼情。五更夜路驾车行。雨停浑不觉,临岸已天明。　总是持竿繁冗忘,水边心旷神清。风云际会也平生。过从皆往事,不再恋曾经。

191. 曹义兰

【作者简介】曹义兰,安徽诗词协会及女工委成员,池州诗联学会副会长,中华诗词学会会员,中加诗词江苏学社副社长,出版有《倚澜拾韵》。

西江月·咏美好乡村之桃花村

圣境千年诗意,青山十里桃花。轻柔薄雾罩桑麻,黛瓦粉墙如画。 土菜休闲娱乐,赏花心旷农家。鸡鸣犬吠映朝霞,交响织成春夏。

风入松·浪漫的夏夜

晚风吹拂水悠扬,池柳影彷徨。绿荷弄月涟漪碎,漾碧波,舟荡轻飏。田野鸟鸣声脆,点萤苍鹭飞翔。 朦胧阡陌稻花香,情绻意绵长。窗前林下听蝉嘈,竹摇姿,蛙鼓河塘。星转南山寻梦,两情相悦称觞。

卜算子·初夏的风

五月石榴红,绿满山坡树。田野青苗细浪腾,沐浴阳光抒。蛙鼓又虫鸣,蝶舞芳菲处。菡萏馨香夏日风,快乐人生度。

192. 潘朝林

【作者简介】 潘朝林,安徽省诗词协会会员,爱好古诗词,作品多见于"安徽省诗协二群""皖江诗谊""月亮诗社""停云小筑""金榜头条"及河北省"沁芳诗社"等微信公众平台。

清溪古镇忆竞渡

苍山烟翠水迢迢,游览清溪伫土桥。
最忆端阳榴胜火,千舟竞渡势如潮。

注:清溪镇属安徽省马鞍山市含山县八大古镇之一。土桥:古镇一景。

登临鸡笼山有感

一石飞来矗碧峰,手挥星月俯云松。
林遮寺宇烟波渺,疑到瑶池入九重。

注:鸡笼山位于安徽省马鞍山市和县城北,旅游景点。

太白楼

绝壁临江太白楼,烟波浩渺景全收。
翠螺山上寻遗韵,一代诗仙万古留。

193. 张松琦

【作者简介】 张松琦，安徽省诗词协会会员，安徽含山诗词协会会员，深圳诗词学会会员。

新安春晓

拂晓春山浥雨烟，鸠咕水郭枕江眠。
浮岚未破平添幻，一棹乌蓬在梦边。

雨过新秋

雨过新秋好梦寻，阜颠红叶映琼林。
星移斗转高天启，节序轮回岁酒斟。
探得菊香为去处，随波凋落是浮沉。
应知日月如流水，不笑凡夫魏阙心。

唐多令·战洪图

黑雨掷苍龙，惊涛卷雾空。落声寒，侵入帘栊。堪恨接连承永夜，难填壑，没重重。　　泽国鼓蛙慵，琼林稚鸟忡。令如山，争看群雄，筑坝围堤堪砥柱，虓虎踞，战旗红。

194. 李 英

【作者简介】 李英，安徽师范大学外国语学院毕业，英语文学士，英语教育硕士。安徽省诗词协会会员，中国诗词论坛会员。和县诗词协会理事、努敏河诗社理事、香港东方之珠文学会理事。《和县老科苑》杂志副主编。

满江红·赞家乡新貌

放眼乡原，晴川上、瑶台朱阁。忆昔日、草长村乱，野坟荒陌。名室空堂蛛网结，文昌古塔蜂窝泊。夜街凉、穷巷曳昏灯，风声虐。　春雷劲，人求索。心与梦，同收获。物流繁华地，果蔬丰博。贤聚和州吟盛世，水乡邀客听泉乐。荷香飘、粉面漾羞红，欢声跃。

注：名室指《陋室铭》中的陋室，在安徽和县。

行香子·明月独酌图

墨色无垠。月若瓷轮。对昏冥，风露撩人。昊空眺仰，幽感难陈。恰风声宁，绮星息，夜云氤。　万象飘沦。独坐崖滨。薄衫寒，谁与披巾？莫辜佳酿，恳月为邻。正诗心狂，墨香漾，扇颜新。

195. 李业清

【作者简介】 李业清,当涂人,安徽省诗词协会、省散文家协会会员、马鞍山市作家协会会员。早在插队落户期间,就开始文学创作。曾在全国性报刊上发表小说、散文、诗歌、杂文和报告文学等作品。

春日偶书

春池似镜柳如丝,芦苇初生紫燕迟。
稚子循声寻不见,塘边嬉戏拽青枝。

童 趣

最爱江南四月中,纸鸢竞放乘东风。
小儿只是牵牵线,极目已然云半空。

钓鱼台怀古

独上钓鱼台,幽思滚滚来。
水清鱼跳跃,林密鸟飞回。
芳草随春绿,山花守约开。
先民何处去?天地一尘埃。

注:钓鱼台,南临姑溪河,北依凌云山。存在于距今6000—5200年的新石器时代晚期。

196. 郭素珍

【作者简介】郭素珍,当涂人,安徽省诗词学会、马鞍山市、芜湖市、池州市诗词学会会员,当涂县诗词协会理事。喜爱文学、诗词,怡情山水。习作散见有关报刊。

渔家傲·战斗在抗洪抢险一线的英雄子弟兵

电闪雷鸣狂风飓。滔滔洪水雨如注。危急汛情漫屋树。号令布。临汾驻。英雄军旅。　　排险救灾何畏惧。人民至上无私助。桩打驱浪乡民渡。使命赋。铁军风采金钢铸。

吟槐花

可人串串莹而雅,靥绽琼枝态万方。
最忆儿时花作饼,珍馐美味口留香。
仰望白洁垂银雪,低观清波着玉裳。
一阵风来铃似响,英姿款款韵高扬。

咏 荷

雨霁青山云雾袅,方塘竞艳秀仙葩。
碧波摇蕊溶溶月,莲动蛙喧淡淡花。
轻棹一帆渔唱晚,疏钟几杵着袈裟。
熏风频传馨香馥,骚客纷纷韵笔夸。

197. 凌毓和

【作者简介】凌毓和，大专学历，做过知青，后在马钢工作至退休，安徽省诗词协会会员。

马钢并入宝武集团有感（新韵）

遥想红炉乍点燃，群英荟萃战新天。
联合钢企谋宏举，独秀江南有颂篇。
电掣轮驰高铁路，船疾舵稳大洋边。
当今宝武称雄霸，告慰毛公唱凯旋。

注：宝武是宝钢和武钢。

山村晓雾（新韵）

晓雾轻柔岭盖纱，婀娜漫舞过千家。
天然水墨丹青卷，自是难描那个她。

读王维《终南别业》诗

水穷云起画中留，羡煞愚翁欲效尤。
安得竹隅茅草舍，徜徉山野享天酬。

198. 芮绍华

【作者简介】 芮绍华,中学语文高级教师,安徽省诗词协会、省市诗词学会会员,芜湖诗词学会会员,池州诗联会员,安徽省诗词学会理事,当涂诗协副会长,县老干部诗联协会常务副会长。

夏 荷

襄河几度夏风清,菡萏亭亭一夜横。
倩影娉娉繁朵秀,幽馨袅袅小枝贞。
星辉琴瑟妖娆美,月映笙箫妩媚荣。
最喜灵魂依此景,中通外直洁名声。

念奴娇·军魂赞

一声炮响,看南昌城内,英雄豪杰。湘赣会师擎玉柱,星火燎原功列。血战湘江,强攻泸定,遍洒英雄血。云开遵义,伏龙擒虎连捷。 铸我钢铁长城,红心赤胆,临危不能屈。砥柱中流纾大难,何惧地摇山裂?雾海云端,冰天雪地,树虎贲旗猎。精魂辉映,边关秦汉明月。

沁园春·八一寄怀

鸦片纷争,甲午风云,庚子国殇。恨西夷列强,船坚炮利;东方大国,兵败将惶。割地赔银,忍欺受辱,望厦天津五口商。抗争路,幸仁人志士,纾难兴邦。 红旗漫卷南昌,建割据武装在井冈。更八年抗日,驱倭逐寇;三军歼蒋,立国兴邦。箭绕天宫,蛟探深海,捍卫和平写华章。新时代,要扬威四海,一展锋芒。

199. 胡　鹏

【作者简介】胡鹏，中学退休教师，安徽省诗词协会、含山县诗词楹联协会、作家协会会员。

陌上吟

春雷醒蛰虫，酥雨润桃红。
偕友吟乡陌，长襟裹大风。

新岁雪（新韵）

新年钟鼓闹云端，数九琼花舞紫坛。
一夜银装千样景，两帧素画几诗阑。
皑皑白雪藏田野，凛凛冬松立岭峦。
世界无尘才静美，人生寡欲有清欢。

行香子·游西施故里　五洩胜景

暨浦诸山，天地灵奇。珍珠射体孕西施。夷光郑旦，绝代村姬。有苎萝山，浣纱石，粉红池。　逸情五洩，平湖幽谷。翠竹红枫没危崖。东原飞瀑，西岭清溪。看蛟龙飞，烈马撞，彩云追。

200. 张爱华

【作者简介】 张爱华,淮北市人,安徽省诗词协会会员,省诗协驻淮北办事处副主任,淮北市诗词学会副主席兼秘书长。中华诗词学会会员,中国楹联学会会员。

南坪太平村采风(新韵)

四月芳菲春正浓,香风拂面太平行。
泰山庙会求神佑,古井澄泉惠众灵。
浍水绵延滋翠柳,民谣质朴暖亲情。
祥和福祉出才俊,秀色乡村更耀荣。

颂嫘祖(新韵)

毓秀青山翠锦织,祥云萦绕育先慈。
松林深处植桑树,涧水崖边挂绢丝。
巴蜀辛劳播茧种,盐亭伟丽立神姿。
古今争赞凌霄凤,开辟蚕源著史诗。

初冬感怀(新韵)

倚窗观雪舞,拂袖感衣寒。
风韵虽犹在,流华已不还。
对花怜玉冷,煮酒叹杯残。
岁至半生过,空留一梦闲。

201. 袁志毅

【作者简介】袁志毅，淮北市人，安徽省诗词协会会员，省诗协驻淮北办事处副主任，淮北市诗词学会学术指导。中华诗词学会会员，中国楹联学会会员。

庆祝建国七十周年

七十年前捷报扬，天安门上起霞光。
均田分地民心喜，抗美援朝国势强。
收拾山河开伟业，筹谋道路赴康庄。
而今迈进新时代，再跨征程写锦章。

记省诗协领导莅临淮北检查指导工作

嘉客南来菊正黄，相城盛意似骄阳。
检查指导春风暖，汇报交流翰墨香。
临涣捧茶聆曲艺，运河遗址忆隋唐。
诗坛徽韵添浓彩，浍水濉波润锦章。

贺友人荣膺省作协会员

雪剑霜刀苦雨磨，青山咬定不随波。
诗坛词苑著文妙，义胆仁心结友多。
壮志犹存坏日月，高情常寄自江河。
长风万里扬帆渡，再上层楼奏凯歌。

202. 王锦森

【作者简介】 王锦森,阜阳人,安徽省诗词协会理事,淮北市诗词学会副主席。中华诗词学会会员。安徽省作家协会会员。《安徽法制报》驻淮北记者站站长,资深报人。出版诗集四卷。

古寺有感

山中非净地,寺内有烦愁。
得道高僧者,禅心应自留。

人生道悟

百态人生道悟长,云舒云卷任风扬。
瞬然万物多奇幻,随遇而安呈吉祥。

捣练子·雪

山影乱,雪横飞。飞落深闺人未归。一树飘花原不重,五更压碎锦鸡啼。

203. 陶守德

【作者简介】 陶守德,临泉人,安徽省诗词协会会员,淮北市诗词学会副主席、党支部书记。中华诗词学会会员。

贺省诗协驻淮北办事处成立（古风）

一

锦书传佳讯,淮北庆春生。
皖风传大吕,徽韵荡洪钟。
词比清照女,诗追李杜声。
国学开盛世,文脉固永恒。

二

皖风吹淮北,徽韵溢相城。
沃野润词韵,平畴藏诗情。
焦琴遗音在,高山流水声。
佳酿徐口子,评洒问刘伶。

三

慧眼识相土,徐来庐州风。
行健蕴秉质,势坤载史降。
柳江行漕运,似见隋唐功。
东南有奇岫,跃跃腾苍龙。

204. 牛家强

【作者简介】 牛家强,淮北市人,大学副教授,安徽省诗词协会理事,淮北市诗词学会副主席,中华诗词学会会员,中国楹联学会会员。

秋 雨

相城连日雨,丹桂正苍然。
枫俏疏枝上,荷萧绿水边。
横江飞白鹭,浮浪起寒烟。
临牖观黄叶,飘飘落近前。

飞雁鸣秋晚

飞雁鸣秋晚。扶摇上九皋。
迁延何惧苦,寻觅不辞劳。
中泽能狂啸,云巅发怒号。
只为安宅故,万死乐陶陶。

古渡台儿庄

占得河槽那一湾,连江以畔势非闲。
春波断岸南粮到,秋水衡门北戍还。
千里狼烟能自许,百年魂梦不惭颜。
扬帆砥砺兴华夏,屹立环球天地间。

205. 王 屈

【作者简介】王屈,淮北市人,安徽省诗词学会会员,淮北市诗词学会副秘书长,中华诗词学会会员。安徽摄影家协会会员。有数篇诗作和摄影作品在多家刊物发表。

咏淮北历史文化

商相筑土五千年,宋楚长歌古韵传。
流水知音焦尾碎,广陵散止月华眠。
秦城涣铚风霜尽,隋岸运河杨柳烟。
击楫弄潮多壮志,濉淮新貌绘诗篇。

贺省诗协驻淮北市办事处成立（新韵）

庐阳喜报电文传,久雨初晴霁色天,
古韵新生琼玉叶,明霞巧剪秀峰巅。
风流诗苑聚骚客,儒雅文情赋锦篇。
省市群英齐携手,共吟半从颂山川。

垂丝海棠

艳姿明绮恨春迟,粉蕊柔英垂万丝。
倩影怡情羞紫锦,夕阳半落映红枝。

206. 熊化凤

【作者简介】 熊化凤，中学高级教师，淮北市人，安徽省诗词协会会员，淮北市诗词学会理事，中华诗词学会会员。

七夕夜忆

那年七夕凤仙开，染得青葱多少回。
月下遥遥问牛女，此花天上可曾栽？

题临涣文昌宫讲解员陈文章

心底文章高振声，陈君务实又深情。
铚城漫漫千年事，听似昨天才发生。

归 饮（孤雁格）

坐听一树晚蝉吟，几片黄芽洗路尘。
上下沉浮真境界，不关天地不关人。

207. 任 群

【作者简介】任群,濉溪县人,安徽省诗词协会会员,淮北市诗词学会理事,中华诗词学会会员。多篇作品曾被入编诗词专集。

雨 后

细雨初收满目新,花凝玉露草铺茵。
萌娃三五嬉声脆,也伴黄莺唱早春。

喜庆重阳节

菊绽东篱朵朵香,枫红叶落映秋阳。
云天把盏邀同醉,四海齐吟福寿康。

春节同学聚会

乙亥新年雪色融,濉城百里笑春风,
千声炮竹迎新岁,万点飞花入碧穹。
举酒倾谈喜相见,倚阑执手待重逢。
人生苦短多珍惜,一路前行兴未穷。

208. 蔡武汉

【作者简介】蔡武汉，安徽省诗词协会会员，淮北市诗词学会会员，中华诗词学会会员。

鹧鸪天·夏日乘凉感吟

独枕凉阴作午眠，炎炎与我又何干。
清风偶拾二三缕，诗赋时翻五六篇。
轻执盏，惬听蝉。浅吟低唱小塘边。
芙蓉绽绽香千里，醉在人间不问年。

鹧鸪天·赴南京途中偶感寄家

昨夜滂沱雨未停，远山流碧水流平。
繁华过眼三千树，寂寞生愁五十亭。
思往事，念前程。杂陈百味是心情。
人生若可回年少，不负青春不负卿。

鹧鸪天·庚子年妻生日随吟

入户春风淡淡香，穿帘明月慢移墙。
金樽清酒桃花面，佳馔甜糕细烛光。
声脆脆，笑长长。今朝注定您为王。
垂蓁轻许心头愿，子贵夫荣福满堂。

209. 张学仁

【作者简介】 张学仁,枣庄市人,安徽省诗词协会会员,安徽省作家协会会员,淮北市诗词学会理事,作品散见于省市级报刊及网络平台。

龙脊山

二月初春龙脊游,趁晴逐浪泛轻舟。
垂杨吐绿清风拂,芳卉飘香碧水流。
雁掠层林云影下,鹂歌妙曲树梢头。
登高远眺湖山色,无限韶光一望收。

游华家湖

华家湖畔艳阳天,娇蕊荷花碧透莲。
鱼跃清波山滴翠,鸟鸣祥瑞柳生烟。
渔歌皓月蛙声鼓,帆影随风乡梦翩。
美酒佳肴游子醉,撩人夜色伴归船。

桓谭公园抒怀

千占桓谭故里情,碧波荡漾郁葱菁。
园林翠柳鸣啼鸟,亭院青溪拾落英。
远眺高台名淡泊,坐观曲径道分明。
倚桥左右吟佳景,湖色烟霞罩畔城。

210. 赵正溪

【作者简介】 赵正溪,安徽省诗词协会会员,淮北市诗词协会理事。"南湖之声""空中戏院""今晚有约"节目主持人。

柳孜石阶

古镇千年嘶战马,沉沙静卧未能知。
石阶忽见江河道,方晓曾居盛世时。

文化交融

一河通洛地,文化互交融。
筑有南方意,林兼北国风。
舟船过古寺,车马入川中。
隋帝开盛举,明恩始大同。

运河怀古

隋唐货运出邗沟,盐铁专司至九州。
扬郡闻听商贾地,苏湖观刈谷粮收。
江南世代多才俊,汴水千年尽富丘。
若是轻波不春色,何来帝业一生休?

211. 张淑梅

【作者简介】张淑梅，淮北市人，安徽省诗词协会会员，淮北市作家协会会员，淮北市诗词学会理事，中华诗词学会会员。

相城秋色（新韵）

丹桂如丝荷淡雅，香风阵阵漫城浓。
日出色染相峰秀，月上银流古镇琼。
黄里石榴开口笑，南山柿子挑灯红。
迎接四面远行客，美酒一杯倾满盅。

国庆感怀（新韵）

蓝天丽日彩旗飘，锦绣河山万里娇。
威武雄狮声似浪，开怀大众唱如潮。
神州共饮牛辰酒，华夏同飞胆气豪。
火树银花连昼夜，长歌载舞乐滔滔。

早 春（新韵）

丽日蓝天润，轻风草树扬。
红梅星蕾紫，绿柳细芽长。
好雨驱寒雾，疾雷震恶霜。
瘟神一夜散，春到百花香。

212. 孙克攀

【作者简介】孙克攀,淮北市人,安徽省诗词协会外联宣传部副部长,中国楹联学会会员,中华诗词学会会员,现任《中国国风网》主编。

吟柳江口花海

千里芳波尽眼收,众花为海我为舟。
韶光明丽佳人醉,夏木葱茏骚客悠。
耨月植荷妆绛阙,耕烟种草绕琼楼。
袂裾袖得氤氲气,七日归来香未休。

隋堤行吟

渠成数千里,百万役多年。
南北无歧路,东西少隘川。
隋堤行楚客,汴水走吴船。
丰泽功斯世,斫颅堪可怜。

叹隋炀帝

锦帆天子下扬州,龙舫逾千阻汴流。
宝绮七瑛遮眼炫,腻香百里漫空浮。
笙歌靡靡蚀英骨,花柳依依销壮酬。
若知雷塘尺躯葬,悔惭御苑起迷楼。

213. 赵成良

【作者简介】赵成良，淮北市人，安徽省诗词协会会员。早年从事散文杂文创作，作品散见于省内外各级报刊。

雅集有吟（新韵）

兰亭韵事几回闻，万里江山日日新。
满纸枯藤一径柳，而今又见古风存。

寄内子华诞

岂因富贵岂关贫，半世相偕半苦辛。
北去南来还复北，缘成吴楚路成姻。

巢湖中庙湖天胜境有吟

古寺危楼瞰千波，青螺沽酒醉渔歌。
俗风不染神仙境，始信名山有烂柯。

214. 王成志

【作者简介】 王成志，淮北市人，安徽省诗词协会会员，中华诗词学会会员，中国诗歌学会会员，淮北市诗词学会会员，安徽省作家协会会员，淮北市作家协会会员，中华福苑诗词学会常务理事。

濉河四月天

晨曦穿樾过，光柱灿无垠。
桃色花香异，莺歌柳色新。
野凫群戏水，老树共行春。
纵是无清酒，陶然也醉人。

游淮北南湖公园

鱼翔浅底鹤盘空，若水连天昊碧穹。
雪树花坪垂柳软，长堤映日画图融。
蒹葭苍劲随风舞，鸥鸟留行隐草丛。
旖旎景光超世外，绿金淮北醉诸公。

桓潭公园荷园（新韵）

清风雨润绿相山，漫步桓潭赏荷园。
叠翠碧冠擎爽露，锦衾红缎映湖烟。
静如处子真娴淑，柔似孩童乐享闲。
度夏伴君幽隽雅，疏狂惬意写佳篇。

215. 赵 飞

【作者简介】 赵飞，安徽省诗词协会会员，一个喜爱格律的内科医生，有一颗安然向暖的心，感悟生活，聆听岁月，用灵魂的素笔虔诚于平仄里的修行。

贺省诗协驻淮北办事处成立

雨润相城恰此时，徽风皖韵绽新枝。
吟旌黄发诗声卷，梦笔垂髫翰墨奇。
研习仄平扬国粹，歌讴盛世赋青词。
万千祝福酬宏愿，凤举龙兴任骋驰。

游拙政园

拙政园林早慕名，中秋佳节喜成行。
假山古木祥云绕，曲径回廊紫气萦。
阅尽沧桑心笃定，斟空寂寞意丰盈。
松泉逸韵尘嚣远，不醉瑶台只醉卿。

岁杪感怀

又临岁杪梅三弄，回首经年足迹丰。
杖拄青山风两袖，舟横碧水浪千重。
茗茶沏满禅机悟，浊酒斟空绮梦逢。
洗尽繁华余静默，邀来飞雪话新冬。

216. 赵志刚

【作者简介】 赵志刚，淮北市人，安徽省诗词协会会员，淮北市诗词学会理事。热爱本职工作，喜欢阅读、旅游和球类运动，偶尔摆弄文字，渴望从平凡琐碎的生活中发现诗意。

喜 雨

好梦迟迟醒，隆隆室外雷。
惊疑夤夜雨，淅沥未曾回。
洗绿门前柳，催红院后梅。
甘霖知节降，黄发尽余杯。

叶 颂

残冬根转暖，枯树蘖新芽。
盛夏盈生意，青山发物华。
寒林铺锦缎，远径醉流霞。
霜降纷纷落，为泥更护花。

南湖欢迎淮北援鄂医护凯旋

援鄂英雄喜凯旋，万方乐奏庆空前。
彩旗招展秧歌扭，红缎飘飞劲曲连。
市长致辞明肺腑，队员宣誓续新篇。
南湖滚滚春潮起，百业中兴大有年。

217. 朱家龙

【作者简介】朱家龙，固镇县人，安徽省诗词协会会员，淮北市诗词学会会员，作品散见于省内外报刊及市地网络平台。

咏　菊

岁序轮回降苦霜，鸿飞怅啸菊花黄。
娉婷秀媚燃金色，姹紫嫣红笑艳阳。
陶令东篱吟雅韵，易安锦苑颂幽香。
天生丽质非凡物，召唤骚人赋锦章。

咏秦淮（新韵）

灯火辉煌照彩楼，流波碧水泛轻舟。
亭台舍榭钗裙舞，画栋雕栏琴瑟柔。
洗去浓胭妆淡雅，迎来盛世唱清幽。
六朝古邑歌新貌，骚客如云颂帝州。

清平乐·迎春（通韵）

银装素裹，瑞叶天陲堕。万里山河奇景阔，日照云霞起落。
垂柳枯荷萌生，东风唤醒空濛。傲雪寒梅绽蕊，聆听岁末雷鸣。

218. 笪先明

【作者简介】 笪先明,桐城市人,安徽省诗词协会会员,淮北市诗词学会会员,淮北市书法家协会会员。现居淮北市。平时爱好书法、篆刻、诗词、奇石和文玩等。

龙湖公园观紫薇花

紫薇烟色里,俏影雾云遮。
昨夜戴甘露,初晨披彩霞。
风吹三寸叶,日照一团花。
时暑仍争艳,人来亦拊嗟。

游华家湖

久雨初晴后,平湖纵意游。
微风吹柳岸,碎浪拂沙洲。
水阔烟云远,山高景色幽。
人来皆忘倦,日暮已欢休。

步遇合欢花

东园有嘉树,闻讯去窥寻。
蝶戏香枝在,蜂飞黛叶深。
昼开惊俗眼,夜合没贞心。
采摘何曾醉,尘缘何胜簪。

219. 田　原

【作者简介】田原，萧县人，安徽省诗词协会会员，淮北市诗词学会理事，喜爱古典诗词，有诗词作品发表于纸媒网媒。

定风波·寄赴武汉抗疫之白衣天使

岁杪风烟锁楚荆，何来毒魅露狰狞？黄鹤楼前笳鼓急，飞檄，钟公良策请长缨。　　离子别妻挥手去，不惧，丹心铁血逆中行。誓斩妖魔驱疫散，还看，汉江波碧水云清。

赞基层抗疫工作人员

毒魔侵楚地，岂忍坐中观。
卡点临风上，长街和雪餐。
丹心留巷陌，日夜守平安。
待到阴霾散，倾杯应尽欢。

雪

隔牖纷飞寒漠漠，玉琼冰骨见芳华。
东君试问归期处，谁报新春第一花？

220. 徐 梅

【作者简介】徐梅,淮北市人,安徽省诗词协会会员,安徽省女书法家协会会员,淮北市书法家协会会员、淮北市美术家协会会员。

贺邢紫璇油画展(新韵)

忽闻油画展江南,急下姑苏见紫璇。
相聚同欢明远志,美人画里写诗篇。

国立书画交流(新韵)

墨香弥漫壮河山,几首诗词落纸边。
尺寸之中天地大,才情融入鸟林间。

春 愁

春雨无声落,家家闭户中。
疫情何日绝,笑语沐和风。

221. 梁永坚

【作者简介】 梁永坚，淮北市人，安徽省诗词协会会员，中华诗词学会会员，中国楹联学会会员，淮北市诗词学会理事。

夏之荷塘

荷盘风急珠星去，翠鸟朝欢旭日来。
黄雀吱音高叶舞，金蛙咕语细波开。
惊心锦鲤红妆动，触目银鹅羽体徊。
坐夏推轩清美映，携云握雨自怡哉。

精准扶贫国策赞

扶弱济贫行路上，习公挂肚又牵肠。
基层视察精心问，会议专题至细商。
深入地头端妙计，亲临田坎送金囊。
人民福报与时讲，喜看穷乡沐曙光。

咏龙脊山月亮湾

龙脊山坳月亮湾，旗新故地畅怀观。
小溪夕照金鳞跃，庄户炊烟紫燕欢。
百亩榴花红欲滴，四时蔬果绿滋漫。
流芳集秀撩心动，雅客骚人络绎餐。

222. 赵 健

【作者简介】 赵健,安徽省诗协会、省书法家协会会员。就职于淮北市人大财经委。工作之余有诗词书法之好,多年坚持临池吟咏,作品散见于报刊网络。

咏 荷（新韵）

静处一隅任意开,田田翠叶浪中来。
苞如斗笔书豪气,身具虚心秉下怀。
独爱池塘依碧水,亦存韵志寄残骸。
花间君子格高雅,成就元公诗赋才。

卜算子·致逆行者

料峭春寒时,冠毒临荆楚,疫患伸延城告急,众志齐援助。
无意逞英雄,义将妖魔罝,使命萦怀敢逆行,怎惧崎岖路。

223. 许继光

【作者简介】许继光,萧县人,安徽省诗词协会、淮北市诗词学会会员。中共党员,高级律师,法律硕士。喜爱诗词文赋。

乡村新貌

林深高掩舍,花草映红墙。
瓜果攀棚架,笙丝绕屋梁。
巷头车亮眼,村户酒凝香。
到处新风貌,心怡多锦章。

谒天藏寺(古风)

小寺承千载,禅声长谷流。
危岩人罕至,灵鸟自鸣幽。
闻传西僧渡,泉漫锡杖头。
深林飞紫雾,俯瞰碧云收。

长相思

左牵牛,右牵牛,攀上藩篱引蝶留,风来点点头。　紫花幽,碧花幽,落日斜晖牵手柔,晚情霞晕羞。

224. 郭广全

【作者简介】 郭广全,涡阳县人,安徽省诗词协会、淮北诗词学会会员,退役军人、在读大学生。

端午节悼念屈原

屈子忠贞为国酬,汨罗江上楚魂幽。
离骚成曲千秋颂,天问当歌万古留。
竞渡龙舟寻盛迹,咀吞香粽慰肠愁。
高山仰止生民望,瀚海含情断水流。

游中湖圆梦岛偶感

中湖岛上缘情染,千顷长波戏碧莲。
明月绿城凌岸起,酒庄博瑞美名传。
矿山蜕变奇幽景,广电高歌相邑篇。
我欲乘风驰锦浪,半生若梦半生仙。

游乾隆湖

一片清泉水,悠悠圣迹行。
乾隆寻胜地,桃柳宿鸳鸯。
云绕飞檐塔,禅参古寺声。
泛舟江上客,遵道莫贪争。

225. 李懋棠

【作者简介】李懋棠,濉溪县人,安徽省诗词协会会员,安徽省散文家协会会员、淮北市诗词学会会员、淮北市作家协会会员。著有《悦心集》一部。

梓里情怀（古风）

退休好友频来电,原是离城住老家。
旧宅维修刷白墙,院角一围饲鸡娃。
闲下窗前勤研读,乘兴提水浇杂花。
夕阳伴我田野去,采摘满筐大西瓜。

去老家有题（古风）

进城不见耕地牛,常思梓里老春秋。
得意洋洋甩鞭响,犁铧翻土生浪头。
合当借得年休假,自驾回归半晌留。
院落石槽芫草掩,那时岁月入低眸。

夜宿农家乐（古风）

院阔门高红瓦楼,夕阳西下宿不愁,
主人朴实农家女,接待大方问餐求。
石桌摆上土烧酒,灶间蒸煮有庶馐。
一碗一吟多舒坦,好听俚曲与我酬。

226. 侯玉梅

【作者简介】 侯玉梅,临泉县人,安徽省诗词协会会员,淮北市诗词学会理事。居宿州市,热爱诗词,酷爱文学。

桐城龙眠山品新茗有感(古风)

桐城有小花,龙眠山中茶。
明前初采摘,清泉煮新芽。
待客为尚品,怡情乐农家。
醉人何需酒,香茗绽芳华。

淮北乡村风貌(古风)

淮北旧貌换新颜,条条马路村村连。
碧水清清柳成阵,高楼栋栋立芳原。
桃花园里歌声美,生态农庄摘果鲜。
鱼跃池塘云水乐,绿水青山入画帘。

柳孜码头遗址感怀(古风)

柳孜遗址绽芳菲,随堤绿柳吐翠微。
昔日繁华胜景地,而今重现复腾飞。
一条大河汇碧水,漕运物流贯南北。
莫道炀帝无功绩,通济惠民铸丰碑。

227. 李世剑

【作者简介】李世剑,濉溪县人,安徽省诗词协会、安徽省作家协会会员,安徽省散文家协会理事,淮北市作家协会会员,淮北市诗词学会会员。

祖国颂

江河拍浪接云轻,五岳欢歌尽笑声。
银隼舒姿掠空舞,铁龙呼啸绕山行。
民安恰是风光好,海阔欣逢远客盈。
华夏雄魂当世瞩,吟诗千首颂豪情。

临涣行

春风引我来临涣,古镇千年显秀芳。
蹇叔家园才俊著,嵇康故里浍流长。
游人聚满文昌阁,茶客倾情大鼓场。
石板路边思往事,老街美酒正飘香。

游桓谭公园

贤范功名世代扬,公园景致万家尝。
绿荷蒲草随风去,野鸭金鱼寻食忙。
靓女帅男依柳岸,黄童白叟唱丰康。
读书练剑青春度,立志图强岁月芳。

228. 张 飞

【作者简介】张飞,淮北市人,中学教师,闲暇喜读诗赋词,爱出游交友。安徽省诗词协会会员。

沁园春·眉月初升

眉月初升,楝子香呈,闲适心情。步环湖道上,绿浓深处;雅音耳悦,佳气眸明。戏水孩童,健身男女;低唤高呼长短迎。祥和景,引南黎千百,笑语欢声。　　九州齐享安宁。盖披甲杰雄争逆行。悸节逢庚子,汉传疫警;内忧未竟,外患频仍。令发中南,援驰八面;送罢瘟神玉宇清。躬其会,愿同鞭名马,共赴前程。

水调歌头·游步南湖里

游步南湖里,四处绿茏葱。芳堤环舞杨柳,鸥鹭掠晴空。几树紫薇羞放,竟引黄蜂彩蝶,相戏隐深丛。竹外聆蝉韵,相约两情浓。　　拨香草,寻幽径,觅荷红。一塘泻翠,雨盖珠滚韵无穷。叶底锦鱼吹浪,花下青蛙击鼓,舟舸趁清风。协奏似天籁,我亦乐其中。

229. 董宏略

【作者简介】 董宏略,淮北市人,安徽省诗词协会、中华诗词学会、中国楹联学会会员,淮北市诗词学会首席学术指导,获中华诗词终身荣誉奖,著有《啸歌讴吟》《黎龙秋韵》诗词集。

题爱晚亭

一亭幽绝早传芳,峡口清风赠客凉。
犹忆桃花斗红紫,还怜菊蕊绽金黄。
饶将春色输秋色,迎过朝阳送夕阳。
多少才人留妙句,也曾惬趣润诗肠。

踏 青

花红草绿映村头,新貌焕然胜昔畴。
栉比楼高连大野,排行树碧接瀛洲。
苍山陡立清风起,落日平铺白水流。
万缕阳光牵网线,乱愁丢下放怀游。

中国大运河

古运通淮日夜流,渚尚玉树不曾秋。
十年士女河边骨,一笑君王镜里头。
月下虹霓生水殿,天中丝管在船楼。
繁华往事云烟过,儿戏江山无那愁。

注:十年,指隋炀帝执政十几年,开挖运河,无数服役女死于非命。一笑,炀帝曾揽镜对萧后说:"好头颈谁当斫之?"喻炀帝死期不远。

230. 牛正银

【作者简介】 牛正银,淮北市濉溪县人,安徽省诗词协会、淮北市诗词学会会员,喜好诗词,善交友、爱登山。

春之韵

花蕊含羞朵朵开,甘霖懂我应声来。
一支画笔情无限,春色盈眸喜剪裁。

夏之韵

馥馥莲花开满塘。金蝉欢唱果飘香。
隋堤十里浓荫道,午憩农人好纳凉。

冬之韵

鸟唱晨窗伴雪来,蔬园翠绿绝尘埃。
欣然提笔描心景,一串好诗何用筛。

231. 桑灵侠

【作者简介】桑灵侠，淮北市人，安徽省诗词协会、淮北市诗词协会会员。作品散见于多家网络平台。喜欢在平淡生活中发现美、书写美。

百善文化园行吟（新韵）

芙蓉秋水绽鲜妍，荷叶田田碧映天。
馥馥回塘如梦境，濛濛细雨赛江南。
廊桥忽喜听新曲，画舫阿谁弄素弦。
柔露轻沾游客面，满眸香蕊惹人怜。

秋 韵

梧桐摇曳映曦阳，闲听蝉鸣倚小廊。
涂画自娱三四幅，写诗谁赏数千行。
小池隔竹生清气，横几弹毫带冷香。
且逐高情入秋色，辛勤不辍惜时光。

秋登柏山欣咏

空气清新晨鸟欢，相山脚下览暄妍。
堪怜雨后蝉声老，可喜崖头野果鲜。
涧水泠泠流好韵，诗心恋恋有情缘。
欣然独挽清风醉，题叶红枫寄稔年。

232. 祁雪林

【作者简介】祁雪林,原名祁延侠,安徽省诗协及诗协女工委、淮北市作协会员,以诗歌绘画为爱好。

幽 兰

平生皆为青松绿,养在书房独立妆。
恰似美人含醉卧,幽兰暗送冷清香。

海上孤舟

江天江月年年似,唯有云峰各不同。
人在轻舟留晚照,涟洏碧海亦冥濛。

南乡子·中秋月(新韵)

中秋月,冷无声。为谁牵向故乡情。南雁回时留无意。叶满地。月满照窗君远忆。

233. 王德乾

【作者简介】王德乾，建筑工程设计师，中华诗词学会会员，淮北市诗词学会学术指导，濉溪县诗词楹联学会会长。

棚户区新貌

土墙老宅已无痕，满目琼楼换旧村。
燕至难寻当日景，人归不辨自家门。
林泉翠柏围庭院，仙境瑶台惊梦魂。
花径通幽图画里，民歌心曲颂天恩。

自 勉

虽说离鞍实未休，窗台耕耘汗津流。
日临书画崇摩诘，夜学诗词拜陆游。
仰慕松筠何畏雪，弘扬国粹不知愁。
人生道路难言尽，曲直行藏各自求。

思 绪

壮志经年愿已违，经风沐浴享斜晖。
时逢盛世月初出，花落暮秋春又归。
尘事蹉跎怜杜甫，诗心迢递恋王维。
未能杯酒将愁去，闲染云笺思绪飞。

234. 蒋梅岩

【作者简介】蒋梅岩,铜陵人,安徽省诗词协会常务理事兼驻铜办主任,铜陵诗词学会副会长兼副主编,中华诗词学会会员。

庆祝省诗协驻铜陵办事处成立

省会传情到五松,红头文件乐黄钟。
铜都遍坠桃花瓣,预兆诗坛居顶峰。

欢迎省诗协领导莅临"驻铜办群"二首

一

有幸迎来三大家,精心指导育芳华。
皖风劲鼓铜炉火,徽韵频萦鹊水槎。

注:①三大家,是省诗协叶如强、左会斌、董万英(女)三位会长。②红纱,代指女士。

二

画凤翥升凭上手,绣龙飞舞赖红纱。
同群切磋寻丰藻,诗苑常开绚丽花。

赞精准扶贫

一铲穷根赖妙方,二攀秃岭植槐杨。三农德政民生惠,四化沃畴机械骧。五谷丰登殷国库,六禽肥壮鼓钱囊。七星高照征途亮,八皖腾飞信念强。九域昌兴旗猎猎,十辉灿烂永祯祥。

235. 柳 春

【作者简介】 柳春,铜陵人,安徽省诗词学会会员,安徽省诗词协会理事,中华诗词学会会员,铜陵诗词学会常务理事,胥坝诗词学会副会长兼《胥坝诗词》主编。

结 香

一丛矮树秃枝桠,叶未生成先著花。
开在初春寒峭里,幽香漫溢浸人家。

铜草花

丛丛铜草花,艳艳紫烟霞。
根扎贫酸地,心倾富贵家。
圃园难觅影,山野绽奇葩。
碧矿深藏处,寻寻自有它。

采桑子

雨中黄鹤浑身冷,倍觉风飕。天暗云愁,肆虐狂魔闹不休。
全民战疫严防控,中国加油。武汉加油,历历晴川鹦鹉洲。

236. 沈光明

【作者简介】沈光明，安徽铜陵人。副主任医师。安徽省诗词学会会员，安徽省诗词协会理事兼驻铜办副主任，铜陵诗词学会理事，中华诗词学会会员，《五松山诗词》编委。

庚子新春

晨观升旭日，暮望落云霞。
细品阳春雪，闲吟下里巴。
皱眉思鄂汉，搓手急桑麻。
雪霁梅花艳，香风送万家。

春回大地

冰雪融春水，枝头吐嫩芽。
湖边垂翠柳，宅院绽芳花。
雨润田畴绿，风吹旷野嘉。
神州春意景，处处耀烟霞。

咏　竹

挺拔凌云展翠屏，幽篁深处溢清馨。
绿烟光影姿优美，四季葱茏气节铭。

237. 胡南海

【作者简介】胡南海,芜湖南陵人,安徽省诗词协会会员,铜陵诗词学会理事,芜湖诗词学会、安徽省诗词协会、中华诗词学会会员。著有《飞云岭草》。

咏秦淮河

秦淮胜景又重游,几度欢欣几度愁。
昔日彩船歌伴舞,今朝碧浪夏连秋。
六朝金粉凄凄逝,万里长江滚滚流。
葱翠钟山依旧立,朝阳照射古城楼。

芜湖颂

一别芜湖四十年,市容市貌已全迁。
楼房林立堪遮眼,工厂成排不见烟。

西江月·抗洪抢险

连日倾盆瀑雨,阳侯一路咆哮。洲圩群众正心焦,但见官兵赶到。　　奋不顾身抢险,人民利益崇高。打桩堵漏战狂涛,前线频传捷报。

238. 章卫星

【作者简介】 章卫星,铜陵人,安徽省诗词协会、中华诗词学会、安徽省诗词学会会员,铜陵诗词学会理事,胥坝诗词学会副会长兼秘书长。

庚子洪水

庚子入梅忧,水从天际流。
雨帘遮道路,风浪盖沙洲。
田里蜫虫寂,地中荒草稠。
汛期真爱显,晴日快当头。

江洲新事

春风拂柳絮花飘,碧水奔腾逐浪高。
创业出行成势态,返乡居住变时髦。
当年僻壤穿粗布,现代农村着锦袍。
德政惠民江渚富,扶贫精准大功劳。

西江月·战疫

冠毒入侵江汉,中枢决策超前。居家防疫断相传,口罩人人一片。　天井湖边翠绿,五松山下平安。明朝一起过难关,同了踏青心愿。

239. 徐金喜

【作者简介】 徐金喜，铜陵人，安徽省诗词协会、中华诗词学会、安徽省诗词学会、铜陵市诗词学会理事，胥坝诗词学会会长。

夜巡江堤

大雨倾盆降，提灯彻夜巡。
非因江景美，只为汛情辛。

历史永铭

八十三年往，倭军肇事狂。
卢桥燃战火，壮士握钢枪。
无数英雄血，几多黎庶亡。
万民齐奋战，华夏见骄阳。

参观铜陵有色展示馆有感

铜陵有色程，兢业动天情。
巷道英雄史，创新世鼎名。

240. 洪光明

【作者简介】洪光明,安徽省诗词协会、中华诗词学会、安徽省炳烛诗书画联谊会、铜陵诗词学会会员,铜陵炳烛诗书画联谊会理事。

圩乡春

地润青苗壮,天高暖气微。
浮云如白絮,油菜似罗帏。
水浅鱼勤跃,林深鸟复归。
春晨田野闹,一片笑声飞。

幸福夕阳歌

休闲告退好时光,恰遇全民奔小康。
书画琴棋邀友练,诗词歌赋引吭扬。
观游景点逐星月,敲击银屏话短长。
老汉余生竟圆梦,又回往日少年郎。

长城吟

巍巍万里与天融,千载文明傲宇中。
二百雄关连不断,一腔霸气统无穷。
时光深记帝王业,日月高瞻武德功。
华夏子孙圆国梦,巨龙再起富强风。

241. 孙 泓

【作者简介】 孙泓,安徽省诗词协会、中华诗词学会会员,铜陵诗词学会副秘书长,铜陵老年书画联谊会会员,铜陵武术协会会员。

《皖风徽韵》送书会

皖风吹进小农家,徽韵含香胜艳葩。
展阅新词如饮酒,杯杯传递友情花。

贺省诗协驻铜办事处成立

诗花一朵落铜陵,绰约丰姿节节升。
古韵悠悠通四海,天南地北结贤朋。

抗洪灾

雷雨声声刺破天,灾情危急众心悬。
江河倒灌农田毁,部队急行泥地穿。
风口浪尖迷彩服,村头坝尾护堤员。
军民日夜同甘苦,奋战洪涛试铁肩。

242. 汪意霞

【作者简介】汪意霞，安徽省诗词协会、中华诗词学会会员，铜陵诗词学会副秘书长，铜陵《五松山诗词》副主编，中文诗歌网副主编。

《皖风徽韵》铜陵送书会

七月铜都景靖嘉，群贤毕至小农家。
皖风和畅舒晴日，徽韵馨香沁九华。
咏物吟怀情隽永，讴歌时事意清遐。
传承文化齐心干，再上层楼撷艳霞。

卜算子·咏竹

小楼庭院西，几处新篁肆，疏影婆娑绿掩窗，月下潇湘意。直节向青天，澹泊凌云志。堆雨凝烟傲雪霜，自有清华气。

渔家傲·赞铜陵医护驰援武汉

庚子新年天降难，新冠病毒江城窜。扰得神州迷雾漫，人愁叹，疫情日日添忧患。　负重逆行援武汉，铜都医护南征战。不忘初心平安捍，同祈盼，寒冬过去春光灿。

243. 许筱兰

【作者简介】 许筱兰,安徽省诗词协会、中华诗词学会、省诗词学会、省炳烛、中国老年书画研究会、市美协会员。铜陵诗词学会理事。市炳烛常务理事,省老年书画研究会常务理事,市老年书画联谊会副会长。

濛洼蓄洪

滔滔浊浪毁琼楼,开闸分洪保九州。
万亩良田虽水泊,人间大爱载千秋。

贺省诗协驻铜办事处成立

诗花一朵到江南,皖韵徽风更溢香。
承继宋唐添雅韵,弘扬国粹出华章。

244. 张新红

【作者简介】 张新红,江西上饶人,现居铜陵,安徽省诗词协会会员、中华诗词学会、铜陵诗词学会、铜陵炳烛书画联谊会会员。

信江龙舟赛(通韵)

猎猎彩旗雷鼓震,太平盛世慰屈原。
端阳节庆信江欢,如箭龙舟竞渡酣。

周潭七井采风(新韵)

七井采风去,景观卓不群。
瑶池天上落,翠岭霭中熏。
蛙鼓良田秀,鸟鸣修竹殷。
乐山犹乐水,吟唱兴纷纷。

渔歌子·信江渔舟唱晓

水天　色共争辉,碧水西流鹭鸥随。虾蟹壮,鳜鲢肥。渔舟唱晓满舱归。

245. 江雁玲

【作者简介】江雁玲,铜陵人,安徽省诗词协会、中华诗词学会会员,铜陵诗词学会理事,《铜陵炳烛》编委。

精准扶贫颂

粮丰水秀花招展,沃土澄江碧玉扬。
润雨泽风舒广袖,修红补紫聚芬芳。
纸鸢观岭起春色,丝柳闻莺奏乐章。
华夏腾飞圆国梦,惠风和畅贯山乡。

赞省诗协《皖风徽韵》

皖风轻拂面,徽韵九州传。
雅士生花笔,龙翔凤翥篇。

采石矶之歌

翠螺雄踞大江边,鬼斧神工接九天。
多谢诗仙传梦笔,沉香亭畔著新篇。

246. 黄文琴

【作者简介】 黄文琴,安徽省诗词协会、南京市楹联协会、梧桐诗会、玄武区诗会会员。酷爱文学,钟情诗词。作品散见于网络平台。

杏花村

雨霁鸟啼阡陌翠,山明水澈遍诗痕。
情随皓月依丝柳,心系青云飘杏村。
浴日繁花呈秀色,流芳杰作自名门。
醉仙居内千愁远,把盏吟怀颂国魂。

樱花谷

春临樱谷嫩枝鲜,灿若繁英雅韵绵。
杏雨轻飘花染露,绡云曼舞絮飞天。
徜徉倩女丛中笑,邂逅新莺林内穿。
旋挹清风邀玉屑,香魂欲待伴诗眠。

琴

松风花雨月沾襟,佳境空灵醉古今。
云卧泉流怀遣兴,烟生水碧觅知音。
沧波缱绻千年意,竹韵缠绵几许心。
绿绮纵然声袅袅,子期离去向谁吟?

247. 汪 蓉

【作者简介】汪蓉,义安区胥坝乡文化站工作,铜陵人。安徽省诗词协会、铜陵诗词学会、胥坝乡诗词学会会员。

秋老虎

节至初秋暑未凉,梧桐枝杪叶青黄。
霁天云淡蝉尤噪,正午时分依旧狂。

晚 秋

寒近露浓雁几行,东篱院落菊红黄。
秋虫细语呢喃夜,弄月吟风曲调长。

傍晚独步村郊道中

余晖晚照醉流霞,暮色苍茫月笼纱。
阡陌缓行幽静里,忽闻犬吠有人家。

248. 王宏书

【作者简介】 王宏书,铜陵人,超市职员。安徽省诗词协会会员,中国楹联学会会员,铜陵诗词学会理事,《胥坝诗词》编委。

访 荷

未近荷塘人已痴,清香先送一波诗。
顿时已觉心湖绿,斯处花开十万支。

对 荷

烟雨江南六月中,几朝不见又相逢。
纤纤手执青罗伞,让我心生袅袅风。

画 荷

翠盖玲珑玉作肌,一张一合绿心池。
我今欲借马良笔,画写濂溪朵朵诗。

249. 蒋怀国

【作者简介】 蒋怀国，铜陵人，安徽省诗词协会、中华诗词学会、铜陵市炳烛诗书画联谊会会员，铜陵市诗词学会理事。

冬 松

年年岁岁过寒冬，雨雨风风不改容。
无畏霜侵冰雪压，岿然屹立在山峰。

新年感怀

光阴似箭日如梭，辞旧迎新感慨多。
追梦还须常撸袖，只争朝夕莫蹉跎。

冬 竹（通韵）

金秋过后又冬来，起舞琼妃入我怀。
瑞雪如银头上顶，春风送暖翠眉开。

250. 王红梅

【作者简介】 王红梅,铜陵市人,安徽省诗词协会、铜陵作协、铜陵诗词学会、炳烛诗书画会员。文字入《诗意中国》《中国作家文选》《当代散文精选》等。

端午纪事

榴花鲜艳艾枝香,糯米香肠苇叶装。
抛入汨罗怀屈子,龙舟怒目斥怀王。

秋之望

菊花绽放色金黄,天水相连桂子香。
举目寒塘寻鹤影,引吭豪咏立斜阳。

夏　日

一方莲藕一方香,万顷良田万顷黄。
最是年年风景好,我言夏日赛春光。

251. 潘美琴

【作者简介】潘美琴,铜陵人,安徽省诗词协会、中华诗词学会、铜陵市诗词学会、铜陵市炳烛诗书画联谊会会员。

夏日雨后(新韵)

一帘细雨入心田,宁静柔和溢沁园。
翠柳轻摇风乍起,碧波荡漾水连天。
芙蓉似血露还坠,绿草如茵花正妍。
漫步塘边凉意爽,安详惬意自然间。

护士节礼赞

南丁格尔树英名,华夏医仁大爱呈。
共克时艰瘟疫灭,白衣执甲护苍生。

赞中国航天人

北斗连连游太空,国之利器展威风。
航天几代共坚守,织网乾坤立巨功。

注:据相关媒体报道,我国北斗已经全球覆盖,卫星数量达55颗。

252. 汪　洋

【作者简介】 汪洋，安大中文专科，中共党员，铜陵市市政工程处工会退休干部。安徽省诗词协会、中华诗词学会、铜陵炳烛诗书画联谊会会员。

宏村游感三首（通韵）

一

春夏未曾出远门，秋凉结伴去宏村。
亲临四野无边绿，不在春时却胜春。

二

黛瓦白墙映碧天，蝉鸣溪水似弹弦。
晚间帘动绮窗月，好梦醒来犹感甜。

三

徽商徽派古今闻，文化世遗撩客人。
凭借小桥流水曲，弹成时代最强音。

253. 马桂英

【作者简介】马桂英,铜陵人,安徽省诗词协会、中华诗词学会、铜陵市诗词学会、铜陵市炳烛诗书画联谊会会员。

文房四宝(通韵)

浣花笺纸艳桃红,松液纯香磨砚中。
闲握毫锥展春意,梅枝抱醉笑冬隆。

思 乡

倚栏长望雁南翔,总把离愁寄故乡。
若学庄周能化蝶,何愁千里客途长。

鹊桥仙·周村烧饼(通韵)

薄如杨叶,圆同天镜。满面金星喜庆。张张笑脸似佳人,恋齐鲁周村烧饼。 一闻香烈,百嚼味美。极品小吃谁敬?名传海外念周村。客接踵而来业盛。

254. 项 琳

【作者简介】 项琳,枞阳人。就职于湖北武汉市。安徽省诗协及诗协女工委、中华诗词学会、中国诗词研究会、中华诗词女工委、枞阳诗词学会会员。作品散见于网络徽刊以及省内外报刊。

武汉印象

画屏叠翠满江城,谓我琴台享美名。
黄鹤楼前黄鹤舞,白云观顶白云生。
凭栏放远烟霞阔,倚壁潜修石阁清。
一曲编钟怀圣哲,摊开春色鉴阳明。

随 吟

长夜寂无声,高天一月明。
书斋勤品读,学海慢耘耕。
茹苦精华觅,忘忧妙趣生。
随心多自在,何必论输赢。

有 寄

日暮斜阳远,烹茶在草寮。
眼前烟水淡,身后柳杨娇。
过涧呼仙鹤,居山饮野樵。
白云常结伴,磴路两逍遥。

255. 许周宗

【作者简介】 许周宗,安徽省诗词协会、枞阳县诗词学会、铜陵炳烛诗书画联谊会会员。

鹧鸪天·山林人家

竹影彩霞藤蔓墙,桥横山涧水流塘。西坡松柏冬天翠,东岭杜鹃春日芳。　　空气好,野花香。心宽闲步赏斜阳。酬勤老叟三分地,善得人生一世昌。

祝贺《皖风徽韵》发行

徽风皖韵义卅张,骚客心出骏马骧。
怀古宋唐吟秀句,诵今盛世赋华章。
静听经典流三径,欣看珠玑传五洋。
国粹传承诗友聚,瑶音激荡九州扬。

缑山月·荷花

六月发荷花,沿湖靓万家。殷殷情意寄天涯。遇薰风雨后,摇碧玉,翻红浪,灿云霞。　　蜻蜓蝴蝶将卿恋,还有众鱼虾。诗翁观赏日西斜。出污泥不染,情炽热,身高洁,世人夸。

256. 李善效

【作者简介】李善效,枞阳人,安徽省诗词协会、中华诗词导刊研究会、中华诗词学会、中诗协会员,梧桐编委。爱好古典诗词。

秋篱晚酌

依篱独坐享清嘉,远望江天浸落霞。
酒佐暗香邀月饮,书题红叶把诗赊。
秋光不似春光媚,菊影焉同柳影斜。
寄向西风思靖节,问今何处种黄花?

九张机·九九消寒歌

一张机,寒生一九草枯萎。希贤行孝思先辈,中华美德,与民休戚,老少试冬衣。　二张机,风吹二九冷肤肌。娘亲纳出千层底,囊萤映雪,男儿夜继,能耐五更鸡。　三张机,常言三九路人稀。围炉打赌夸才艺,梅干煮酒,高谈阔议,好活百年依。四张机,冰封四九雪中奇。新词沾点君王气,茫茫玉宇,周天寒逼,可有凤来栖?　五张机,春临五九日熙熙。可怜落雁娥容悴,河西折柳,天朝威赐,策马过焉支。　六张机,时交六九小年期。老聃挂印离京邑,骑牛布道,著经明义,独步走关西。七张机,河开七九亮红霓。招财祝福添周岁,普天欢聚,迎新除夕,不见七郎归。　八张机,元宵八九赏灯时。东风宴罢花枝坠,流光溢彩,罗绡香袭,美了上官仪。　九张机,冬终九九燕双飞。牛郎织女遥相对,鸳鸯戏水,春思恁地?泪尽枉凝眉。

257. 刘忠信

【作者简介】 刘忠信,安徽铜陵人,安徽省诗词协会、枞阳县诗词学会会员。作品在省内外微刊多有发表。

荷塘月色

星空朗朗映湖清,一片荷塘旖旎呈。
水托青萍随水摆,风吹绿伞顺风倾。
蜻蜓点碧尖头立,浩月溶江浪里明。
潋滟韵香飘世外,素光揽得晚岚轻。

杜鹃鸟

春末夏初农事多,杜鹃呼唤越江河。
成双起舞兄携妹,结队翔飞姐伴哥。
人听雀言欢幸运,苗期鸟语发青禾。
忠贞爱恋千秋说,欣慰节时丰稔歌。

注:杜鹃鸟又名布谷、杜宇。方言:发棵雀、割麦雀。

八一军旗永远红

炮火南昌震昊空,摧枯拉朽刮东风。
驱倭逐蒋政权立,抗美援朝火线冲。
听党指挥捐赤胆,为民服务守精忠。
艰危之处丹忱献,八一军旗永远红。

258. 周著久

【作者简介】周著久,安徽省诗协、安徽省太白楼诗词学会会员,铜陵炳烛诗书画联谊会编委,枞阳诗词学会理事。著有《竹溪吟草》等。

悼念屈原

又逢五月端阳节,万里江河祭屈仙。
米粽飘香怀圣哲,龙舟竞技缅诗贤。
离骚读罢留遗憾,天问吟来悲谪迁。
千古忠魂千载颂,汨罗正气后人传。

攻坚路上脱贫忙

贫民致富谢中央,恩重如山不可忘。
万镇万村查困史,一家一策送良方。
身残智障倾情保,病重门寒尽力帮。
快马加鞭穷帽摘,攻坚路上脱贫忙。

渔家傲·抗洪见闻

庚子年头天气恶,入梅暴雨连朝落,千顷良田成水泊。惊魂魄,百姓视情心如灼。　抢险抗洪辛苦搏,军民协力圩堤跃,堵漏打桩无歇脚。守承诺,决心誓把苍龙捉。

259. 吴周民

【作者简介】吴周民，铜陵人，安徽省诗词协会、枞阳县诗词学会会员。作品常见有关诗词平台。

立 春

冰融雪化立春来，草木萌苏暖日催。
堤岸柔风吟瘦柳，山峦细雨慰寒梅。
河汊鱼跃波光灿，水醒鸥翔倒影瑰。
田野耕耘农事乐，三阳季节转轮回。

鞓红 桃花

粉霞香淡，迎风笑颜。雾露漫、严然黯湛。玉颜丽色，路人观览。献媚艳、温情触感。　蝶影蜂飞，矜纵贪滥。曲调弹、莺歌鸟喊。涕零泪落，满园红毯。逐浪去、飘浮恨惨。

春游巨石山

直上扶遥月可掬，长虹缆划碧天遨。
石淙水唱春和曲，牧笛风吟竹浪涛。
栩栩蟠龙仙态守，亭亭玉女俗缘操。
峰明景灿迎游客，笑漫山巅醉李桃。

260. 王恒五

【作者简介】王恒五,枞阳县人,安徽省诗词协会、枞阳县诗词学会、岭南儒商诗会会员。

登深圳第一峰梧桐山

一河分二域,水出在梧桐。城郭松云外,寺庵烟月中。石渠千岔合,青涧百溪通。阶下涨痕绿,岭头啼血红。幽林依鸟没,飞瀑断崖空。晴雨诉三接,山风辩四聪。瞻高望鳌背,挥袖近天宫。栖凤鸣琴远,悠悠不复穷。

颂新安琅琊王氏祠堂筹建

昔者堂前燕,江南逐道华。
琅琊丞相府,苦竹尚书衙。
今日新祠建,千秋旧祀嘉。
铜锣一声响,遍地是王家。

贺懿子姑娘芳辰

川中奇女子,今日贺芳辰。
一水秋瞳润,半妆青发淳。
铺笺轻着意,落韵浅吟新。
多少男儿慕,追随格律真。

261. 俞爱情

【作者简介】俞爱情,铜陵人,安徽省诗词协会、省太白楼诗词学会、中华诗学会、铜陵炳烛诗书画联谊会、枞阳诗词学会会员。

大 暑

大暑夏炎狂,三餐饭不香。
蝉鸣招热火,日落饮梅汤。
笔墨流辉影,烟霞溢彩光。
尘嚣抛眼外,心静自然凉。

海棠花

春风玉树新妆,青露琼枝海棠。
仙态清明一色,韵书润泽千章。
浮生长恨颜老,花落最怜叶黄。
霏雨氤氲雾袅,粉蕾馥郁飘香。

赏油菜花有吟

菜花畈岭竞相开,抱蕊金蜂秀粉腮。
野径繁华幽馥散,田园绮丽贵宾来。
翩翩紫蝶清欢舞,楚楚红裙逸韵裁。
潋滟春光多烂漫,人间景色胜瑶台。

262. 张勋武

【作者简介】 张勋武,枞阳人,省诗协会员,坚持诗词写作三十余年,存诗600余首,发表于多家网络平台及报刊。

学书偶感

登台挥洒最光鲜,遗失青春多少年。
寂寞芸窗成皓首,逶迤峻岭化苍天。
闲攻典史千秋卷,忙读诗书一磬悬。
谁识其间咸苦味,胸无点墨怎开颜。

清明思母

又见杜鹃衔血啼,纷纷花落在河西。
一帘晴日成春梦,半树垂杨隐柳堤。
陌上人稀缘疫重,园中草盛觉门低。
天旋纸蝶随风舞,疑是娘亲唤失鸡。

春日漫兴

一路青丝绿满塘,碧波潋滟渡云光。
柔情蛱蝶翩翩舞,烂漫春花阵阵香。
屏里墨山成彩画,镜中玉鬓已先霜。
浮生岂有悠闲日,也把诗翰案牍忙。

263. 王　坤

【作者简介】王坤，枞阳人，教师。安徽省诗词协会、中华诗词学会、中国诗词研究会会员。文乡枞阳、枞阳诗词学会编委。作品发表于《诗词月刊》等报刊及网络微刊。

醉后闲步有记

青山高卧似沉醉，唯我长将酒气伸。
应庆幽幽吾道在，化为落落物形陈。
暗香拂面思清影，怒石横眉若士人。
遥绪纷纷万方至，狂夫恣意且游巡。

月明有寄

月转分明透北窗，奈何幽绪更茫茫。
围城骇浪今犹在，立岸农人久自伤。
何日重回篱畔路，一秋惟寄野田秧。
愧吾简散徒豪饮，醉里醒来又望乡。

写在八一建军节（折腰体）
——致敬抗洪指战员

远筑千堤驱万水，为谁辛苦为谁甜。
双肩长有伤痕在，壮志能教六气严。
云开虚碧已重现，眼望蛇龙俱退潜。
今日鼓声堪动地，无穷嘉愿在心尖。

264. 王东正

【作者简介】王东正,教师,铜陵人。安徽省诗词协会、枞阳诗词学会、铜陵炳烛诗书画联谊会会员。作品见于省内外报刊。

春风吟

晨霞万缕染山川,玉露晶莹润物鲜。
燕语莺啼惊晓梦,蜂鸣蝶舞绕花翩。
堤边绿柳融诗意,桃蕊娇羞醉墨贤。
浩荡乾坤时令转,春风再度景妍天。

鼠年新春宅家感怀

春花欲放柳芽萌,众志成城战疫情。
天使三千欣赴助,军医十万勇驰行。
张机再世除伤痛,叶桂重生降热清。
但愿东风能劲舞,阴霾尽扫景繁荣。

游山东威海刘公岛吟怀

乱岩罗列陡崖悬,状若龙盘震碧天。
倭寇硝烟吞赤胆,楼船倒海断樯渊。
波澜浩荡英雄泪,水韵伤痕故国煎。
世外桃源碑耸立,缅怀甲午众良贤。

注:刘公岛有"海上仙山"和"世外桃源"的美誉。

265. 王立新

【作者简介】 王立新,枞阳县人,安徽省诗词协会、安庆诗词学会、中华诗词学会、南京梧桐诗社、枞阳县诗词学会、安萍诗社、立新诗社编委。作品散见于各大平台。

荷 花

雨洗芳心百态颠,荷生绿蒂醉流连。
香浮云引花问客,波动风摇水上仙。
画里无情依可羡,池中有爱不堪怜。
折残片片骄阳气,遮住层层六月天。

赞抗洪抢险的人民子弟兵

耀眼飞腾迷彩装,忠心守护下河床。
全凭将士精神勇,不许风云气势狂。
谁赏英雄身似铁,我看子弟骨如钢。
几丝雨汗几丝泪,一道圩堤一道墙。

赞乡村田园美景

不绝匆匆暴雨揉,依然郁郁慢抬头。
晴空渐好兴农事,爽气相催洗客愁。
乡里无边青簇簇,田园满目绿油油。
一溪野草花间坐,半岭清泉石上流。

266. 方晓舜

【作者简介】方晓舜，枞阳县人，居池州。安徽省诗词协会、枞阳县诗词学会、池州市作协、省散文随笔学会会员。

赞引江济淮工程

淮西地貌起苍黄，万马千军建设忙。
打洞移山多引导，开渠造闸巧梳妆。
合肥坐拥长江水，皖北皆成大宥乡。
七女齐夸桑梓美，禹王满口说辉煌。

注：引江济淮起点在枞阳县城之西。

赞白荡湖螃蟹

水清浪阔碧波扬，地产名牌俏四方。
个大脐圆鳌爪亮，背青肚白脚毛黄。
捕捞靓景惊媒体，销售先机喜电商。
政策归心生意好，丰收锣鼓响铿锵。

赞汤家墩出土方彝

长隐东乡七井村，农田深处现残墩。
窑工取土方彝出，学者寻踪故迹存。
一阵铃声鸣耳鼓，十层灰积护忠魂。
西周礼器诚珍贵，国保刊碑馈子孙。

注：2019年10月，枞阳县汤家墩遗址被定为国家级重点文保单位，出土青铜方彝为国家一级文物。

267. 许实明

【作者简介】许实明,枞阳人,安徽省诗词协会、枞阳诗词学会会员。有数篇习作发表于相关电子微刊。

蝉

翠竹高梧尽力嘶,井蛙难解此端倪。
花开懒与蜂同舞,日落何曾鸳共栖。
换世金蝉欣脱壳,随风柳絮恨沾泥。
可怜天热无甘露,潜入山间觅小溪。

夏夜有怀

皓月巡空天地清,蜿蜒山色显峥嵘。
闲看古柳婆娑舞,静听新蝉激烈声。
三径尚馀游子迹,一杯堪叹故人情。
扇风拂面无眠意,难得雄鸡唱五更。

看暴风雨有吟

一道电光挥赤鞭,雷声阵阵响坤乾。
潇潇雨点侵幽竹,飒飒风轮转野田。
寥廓长空飞鸟遁,萧条古渡急流漩。
远看江上行舟者,把舵凝神自介然。

268. 唐爱民

【作者简介】唐爱民，铜陵枞阳人，安徽省诗协会员、省太白楼诗词学会、芜湖市诗词学会会员，枞阳诗词学会理事。部分诗词作品发表于省市县诗刊及网络微刊。

岳西赞

人间仙境久名扬，约友曾游未肯忘。
一水蜿蜒成妙道，三山掩映育红装。
司空米酒千家醉，岳麓兰茶百里香。
难怪坡翁钟此处，诗情绝唱韵留芳。
注：一水指天仙河；三山指司空山、明堂山、妙道山；红装，敬喻红军中央独立第二师司令部旧址、红二十八军军部旧址、大别山烈士陵园。

开荒乐

闲来无事乐开荒，草石清除秀野岗。
细整畦双栽豆菜，精施肥水育瓜秧。
田园再拾锄禾韵，经典重温流汗章。
喜看幼苗娇嫩绿，身心愉悦似闻香。

步韵敬和王坤老师《有感》

虽是平庸辈，初心却不同。
置身方寸地，放眼宇寰风。
兴至磨徽墨，朋来捧酒盅。
沉浮皆看淡，俯仰自豪雄。

269. 李志坚

【作者简介】李志坚,枞阳县人,现居安庆市,安徽省诗词协会会员。作品散见各大微信平台。

过浮渡河观钓者

浮渡河边一钓舟,碧空倒影白云流。
人间富贵无缘取,水底乾坤我任勾。

春日遣怀

夫老复何求,功名富贵休。
心清如水洗,性淡似云流。
对酒糊涂客,题诗得意楼。
江南春正好,谁与我同游!

自　嘲

经年浪迹走西东,处在尘寰似转蓬。
山水有情双眼饱,功名无意一身空。
癫狂把酒观云鹤,笑傲凭栏对草虫。
莫道黄粱君好梦,醒来惊罢日初红。

270. 彭志存

【作者简介】彭志存，安庆市岳西县人，安徽省诗词协会会员，中国老年书画家协会会员，全国名人书画艺术界联合会委员。曾多次荣获诗词、书法奖。

临江仙·国庆七十周年抒怀

十月金秋秋色暖，漫山扶翠摇红。依稀梦别旧时容。绮楼拔地起，村寨坦途通。　　老叟村姑豪气荡，黄梅声悦星空。早耕田野晚蒲东。一屏千里眼，百事二维中。

春　笋

山川空寂寂，竹径雪纷纷。
林啸风为虐，寒深鸟不群。
虚心当有节，拔地竟无闻。
君子谦谦意，千竿直入云。

夏日遣怀

云雷滚滚电光蟠，大雨倾盆暴满河。
柳岸红稀莺啭少，芳郊绿遍蝶飞多。
蚕桑正养千丝茧，垄麦初黄万顷波。
睡起掀帘神犹倦，庭前李杏舞婆娑。

271. 程义松

【作者简介】 程义松,安徽省潜山市人。安徽省诗词协会会员,全国教师作文大赛获三等奖,2020第一届世界报社诗词大赛获二等奖,百余篇作品发表于国内有关书刊和网络平台。

月 夜（新韵）

一轮玉镜碧波收,烟水潺湲万古流。
摇橹低吟行画里,犹生羁客彻宵愁。

竹（新韵）

修篁刚挺岂身偏,雨打风吹玉骨坚。
若谷虚怀心坦荡,清姿早入板桥篇。

山岭今昔（新韵）

往昔荒岭草难寻,作火刨根是本因。
今日山中多鸟兽,参天树木挽流云。

272. 程少钧

【作者简介】程少钧,安徽省诗词协会会员,安庆市书协会员,安庆石化老年大学副校长、诗词学会会长,《安庆老年书画研究》杂志主编。原任中国石化安庆石化总厂教育处处长,退休后历任安徽省老科协会员。

抗疫之歌

庚子新冠举国忧,百城闭户不相游。
弥天瘴气侵三镇,动地温情漫九州。
济世仁心医术妙,良师献策祖方牛。
军民协力瘟神灭,华夏安宁万古秋。

八一抒怀

丈夫整队配枪忙,领命驰援西北方。
塞外莫言无暖屋,军中屡见有才郎。
阵前流血心犹决,战后痊身梦正香。
改旧迎来安泰日,挥毫著史入书囊。

初夏即景

暖风拂柳鸠双舞,卸轭耕牛倚岸行。
牧笛悠扬童叟乐,笑观垅上麦花扬。

273. 毕道成

【作者简介】毕道成,安庆市怀宁县人。安徽省诗词协会会员,中学高级教师。旅居上海松江,喜文学,作品散见于网络微刊、公众号及纸质期刊。

咏 荷

出水芙蓉别样姿,风随仙子舞瑶池。
碧盘汲取凝香露,朱笔挥成得意诗。
花念夙缘相并蒂,丝牵春梦恋同枝。
接天翠盖无尘染,玉洁冰心令客思。

梅雨季闲吟

时雨时晴五月天,若浓若淡涌云烟。
平湖水涨舟穿柳,飞棹香浮玉嵌莲。
无奈黄梅今又至,剪风紫燕几回旋。
禾田蛙鼓蝉鸣树,篱下虫吟石藓鲜。

抗洪英雄赞(新韵)

倾盆大雨地连天,洪水滔滔路棹船。
乡野须臾埋绿色,丛林历久没苍烟。
坝堤加固呼声促,湖堰疏流不等闲。
武警官兵无日夜,舍身抢险志犹坚。

274. 韩彩娥

【作者简介】韩彩娥,安徽省诗词协会会员,安徽省诗词学会理事,中华诗词学会会员,省诗协女工委副秘书长,桐城诗词学会副秘书长。

咏　根

雨打霜欺志未残,身埋泥土育新冠。
滋枝送料花香溢,纳气摇风鸟语欢。
一片真情酬绿叶,三千好韵唱青峦。
意随庄蝶翩跹舞,纵是无名梦亦安。

徽州古城

浮雕石砌马头墙,绿染山丘古道长。
旭日掀开新世界,和风拂去旧衣裳。
亭前但见莲池翠,馆里犹闻笔墨香。
历史名城多胜迹,横江一坝是渔梁。

蝉之语

最喜墙边翠盖成,新蝉小试两三声。
休言疫后熏风涩,且咏花前薄翼轻。
心若虚空无俗务,梦还纯净有真情。
猜它暗作惊人句,不上高枝不肯鸣。

275. 乔胜祥

【作者简介】乔胜祥，怀宁县人，安徽省诗词协会会员，退休后喜欢旅游，近年初入诗林，闲暇时学习自娱。

春思夏想

送春迎夏九州同，花谢花开四月中。
醒后常迷诗和酒，睡前沈惑此生空。

忆童年

人逢甲子忆童年，扑蝶栽花在眼前。
未进黉门先学语，涂鸦画鹊乐无边。

农家乐

山川布谷鸟惊天，村里耕夫早响鞭。
手巧植荷千叶绿，雨滋抽穗万倾田。
池塘倒映桃花色，屋后环邻蔬菜鲜。
秋李迎来丰硕果，农民致富盛尧年。

276. 江学农

【作者简介】 江学农，怀宁县人，教育工作者。安徽省诗词协会会员，安庆市作家协会会员，中国诗歌学会会员。爱读书，好习作，一直笔耕不辍。

挚友喜相逢（新韵）

还没见面嗓音洪，挚友相逢笑不停。
牵手客厅忙请座，促膝已忘品香茗。

怀安河即景（新韵）

一河两岸花争艳，柔柳时将客发缠。
野鹜成双逐浪戏，楼房倒矗水中天。

新县城新景观（新韵）

比比高楼擎日月，豪车挤满小区前。
霓虹灯树花惊艳，疑是天街落世间。

277. 夏仁杰

【作者简介】 夏仁杰,安徽省诗词协会会员,省、市、县诗词学会会员,《中华文学》签约作家,有诗作散见于省内外报刊杂志,曾获第一届"祖国颂·屈原杯"中外诗词、书画、摄影大赛旧体诗组优秀奖。

教孙子学《声律启蒙》有感

书香自古煮人痴,代代相传永奉持。
老叟晚斟词律赋,孙童早学宋唐诗。
寒窗苦读须拼搏,脊地勤耕应奋驰。
莫叹年华催日月,后生舞墨恰当时。

乡村春景

紫燕回归大地春,农庄野陌草茵茵。
娉婷柳叶爱妍影,妩媚桃花恋故人。
万朵嫣红香四溢,千涛墨绿色深匀。
丹青景致美而韵,旖旎乡村气象新。

孝 道

人间善美立缄言,古往今来效礼贤。
文帝尝汤留史册,舜皇奉孝载华篇。
羔羊跪乳仁心系,鸦鸟知恩厚意牵。
寸草春晖当必报,千年传统永承延。

278. 宋小球

【作者简介】宋小球,安徽省诗词协会会员,安萍诗社学员,太湖县诗词书画学会会员。

赞供电职工

炎煎炙烤伏天狂,配网迎峰设备伤。
电为空调承使命,人随烈焰向它方。
登杆不问钢烫体,落地犹知汗湿装。
一线倾情拼奉献,抢修排障送清凉。

秋 思

风干日燥起轻尘,枝瘦荷枯谢绿茵。
草木荒芜为歇息,田园剥净待更新。
登山可遇回头雁,落叶堪惊戏水鳞。
冷露飞窗云掩月,悲秋人夜梦思春。

无人机洒农药有思

高科犹在掌中谋,遥控飞施管绿洲。
北斗连成环宇网,东风造就产粮畴。
易观云上排头雁,难见村前俯首牛。
由任烈阳翻热浪,牵鹰洒脱为丰收。

279. 杨迪中

【作者简介】杨迪中,望江人,定居南京,安徽省诗词协会会员,曾在各类报刊及网络平台上发表作品上百篇。

蝉 语

他虫笑我唱高枝,我笑他虫赞语迟。
不趁天晴歌一曲,平凡如我有谁知?

大暑午睡(新韵)

旧时蒲扇影无踪,但有空调自起风。
好梦不嫌天气躁,蝉鸣伴奏小楼东。

爱女回娘家

前送水仙今送孩,香花嗲气透窗台。
眼前皆是浓情物,绿意当时扑面来。

280. 何克斐

【作者简介】何克斐,怀宁县人,安徽省诗词协会会员,中学英语高级教师,喜寄情山水,化平淡为诗意,怡情养性。时有作品散见于纸质期刊等。

国庆七十周年阅兵偶感(新韵)

万绿丛中一靓景,银屏此刻最吸睛。
英姿飒爽谁能阻?壮语铿锵我纵横。
橄榄萦怀慈母恋,妆台闲置木兰惊。
莫言女子非雄健,战地蔷薇正请缨。

叹昭君(新韵)

茫茫大漠月光寒,风正揭帏北雁迁。
无意画图争宠幸,寄情舞乐释忧烦。
深宵不懂罗衾冷,鬓发难遮粉面残。
梦里紫台琴瑟起,何时弄影醉长安?

春光美(新韵)

一声霹雳醒蛇虫,万类春天竞闹哄。
桃李争妍蜂吻蕊,樟槐比翠鸟栖丛。
翩翩少女攀枝柳,袅袅轻烟上碧空。
绮丽风光唐宋韵,素笺淡墨绘欣荣。

281. 林汪结

【作者简介】 林汪结,天柱山人,安徽省诗词协会、中国硬笔书协、中华诗词学会、安徽诗词学会会员。热衷爬格锤炼灵魂,有诗作发表于《皖风徽韵》等刊物。

春　种（新韵）

二月桃花醒,春光抹玉梯。
风来熏地暖,雨去被山迷。
柳絮钟情舞,蛙声伴鸟啼。
农家犹抢种,不负日偏西。

鹧鸪天·梦中唤之

秋风伴我话从前,为君再唤鹧鸪天。菱花带露身心暖,墨竹虚怀景象鲜。　　志高远,梦团圆,风风雨雨手相牵。皖山皖水情缠绕,随笔同书共枕眠。

临江仙·秋问

柳絮翻飞云雨俏,危楼残壁声敲。肩挑月影凤还巢,听花拾味,寻梦乐逍遥。　　霜色一爿羞夕照,无须催泪嚎啕。不凡自命享清高,重偿秋果,谁可识天骄。

282. 丁宪杰

【作者简介】丁宪杰,安徽省诗词协会、中华诗词学会会员,安庆市诗词楹联研究会副秘书长。有诗作在《诗词月刊》等刊物上发表。

初 秋

半日骄阳半日阴,向东丝柳竞浮沉。
梧桐叶落柴门外,素藕花残野浦浔。
水畈青苗方秀茂,村原夜色复幽深。
横灾庚子终无恙,雨透秋头遍地金。

小孤山游记

仰视松兹启秀宫,一峰突起傲群雄。
海门关外环江水,岩塔溪旁漾卉风。
挂壁台阶霄汉接,依云寺院俗心穷。
孤山不寂游人伴,守佑宜城福地隆。

防汛救灾进行中

似听江涛渐慢声,时雷时雨又时晴。
抗洪一线军民勇,纾困千门上下诚。
补种新苗偿损失,加修旧舍得安生。
齐心聚力芳春再,要让家园面貌更。

283. 李淑琦

【作者简介】李淑琦,安庆市人,安徽省诗协及女子诗词工委会员。太湖县诗词书画学会、太湖县炳烛诗书画学会、牛镇诗词书画学会会员。

咏 春

桃红李白吐芬芳,燕舞莺歌翠柳长。
垅上鞭牛耕地正,园中巧手采茶忙。
春雷阵阵催新笋,细雨绵绵润幼秧。
希望满怀三夏里,秋收硕果谷陈仓。

大美花亭湖

亭湖九曲长,一坝固金汤。
鸥鹭滩头戏,鱼虾水里藏。
三丘栽树果,两岸种田桑。
恰似桃源境,怡然乐此方。

初夏游菱湖公园

碧水荡轻舟,鱼群戏浪游。
薰风摇柳翠,树影照睛柔。
喜见榴花绚,欣闻笛曲悠。
天伦儿女伴,向晚作长留。

284. 陈柏林

【作者简介】 陈柏林,怀宁人,安徽省诗词协会、怀宁诗词学会会员。自幼崇尚古诗词文化。1980年曾在报刊发表过短文,诗歌,微小说。

赏 荷

谁将翡翠种池塘,映得青波闪碧光。
缱绻鸳鸯浮绿水,穿梭锦鲤织云裳。

诗 痴

伏案诗痴不问天,苦思冥想已忘眠。
唯将墨染春秋色,无悔时光写玉篇。

槐 花

槐花乱舞信天游,飞落长河叠小舟。
提网稚童将欲取,轻风推力过沙洲。

285. 刘结根

【作者简介】 刘结根,潜山人,安徽省诗词协会、中国楹联学会、安徽太白楼诗词学会、竹韵汉诗协会会员。

立秋日早起送货归而有作

斯人劳客路,急急一时归。
事拙争朝夕,交疏少是非。
西风今日起,落叶此声微。
放眼云天处,千山带远晖。

立秋夜酒后闲逛即景

足酒黄昏后,乘风踏步行。
初凉人惬意,自语笑闲情。
夜市三街吵,秋江一水倾。
东流应到海,海上月光明。

补 枕

门前老花眼,引线又穿针。
一枕空留腿,半天难遂心。
相思为已重,高卧更犹寻。
不漏香中梦,依依密复深。

286. 李卓霞

【作者简介】李卓霞，望江县人，安徽省诗词协会、安徽省诗词学会、中华诗词学会会员，《星宇诗刊》副主编。作品在省内外报纸和刊物上均有发表。

行香子·遣怀

细柳迎春。碧水环村。望天空，飘过晴云。索来锦字，诠释诗魂。正花儿开，燕儿舞，蝶儿巡。　悟透红尘。静度黄昏。任流年，风日殷勤。只追风雅，默守清贫。念杯中茶，室中画，客中人。

喝火令·幽居

竹院吹羌笛，松窗品茗茶。蝶飞香榭吻仙葩。摇曳绿枝牵袖，新柳罩青纱。　独酌三杯酒，犹添一脸霞。满怀思绪韵堪赊。正是桃开，正是日偏斜。正是蕙风吹面，碧水绕农家。

遣 怀

流年不必论荣枯，一盏清茶我自娱。
事念三朝怜幻境，人临半世近残躯。
途中梦想今犹在，病里心期渐觉无。
瀚海有缘逢笔友，松风月下共倾壶。

287. 王结兵

【作者简介】王结兵,望江县人,安徽省诗词协会会员,自由职业者,喜爱古典诗词。近年在古典诗词学校学习,作品散见于《诗海选粹》《高赛诗社》、微博等诗词平台。

英雄归来

阴霾散尽楚云飞,援鄂英雄载誉归。
警笛声声迎远客,横联字字暖心扉。
舍身救难留青史,执甲扶危赖白衣。
无恙神州添锦绣,江淮大地满朝晖。

庭前花开

五色犹存会有时,庭前粉蕊约佳期。
惹来彩蝶翩翩舞,邀我花丛觅小诗。

春 阜

痴心从未怨身低,巧借东君彩笔题。
一夜芳姿盈野陌,无边秀色满江堤。

288. 陈兰香

【作者简介】陈兰香,宿松人,安徽省诗词协会会员,安徽女子诗词工委委员,安徽太白楼诗词学会安庆站长,安徽省诗词学会、中华诗词学会会员,安庆市诗词学会公众号副主编等,作品散见于多家书报刊公众号及论坛。

咏黄瓜

如坐秋千风荡漾,满园翠玉挂栏杆。
汁鲜味美香而脆,百姓皇家都喜欢。

咏　梅

雪压霜欺从不惊,万花纷谢四时更。
冰心一任群芳妒,雅客无妨独自行。
驿外断桥香细细,悬崖峭壁骨铮铮。
如今装点新庭院,岁岁迎春笑语盈。

鹧鸪天·新春祈福别样声

何物新冠乱扰城,万人感染九州惊。当机立下封城令,救死唯看子弟兵。　倾国力,济苍生,仁心妙术逆风行。中华自有擎天手,战败瘟神享太平。

289. 汪 勤

【作者简介】 汪勤，安徽怀宁人，大专学历，公务员，安徽省诗词协会会员。

相 思（新韵）

人坐相思椅，手提梦幻笔。
欲书俩小情，真爱实难弃。

荷 怨

秋雨葬荷香，枯莲落满塘。
谁怜花泪洒，思念已成殇。

静 夜

清灯孤影书为友，隔壁鼾声客早眠。
睡意全无观月落，梧桐树下已阑珊。

290. 徐子清

【作者简介】徐子清,安庆人,语文教师,安徽省诗词协会会员,省女子诗词工委会理事兼编委,安庆市诗词学会会员,潜山、怀宁诗协会员。

听曲有感

独坐斋房里,空传钵曲频。
如烟消欲尽,似梦幻尤真。
幸愿安魂曲,敲醒迷路人。
勤修方寸地,莫负百年身。

陋室闻琴

陋室闻琴语,心清不寂寥。
玲珑山月满,潋滟水云飘。
指扫横江雨,弦鸣涌海潮。
千年风雅颂,一曲绝尘嚣。

饮 茶

听罢清心曲,邀君品绿茶。
无尘荷出水,有色盏浮花。
且共山丘饮,何言岁月嗟。
人生都一梦,三昧斩魔邪。

291. 章河生

【作者简介】 章河生,怀宁人,中学高级教师,省市县诗词协会会员。接触古诗词时间尚短。自觉书读无多,犹憾心存墨少。痴奢以想象和意境创造生活的唯美。

野 竹

不愿飞花招惹人,经霜历雪默修身。
疾风曳影根基稳,劲节虚心自写神。

浣溪沙·己亥庚子交替感怀

历雨经风又一年,彼时成昨此时闲。功名似梦若云烟。
烦去胸怀堪坦荡,身无枷锁自心宽。春归花朵复争妍。

满庭芳·清明祭舍弟

南苑樱娆,北山青翠。墓园松正苍容。倚栏扶壁,惊鸟乱云空。望尽天涯陌野,太阳雨,安阳征鸿?三分忆,七分哀恸,执念比烟浓。　　时空堪遣恨,华午梦断,瘦笔何从?敛眸处,伤忧暗隐其中。过往零星复现,犹难夫,最是情衷。凄然泪,如咸似苦,诸事再难同。

292. 王维送

【作者简介】 王维送,怀宁县人,安徽省诗词协会、安徽省诗词学会、安庆市诗词学会、怀宁县诗词协会会员。诗词作品散见于多家电子刊物和纸刊。

春 游

细雨刚刚止,闲情漫野游。
夭桃初结蕊,春柳晚牵舟。
岭上樱花艳,园中石景幽。
天然诗句好,且做一吟讴。

咏合欢花

青青树上绣绒球,夜闭晨开面带羞。
倩女含情情未了,萧郎有意意相投。
繁花簇锦芳香袭,乔木蓬枝绿羽柔。
且看凤冠簪雨露,芙蓉国里竞风流。

怀宁大方片寄语

红妆素裹玉儿身,吉庆人家请入门。
进爵加官先道喜,添丁纳口拜渊源。

293. 江菊生

【作者简介】江菊生,安庆怀宁人,安徽省诗词协会、怀宁诗词学会会员。有过从军从教长期从事文化工作的历练,兴趣广泛,喜以文会友,以艺交友,以诚待友,常有诗文见诸各类传媒。

步韵毛主席送瘟神之一

中华自古俊贤多,魔蜮横行奈我何?
众志成城驱恶瘴,同舟共济唱豪歌。
精兵阻击长江岸,天使驰援楚汉河。
病毒无情人有爱,心潮涌动似浪波。

军歌嘹亮战旗红

一声霹雳裂长空,星火燎原气势雄。
伏虎降魔驱黑暗,安邦护国舞东风。
铜墙铁壁金汤固,强将精兵伟业隆。
重器扬威迎盛世,军歌嘹亮战旗红。

龙池采茶节有吟

春风送暖到清河,疫后龙池趣事多。
生态家园花似锦,蜿蜒山路客如梭。
村姑喜采香尖叶,票友飞歌漾水波。
徽韵流芳悠古道,筑巢引凤舞婆娑。

294. 陈桂枝

【作者简介】 陈桂枝，怀宁石牌人，中华诗词学会会员，安徽省诗协女子诗词工委会理事，安徽省诗词协会会员，省、市、县诗词学会会员。酷爱古诗词。

邓稼先

剪烛佳期去未还，如同蒸发隔人间。
一星两弹扶摇起，二十八年生死关。
复我神龙归本色，轮他美帝换羞颜。
怀宁话里忠魂嘱，从小伢都莫等闲。

莺啼序·怀宁诗词楹联学会成立五周年感赋

茫然宋唐四顾，念通今与古。幸登上，龙字方舟，棹笔云水争渡。浑不觉、秦桑燕草，兰风染碧诗千树。更见多情柳，相思片飞心语。　　五载同题，四季写意，共鸿儒为伍。偶暇日，探访查湾，杜鹃声里如诉。隔尘嚣，流泉笔架，踏幽谷，裁云天柱。立桥头，孔雀徘徊，各东南去。　　黄梅特色，京剧徽班，戏中有真趣。探帝苑，广寒仙子，寂寞嫦娥；裂帛银河，可怜牛女。稼先伟绩，流芳青史，石如篆刻樊篱破，叹鸳鸯，恨水姻缘负。群贤似笋，同乡沃土繁枝，赖与物竞恩露。　　家山独秀，国士无双，况后生可塑。亦道是，良才无数。杜若蘅芜，将相柴门，紫芝黎黍。庠黉导博，青衫修远，今宵共醉杯中月，啖蓝莓，似听莺啼序。文星分野怀宁，吟墨花开，一犁春雨。

295. 吴小平

【作者简介】 吴小平，安庆人，现为安徽诗词协会、中华诗词学会等会员，怀宁诗词学会理事。受家乡《孔雀东南飞》长诗影响，一直喜欢传统文化。

杏花村即景

春风随意过，一路杏花开。
黄雀枝头闹，松鸦天际回。
游人寻野味，歌者在轩台。
好景依然是，樊川应把杯。

伏洪魔有感

黄梅雨荡现灾魔，掠地侵城做恶多。
转眼田畴成沆泽，霎时街巷似鸿河。
军民奋力维江坝，众志齐心退激波。
开闸泄洪家国顾，无私大写奏高歌。

浣溪沙·清秋

零露凝珠晓入帏。荷余香馥漫坡堤。雁排阵字望南飞。
稻染橙黄连浪远，诗逢菊琖应和迟。葫芦丝起上云涯。

296. 赵法为

【作者简介】 赵法为,安徽怀宁人,小学教师,中华诗词学会、安徽省诗词协会、安庆市诗词协会会员。

阳朔早市

奇瓜异果篓中来,早市熙熙此始开。
满碗油茶天下飨,千年古镇一同来。

坐车从桂林到北海

一列长车画里行,桂林盛景不虚名。
烟云缭绕神仙地,大海开怀远客迎。

夏夜曲

更深夜静曲声悠,溪水淙淙渔火游。
偶有蛙鸣池野起,时闻露滴叶心流。
青禾抽穗萤光照,锦鲤嬉波月色浮。
一枕蝉鸣人未寐,倏然鸡唱鸟啾啾。

297. 何凤转

【作者简介】 何凤转,怀宁县人,教育硕士,副研究馆员,现就职于怀宁县文化馆。有代表作漫画集《俏小丫》。安徽省诗词协会会员。

清平乐·踏春

天青水碧,山上花如帛。陌上游人相重迹,花下犹铺茶席。暖律频送清香,姑娘又补新妆。醉里不知归路,抬头镜山梦乡。

临江仙·钵盂湖

远处低山呈现,岸边尽是虾笼。波平湖上有船篷。打鱼人去了,旭日已临空。　两树超然立水,孤亭展翼扶风。知来春讯皖河中。云飞开镜面,晨雾渐朦胧。

浪淘沙·闲

春送暖风来,雾去云开,繁花点点缀亭台。霞影飞禽环碧水,池柳新裁。　人聚老洋槐,学识音阶,妪翁树下唱开怀。一任春华随水去,与我何哉?

298. 朱会明

【作者简介】 朱会明，怀宁人，爱读诗书，偶写诗词以自娱自乐为主。安徽省诗词协会会员。

庚子端午祭屈原

孤鸿天问邈知音，枉把幽怀付楚琴。
浊水龙鱼犹混目，危峰独木不成林。
道清贱蔑乌朋党，玉碎鲜明赤胆心。
一自沉湘魂击浪，诗潮滚滚到如今。

夜　读

漫读诗书啜绿茶，香烟偷把手烧麻。
那知夜籁三更睡，犹察秋毫两眼花。
思路开时身似鹤，笔风起处字如霞。
老庄李杜平常客，共我灯前到月斜。

高阳台·春雨

玉线垂空，酥油净土，谁言润物无痕？陌上峥嵘，花香草绿莺春。长堤柳下晶莹滴，碎波心，鱼跃鳞皱。效姜公，逸趣难休，索性垂纶。　故乡常现童年影，叹韶华远矣，人面惟新。牧笛谁吹？望中楼宇氤氲。陶然一笑青春逝，鬓斑斑，心志童真。蹴光阴，共雨吟歌，作赋消魂。

299. 刘思义

【作者简介】刘思义,安徽省诗协会员,岳西县明堂诗社副社长、常务理事,岳西县司空山诗社副社长、理事,多家诗社会员。作品散见于国内大型诗刊。

游司空禅峡

喜来峡谷作周游,道是龙兮在此湫。
自古红岩长献瑞,而今白鹿又回头。
观其美景能添兴,悟得禅机自解愁。
尤爱无名交响曲,清溪吟咏未曾休。

银河村采风

银河远上兴无涯,不入牛郎织女家。
偏爱光岩开画卷,又邀太子赏繁华。
清泉适酿醇浓酒,香雾长萦保健茶。
迷恋自然风景好,融和笔底也生花。

登天台景区

多年夙愿上天台,今日欣然结伴来。
遥望乔松如御笔,近闻飞瀑若惊雷。
临潭能识真龙面,炼石几疑娲女材。
端的前河风景异,好邀雅客咏千回。

300. 万 婉

【作者简介】万婉,教师,岳西人。中华诗词学会、安徽省诗词协会、安庆市作协会员,岳西县作协理事,岳西县明堂诗社理事,岳西县诗词学会会员、岳西县惜字亭诗社副主编、岳西县司空山诗社社员。

次唐周朴《秋夜不寐寄崔温进士》韵寄快递小哥

逢节何须问,通宵未寝床。
惟愁时日短,不觉市街长。
去件谙区号,归心贴故乡。
如期皆送达,满面尽春光。

访主薄镇王统一、王学才二位老先生

高名久慕始相逢,人事舆情笑语中。
史典真经三部熟,慧心聪耳百家通。
谦卑崇德今和古,勤勉知章力与功。
愧我无诗酬谢作,一杯薄酒礼堪充。

301. 储余根

【作者简介】 储余根,安庆岳西人,安徽省诗词协会、安徽太白楼诗词学会、安庆诗词协会、岳西县作家协会会员,岳西县司空山诗社副社长,岳西县惜字亭诗社理事。

郊外初春

东风已过小桥西,烟雨氤氲醒冻泥。
柳软蒲青蘼草浅,莺轻燕剪鹧鸪啼。
耕牛引轭翻诗浪,闲径行人绕画畦。
潋滟波光浮钓影,一湖幽梦漫长堤。

夜　读

与书一世结姻缘,夜夜挑灯把手牵。
地府天宫神访圣,山南海北意行船。
绮情叠叠呈金句,至理殷殷润脑田。
不想千钟颜似玉,只求快乐做儒仙。

考季感怀

卅二年前笔作枪,龙门阵内试锋芒。
机关隐蔽重重破,坎坷迂回步步当。
拼过孙山赢片席,携来弟子诵华章。
任凭岁月风霜染,紧抱初心对夕阳。

302. 江启东

【作者简介】 江启东,岳西县人。安徽省诗词协会会员,酷爱诗词,部分作品散见于省内外纸刊和电子微刊。

咏 根(新韵)

钻泥破壁挺苍松,喜报龙孙凌碧空。
汁哺群芳花秀艳,养输众木叶葱茏。
昆仑孕育荫华夏,河水奔流振大鹏。
坚厚鸿基兴伟业,百年国梦正圆中。

卜算子·教师节礼赞

粉笔写春秋,不倦经寒暑。一入黉门执教鞭,甘做人梯竖。
桃李遍芬芳,不惧风和雨。是赖春泥养份供,心血深倾注。

庚子梅雨

庚子梅霖实在多,惊雷挟电注滂沱。
山洪拍岸脱缰马,江水滔天逐浪波。
抗汛军民力排险,救灾公仆影穿梭。
上苍尽快收云雨,大旱之时润稻禾。

303. 江继安

【作者简介】 江继安,安徽省诗词协会、安徽省诗词学会、安徽太白楼诗词学会、安庆市诗词学会、安庆市老年诗词楹联研究会会员。

玉兰花
"三八"节赞抗疫一线女同胞

香侵园圃透窗纱,翠绕门庭映雪华。
海内三千和田玉,宜城四十望春花。
戎装义妁送琼艳,巾帼鲍姑除疫邪。
莫问苍天何郁烈,病林前路一川霞。

注:安庆市有40名女医护人员赴鄂参战。

雄 鹰

借力飞行傲太空,山河尽览眼帘中。
谁言高处不胜冷,更喜珠峰顶上风。

伤春怨·晚春

故宅红枫树,伴我童年佳趣,四月发新芽,喜鹊摩肩相顾。
碧空风和煦,不忘韶春暮。旧梦可追寻,燕掠处,花如故。

304. 吴江萍

【作者简介】 吴江萍,岳西县冶溪镇西坪村人,个体经营户。安徽省诗词协会会员,个人作品散见于各级社刊和网络电子微刊。

金秋故园行

独寻野趣菊初黄,曲径通幽露渐凉。
丘壑纵横峰叠翠,晴岚雾绕影苍茫。
多情枫叶添秋暖,有意西风送果香。
鸟隐丛林飞蝶去,松针满地镀金床。

美哉,冶溪

平川十里画廊长,四面青山锦绣镶。
古木参天堤岸绕,琼楼傍水绿荫藏。
荷塘莲叶无穷碧,沃野佳禾分外香。
牛背鹭鸶闲闭目,村头翁媪话家常。

颂援鄂英雄凯旋

为战新冠灭祸灾,逆行赴命八方来。
抛家离子英雄气,起死回生妙手裁。
鹦鹉洲头红日出,龟蛇江上雾霾开。
凯旋之际难言谢,送别长街泪满腮。

305. 刘洪峰

【作者简介】刘洪峰,岳西人,中华诗词学会、全球汉诗总会、安徽省诗词学会会员,安徽省诗词协会理事,安庆市诗词学会理事,岳西县明堂诗社副社长,安庆市作家协会、岳西县作家协会会员,岳西县戏剧曲艺家协会秘书长。

六月礼赞

战罢新冠早复工,今年不与往年同。
榴花艳艳金钟火,荷叶田田翠盖风。
两会新颁民法典,万家喜唱大江东。
麦黄六月三江涌,绿满山川硕果丰。

贺黄沙岭隧道胜利通车

吴头楚尾雄鹰舞,岭上黄沙不见尘。
何处蛟龙呼啸过?只缘仙洞蔚然新。
青松白鹤常相守,城市乡村若比邻。
古道千年成史话,坦途当颂绘图人。

鹧鸪天·荷花恋

我问芙蓉意若何?妃红遮面醉颜酡。轻张碧伞亭亭立,慢启朱唇袅袅歌。　　羞答答,笑呵呵。饱含珠露逗嫦娥。中通外直纯真质,六月荷池赏客多。

306. 吴家春

【作者简介】吴家春,安徽省诗词协会、中华诗词学会会员,大中华诗词协会理事,安庆市诗词学会会员,岳西县作家协会理事,都市头条官网认证编辑,岳西县司空山诗社社长,个人原创诗词近千首,发表在各大诗刊及网络平台并多次参赛获奖。

咏 荷

玲珑碧玉盘,摇曳露珠丹。
翠雀枝头立,莲船叶里钻。
虽生污淖处,难染洁衣冠。
块垒随流逝,何愁世俗看。

闻武汉昨夜惊雷有感

荆楚新年苦秽尘,千家失爱痛悲亲。
街头难觅经商客,巷里惟留避疫人。
已遂风云收厉鬼,却将雷电送瘟神。
从兹大地皆安泰,劫后江城尽是春。

咏 茶

玉笋枝枝叶里藏,茵茵翠绿暗生香。
风流惹得茶姑赋,典雅招来墨客尝。
遍地妙龄挥巧手,漫山碧色醉文房。
一杯饮罢诗心动,写出惊天十二章。

307. 王光煜

【作者简介】王光煜,中学高级教师,安徽省诗词协会、安徽省诗词学会会员,作品散见于《安徽诗坛》《安徽吟坛》《诗词》。曾获全国文学艺术大赛一等奖。

游嬉子湖

嬉子湖非西子湖,一湖三凤绘江图。
茫茫薄雾连空野,浩浩青波通九衢。
宰相当年曾影伴,曼公今日正车驱。
声名显赫归真性,由任天然本色铺。

参观赵朴初故居

清风明月不劳寻,至朴如初始幸临。
四代翰林渊底厚,一生道德世间钦。
云山万里成诗韵,笔墨千秋汴泱音。
若问仙踪显何处,荷花满苑奏瑶琴。

东湖听涛

东湖揽胜实逾名,闻说西湖要奉迎。
浩瀚绸波撼山远,纤长柳岸吻涛轻。
亚洲棋院轻轻弈,四海游人款款评。
若得半分清净地,泛舟吟啸乐余生。

308. 程建华

【作者简介】 程建华,中华诗词学会、安徽省诗词协会、安庆市诗词学会、岳西县作协会员。

夏 日

炎天酷暑热难支,叶茂枝繁正适时。
粉蝶翅穿芳草地,青鲢尾动绿荷池。
蛙鸣夜鼓声声闹,雀叫晨听句句诗。
雨打芭蕉珠玉滚,吟风翠竹惹相思。

戏题岩松画图

轻烟笼罩楚江秋,浓雾蒙蒙隐画楼。
摆渡人逢商客早,稳摇船棹下舒州。

银河景象

景美称奇绝,林森种物稀。
禽珍休使箭,露重恐沾衣。
壑殒贞妃命,獐充太子饥。
虽传遗迹在,早与昨时非。

309. 周文英

【作者简介】周文英,桐城人,现为安徽女子诗词工委会常务理事,安徽诗协、桐城诗词学会理事,闲月文学社社长。作品散见于全国各地五十余家刊物,诗词作品曾多次获奖。

写于霜降之前

其一
福塘近日寻常见,稻把肩于六十身。
我辈无非方廿几,谷堆荫下作诗人。

其二
待来机械言收割,百斗稠汤喂岁娃。
此后天天阴与雨,垄间万亩发新芽。

其三
泥中深浅最多磨,巨细农家谁拢罗。
只是常谋生计累,遭逢洪旱剩呵呵。

310. 金 京

【作者简介】 金京,桐城人,安徽省诗词协会会员,爱好古典文学,喜诗词歌赋,作品散见于各网络平台及桐城文学、桐城诗词。

东风第一枝·洪灾何惧

暴雨横飞,惊涛拍岸,苍天也太痴绝。眉头整日难开,阳光已成虚设。黎民心怯,向天问,玉皇真缺。只渎职,哪管人间,雨肆虐难停歇。　　云密密,不见斗月。水漫漫,草淹树折。忽听号角声声,誓言如刚似铁。征途万里,可曾怕,浪高风烈。待从头,重整河山,定唱凯歌飞捷。

行香子·荷塘日照

日照荷塘。烟柳轩窗。蝶欢舞、晓岸分香。远山尘绝,近阁琳琅。乐神清爽,眼清亮,意清扬。　　廊桥溢彩,流觞曲水。听蝉鸣、蛙鼓秦腔。游鱼浅水,叶底鸳鸯。叹花添美,人添趣,日添长。

311. 杨兆根

【作者简介】 杨兆根,桐城人,中学高级教师退休。安徽省诗词协会会员,桐城诗词学会会员。曾在《安徽青年报》《桐城报》等报刊发表文艺作品。

咏红花草

排闼平畴接远天,田田香砌紫云烟。
一犁膏雨肥泥土,愿用红颜换谷鲜。

锦湖荷

一年夏景在湖中,菡萏妖娆孰与同。
叶坐青蛙花惹蝶,雨搓玉豆夜生风。
袖珍小岛栖银鹭,万朵丹霞映碧空。
但有霓虹桥上跨,诗林高手欲词穷。

戏题二胡

一柱擎天地,丝弦日月长。
琴筒怀抱负,指臂理宫商。
纽轴定基调,丝弦诉衷肠。
千斤凭马挺,一曲任弓忙。

312. 何瑞霖

【作者简介】 何瑞霖，安庆人，中华诗词学会、安徽省诗词协会、安徽省作家协会会员，签约作家。作品散见于《星星诗刊》《诗歌月刊》等，现任《安庆诗词》编辑。

忆童年

夏来总忆水漫溪，觅食鸭鹅波里栖。
荡起歌舟惊碧浪，撩开浅草捉田鸡。
潭深线短鱼难钓，船小竿轻网不齐。
捞得白云无用处，捅飞知了恨它啼。

游新安江山水画廊

白云波上任闲悠，鹭自翩飞烟自柔。
鱼跃瑶池仙子度，舟移画阁鼓声酬。
一行骚客寻芸梦，百里长廊醉远鸥。
催棹渔歌凭我赏，且沿古岸御清流。

菱湖采莲

乘兴呼朋去采莲，轻舟划破水中天，
摘来圆叶权当伞，荡起山歌且作仙。
朵朵冰魂含露笑，层层细浪托云眠。
撒欢河上凭君醉，喜看香菱系紫烟。

313. 张旭东

【作者简介】张旭东,怀宁人,安徽省诗词协会、怀宁诗词楹联协会会员,作品散见于《安徽诗词》《安庆诗词》《怀宁诗词》及多个电子微刊。

贺"天问一号"发射成功

呼啸腾云向太空,苍茫宇宙创奇功。
敢持仪象真经取,勇探星垣信息通。
天问苍龙千里外,箭游北斗九霄中。
心随灵感新诗就,赞我神州盛世风。

庚子夏抗洪

淫雨洪翻漫野津,村墟市廓几沉沦。
忧来水患闻安寡,预报灾情告急频。
敢向女娲偷彩石,能持铁爪揭龙鳞。
波涛卷席垂危处,万马千军战水神。

纪念五四运动

曙光源起百年新,革命因为主义真。
赖有炮声传马列,可教权政属人民。
匡时济世千秋业,治国安邦几代春。
远去硝烟情未了,初终不忘是精神。

314. 张朝海

【作者简介】 张朝海,怀宁平山人,安徽省诗词协会会员,闲时吟诗作赋,常有作品在省市县各电子微刊发表。

秋　愁

一夜萧萧未凝眸,清晨漫步满园秋。
风裁红叶布新宇,目及黄花守旧楼。
归梦且随归雁去,断魂还附断云游。
衣襟紧裹陈年事,岁月欣消昨日愁。

岁寒三友伴人生

待老窝居品自清,岁寒三友伴人生。
壶中有酒邀朋醉,名下无田听雨声。
伐竹修篱围子鸭,栽松入院引黄莺。
寻梅又遇他乡客,煮水分茶叙旧情。

画堂春

朔风劲舞显冬威,迎来雨雪霏霏。异乡憔悴念霜妃,梦入春闺。　　魂断蓝桥何处,孤家独守空帷。年关将至入朱扉,比翼双飞。

315. 毕 坤

【作者简介】 毕坤,中华诗词学会会员,安徽省诗词协会理事,安徽省老年文化研究中心主任,安庆市诗词楹研究会名誉会长,怀宁县诗词楹联学会名誉会长。

残月夜

一痕虚影入窗时,正是幽幽夜已迟。
倚枕无由回浅梦,披衣独向乱闲思。
风翻案上书三页,烟笼亭边绿几枝。
感露透凉归不得,这般心绪问谁知。

教师节赞

无私奉献英贤育,植李培桃硕果收。
三尺讲台传德智,一支粉笔写春秋。
孤灯清影疑题解,静夜潜怀教案筹。
甘作人梯霜染鬓,栋梁才子立潮头。

鹧鸪天·赞粉铺村

玉露生凉入仲秋,天高云淡爽风柔。香甜瓜果能开胃,艳丽荷莲可醉眸。　　金浪涌,翠泉流。良田万顷待丰收。湖光山色诗情酿,大美乡村任客游。

316. 方捍东

【作者简介】方捍东,桐城市实验中学语文教师,安徽省诗协协会会员,喜欢吟几句诗,写几篇短文,交几个朋友,教一群学生。愿沉于书香文墨,醉于山水之中。

忆桐中时光(新韵)

锦瑟韶华犹目前,人生易老几流年。
阳光有意廊前地,明月含情山后天。
春枕龙眠水声起,秋观银杏彩霞翩。
当时笑语成追忆,对面依稀辨客颜。

桐城防疫解封出行(新韵)

深居不晓春天事,忽见解封出户行。
日照山林晴树丽,水萦农舍菜畦青。
花开含笑蜂深吻,草醒发声谁静听?
除却冬装披臂上,缓疾任意脚尤轻。

定风波·龙眠山大雨后成瀑

闻道龙眠瀑布横,云开天霁正堪行。隔远可听风雷吼,急走,洪波浩荡向天倾。 水漫大堤飞瀑涌,惊悚,浪花乱溅气腥蒸。但愿龙随云雾去,勿误,调和风雨佑文城。

317. 吴 戍

【作者简介】吴戍，岳西县人，安徽省诗词协会会员。县内多家诗社常务理事、诗刊编委。曾担任国内多家诗词网站版主。已创作诗词3000余首，在各类报纸或书刊发表作品500余首。著有《吴戍集》。

蝉

高栖凉树簇，何意噪炎天？
尔既能知了，自鸣浑可怜。
声闻童易捉，愁绝午难眠。
又是清商动，秋思浮眼前。

司空山八景之太白书堂

何年石刻记书堂，太白凝神思窅茫。
新葺终难恢旧貌，旧踪容易睹新伤。
相来访谒游从少，往复飞梭日月忙。
倘凭时空穿越至，尚能诗酒见疏狂。

司空山八景之银河夜月

朗照千年悬彼苍，粼粼碎玉泻河床。
水晶宫殿接天阙，山岳琼瑶汇泽乡。
仙侣乘槎朝紫府，野翁停棹探青囊。
金波但取一瓢饮，便可凡尘俗念忘。

318. 王播春

【作者简介】王播春,宿松人,安徽省诗词协会会员。

咏 桂

看淡炎凉逆势开,金风起处不须媒。
未随桃李穿蹊径,独入蟾宫挂擂台。
幽骨难生迷眼貌,芳心易散沁脾埃。
朦胧只待黄昏后,落我诗中化酒杯。

沁园春·故乡秋景

楚尾吴头,山托金轮,水吐银盘。喜桔披红毯,千岗起伏,稻舒芳穗,一马平川。跳出长江,直冲大别,鱼跃龙门天路宽。正秋日,听长空雁叫,掀起诗澜。　　画图处处谁传?更留下,名词千百篇。听黄梅戏里,牛郎证道,菩提树下,佛祖修禅。代代先民,双双巧手,不惧艰辛和万难。待我辈,誓推新出旧,更胜从前!

赞微信小程序"花帮主识花"

错过繁华也可怜,小程序内万重天。
香花燕语公园里,碧草游丝岔路边。
有种承欢春故旧,无名老死岁新鲜。
一丘风物从头识,半百凡夫蝶梦牵。

319. 江玉文

【作者简介】 江玉文,安庆怀宁人,安徽省诗词协会会员,一个大大咧咧,简简单单的七零后,爱这世间一切的美好,尤喜诗歌。闲暇时爱用文字记录心情,繁忙生活中,以诗歌为乐。

临江仙·打理小菜园

背负蓝天翻壤土,指头水泡锄抡。修畦除草近黄昏。施肥瓜果种,浇水豆苗匀。　　蛙鼓田畴鸣夏晚,枝头归鹊欢欣。几番挥汗景新陈。田园虽说好,全赖苦耕耘。

卜算子·庚子春

纵许疫情狂,难掩春光媚。赖倚楼台眺望春,忆昔因春醉。院外少车嚣,室内无欢味,困守庭园寸步间,只恐嫣红退。

唐多令·江边闲步

云岸掠飞鸿,江边坐钓翁。水映天、浅浪明空。垂柳柔丝秋色里,黄叶落、舞长风。　　回首那年冬,阳光涤笑容。纵情游、哪晓穷通。廿载韶光轻付了,怪岁月、太匆匆。

320. 王学平

【作者简介】 王学平,望江县人,安徽诗协会员,曾在《中华辞赋》等刊物发表作品。

长城赋

万里长城,五洲舒颜!首昂渤海,尾扫陇山。凌空秀岭,屹立高巅。十里而邻,墩台耸于极顶;千地之要,关塞位于狭间。控南北似龙吟飞渡;扼陌阡如虎啸山川。始春秋之楚塞,兴秦汉之戍边。然则孟女悲天,千秋未了;始皇御敌,百世流言。

唯应绵延起伏,千年倾注。秦汉月色,惯看之圆缺阴晴;唐宋羌音,长叹而悲欢别聚。嘉峪关下,霹雳鼓鼙;山海关前,旌旗烽炬。塞下战旗之狂,关中烽火之怒。唯有上卿善佞,幽王褒姒之欢;赵高暴残,扶苏蒙恬而愍。昭君出塞,公主和亲;苏武还朝,张骞丝路。还我河山之气壮千秋,抛颅囹圄之憾遗永驻。大汗统之江山,永乐筹其殿宇。八旗入关,维新刀俎。百年虎视,列强乃舞爪张牙;一旦龙腾,倭奴之弃甲擒住。唯是复中华,驱强虏。此则八方畅游,九派东去。民族相融,赤县无阻。四海祥云,中原喜雨。

嗟乎!缘之何物,浩浩千秋。荡三山之鬼神,凝五岳之灵秀;涤九霄其污浊,聚四海其风流。尊尧舜之天道,扬孔孟于神州。苦难不移,自强无愧;勤劳独善,静好长忧。可谓铁壁铜墙之易腐,廊垣砖石且难留。唯有血肉之躯无尽,英杰之魂不休矣。噫嘻不到长城非好汉,铸就长城真豪杰也!

321. 程立乔

【作者简介】 程立乔，太湖县人，安徽省诗词协会、省炳烛诗词学会、太湖县诗词学会、太湖县炳烛诗词分会会员，牛镇镇诗词书画学会会员兼常务理事。

咏 蝉

谁伴朱明弄玉筝，葳蕤绿叶隐蝉鸣。
餐风饮露清音绕，戴月披星弱影茕。
盛夏常和蛙鼓韵，金秋喜接蝈虫声。
虽无格调随心发，别却宫商亦有情。

咏 竹

劲节居三友，虚怀君子称。
清心招雅客，傲骨笑寒冰。
郑燮笺中景，东坡舍下朋。
凌风甘自赏，碧浪漾千层。

八声甘州·新年感怀

值梅开雪舞饰山川，览景又添愁。怙疫情侵扰，难搜雅兴，闷坐琼楼。深叹亲朋难聚，美酒未同酬。思念凭笺寄，渐释心头。 钦敬白衣天使，总知难而上，矢志何休，赶瘟神早去，做砥柱中流。保平安，联防联控。让春光，放眼耀青眸。高情赋，聚风骚客，共韵春秋！

322. 姚东红

【作者简介】姚东红,安庆人,国家公务员。中华诗词学会、安徽省诗词协会会员,安徽诗协女工委委员,香港诗词协会微刊副主编,安庆市诗词学会副秘书长兼微刊执行主编。作品散见于全国发行的纸质诗刊、网络诗刊。

礼赞抗洪战士

漫天暴雨袭江城,白浪滔滔触目惊。
幸有雄兵冲一线,再无黎庶恐三更。
纷纷固坝流珠汗,夜夜分洪排险情。
岂顾安危同聚力,丹心报国护苍生。

临江仙·赏荷(新韵)

叶下游鱼吹细浪,云翻红影遐森。蜂喧蝶戏藕花馨。倚栏观此景,清露冷衣襟。　风动霓裳香芬漫,芳姿无畏秋深。婷婷立水自欣欣。凉波秋暗至,入目更清新。

满江红·春游查济村

云净风柔,黄莺婉,绿槐高树。极目看,炊烟缭绕,香盈轩户。村北村南青石水,门前门后林花路。古村落,山月远红尘,桃源误。　撑油伞,移芳步。留倩影,兰桥度。赏民俗民居,古风情愫。笑倚垂杨惊白鹤,闲看烟水轻舟渡。尤恋那,双燕舞斜阳,频低语。

323. 刘后生

【作者简介】 刘后生,安庆怀宁人,中学高级教师。安徽省诗协会员,怀宁县诗词协会副会长,诗书画爱好者。

晚秋行

如花木叶万千红,秋景游来春日中。
不怕今宵明月懒,路旁满树挂灯笼。

锁春夏

春初一锁待时开,孤鸟榴花人未来。
往日飞歌传笑处,阶前窗外满青苔。

望瀛州

一轮明月渡金门,海雾茫茫影欲吞。
兵置澎湖南宋史,民移宝岛大明村。
千鸥飞起惊乡梦,万浪横开念祖魂。
岂问相期何切切?炎黄血脉子孙孙。

324. 张林根

【作者简介】 张林根，休宁农商行内退职工，安徽省诗协会员。曾在黄山市老年大学诗词班学习。有少量诗见于报纸与微刊。

诸葛子瞻邀宴未果

积善销书是我师，豪情邀宴也心驰。
相逢未必神交好，万镜明于不照时。

游广宇桥湿地公园（新韵）

新安岸下柳如丝，仲夏花开赏未迟。
江水无竭谁作主，清风不禁自为息。
鸳鸯共渡荷华暖，杉树重阴伞盖持。
现在犹得游所见，莫读张旭咏桃溪。

桃林村村口苦槠树（新韵）

苦槠上与碧天齐，屏佑边墟浙域西。
褐果敲窗殷切切，黄花扑面落依依。
荫黎五百资民饱，去尔十年谢意饥。
日照不知魂已断，朝来暮去草萋萋。

325. 李国庆

【作者简介】李国庆,安徽省诗协、黄山市诗协、黄山区作协会员,有文章散见于《作家》《诗歌文学网》微刊、《安徽日报》《安徽诗歌》《黄山日报》《太平湖文艺》等刊物。

浦溪华灯

小雨粘尘启晚晴,万家灯火岸边明。
波光闪闪添幽色,树下沙滩叙友情。

浦溪晨曲

浦溪河水纯清底,少妇堤边笑语喧。
木棒声声敲岁月,阳光充满是新园。

浦溪夏魂

浦溪河畔榉冠新,如手柔荑迎客人。
六角铃声传十里,甘棠古镇梦山珍。

326. 汪志彪

【作者简介】汪志彪，徽州区富溪人，农民，黄山市诗词学会会员，热爱中国传统文化，热爱古诗词，偶有诗稿、散文游记被多家微刊、网媒、纸刊采用。

梧桐影·无题

霜叶红，荷塘乱。身向岸边杨柳萧，情丝满腹柔肠断。

思远人·伤别

残照霜林鞭马去，回首暮云起。望遥遥去路，身飘何处，今夜冷衾睡。　　别离自古伤心事。竹染女英泪。看暮色叶萧，沈腰潘鬓，唯鸿雁情寄。

327. 舒建强

【作者简介】 舒建强,安徽省诗词协会、大中华诗词协会、安徽诗词学会、太白楼诗词学会、黄山诗词学会会员。黄山天都诗社编委,安徽太白楼诗词学会黄山站编委,《九洲诗会》诗词主编。

七 夕

风清花淡星光旧,牛女千年总敛眉。
孤处仙宫瞻玉兔,双行鹊阵赴佳期。
银河声寂心潮涌,霄汉情浓天地知。
无奈分襟残夜去,云中牵手再何时。

春日闲吟

乡路悠悠野景新,追随蝶影到芳茵。
含情彩燕同眠柳,携雨轻烟不逐春。
闲踱溪边逢钓叟,悠停花下忘吟身。
长亭暮晚存前梦,更有和风送玉人。

游古黟羊栈岭

雉山雄据尘埃外,樵曲苍凉萦岭松。
欲驾天舟浮岫霭,且登羊径觅仙容。
化香池碧林摇影,崖峭荆高鹤敛踪。
纵是画工须妙笔,壑深云绮几多重。

328. 冯清明

【作者简介】 冯清明，1981年中医专业毕业。现为安徽省诗词协会、黄山市诗词学会会员。

题月季花

四季争妍醒九空，于无声处斗春风。
肯招蝶舞时时艳，信守花开月月红。
浊酒数杯邀墨客，清芬几许醉诗翁。
写生有意催文笔，为赋奇香一万丛。

咏 荷

六月凤池待写生，碧光闪烁并蛙鸣。
溜珠裙叶迎风摆，映日心花照水明。
贞洁恒留泥底玉，禅真久效世间情。
尘寰有笔书华气，化作佛台向宇横。

咏 荷

千重翠盖醉湖曛，不染嚣嚣半点尘。
清水娇华涵数碧，高风淑骨沁群心。
谦谦情韵比香芷，赫赫春格启劲芬。
君子精魂谁意会，只争朝气写纯真。

329. 方桐辉

【作者简介】方桐辉,歙县人,安徽省诗协、世界汉语文学作家协会、中诗协、黄山市诗词学会、祁门县诗词学会会员。作品散见于各网媒与纸媒。

太平湖之秋

霜花烂漫醉青蒲,湿地风光展画图。
浩渺烟波如玉带,丹彤岛屿似霞凫。
乘车可览黄山艳,泛艇犹拈翡翠珠。
周末撒欢哪里去?诗情无限太平湖。

黄山九龙瀑

飞泉百丈出天都,挂壁千寻滚玉珠。
罗汉香炉叠连瀑,九龙辟谷去西湖。

江南好·烟雨阊江

清和夏,风疾柳枝斜。漫步桥头抬眼看,眸前阊水溅飞花。烟雨爽咱家。　朋友聚,浅酌话咨呀。酣对故僚聊故事,更来一盏热红茶。诗酒乐年华。

330. 汪险峰

【作者简介】 汪险峰,黄山市屯溪人,安徽省诗词协会、黄山市诗词学会会员,偶有散文,古诗发表于微刊和纸刊。

观黄山落日

空谷当歌对酒吟,千峰竞秀洗尘心。
夕暾莫叹山遮眼,霞透浮云万缕金。

忆黄山文殊院

尘梦回眸隐笑间,霞烟滚滚忆滔天。
文殊月下云飘院,漫洒莲香伴我眠。

太平湖

水荡烟波透景台,喧嚣尽扫化尘埃。
残舟野渡催人忆,往事依稀入画来。

331. 姚英贵

【作者简介】姚英贵，安徽省诗协与黟县作协会员，曾在国内报刊与网络文学平台发表诗歌、散文、小说等文学作品。部分作品曾获奖。

立 秋

伏走风徐日失骄，千重稻穗过深腰。
南飞大雁鸣同伴，蕉绿橙黄月季妖。

立 冬

早起身寒冷日光，山姿灰暗卓枯黄。
呼风拂面飞残叶，又是明朝一地霜。

悼屈原

少住深山求索路，青年持剑赴征途。
久违权贵图新政，力助贫民屡谏书。
韬略满腔无处诉，忠心一再有人污。
国亡悲愤江流跃，悼念龙舟五月初。

332. 许建荣

【作者简介】许建荣，黟县人，中华诗词学会、安徽省诗词协会会员，省诗协女工委副主任，黄山市诗词学会副会长，天都微刊主编，黟县作协理事。

游新安江山水画廊

舟移山影镜中行，翠涌千峰澈底清。
古渡桥头风送雨，桃花坝下水含情。
打鱼网出绵潭乐，压树果香溪口迎。
流动画廊天上景，浴波白鸟两三声。

乡　情

鸟外草绵绵，乡情万绿牵。
时光穿日脚，蝶影落花前。
茶摘新芽嫩，春挑野菜鲜。
苦甘添一味，去住意依然。

雨山湖

九峰环远近，螺黛锁烟霏。
楼影摇波乱，雨山飞鹭归。
桥深疏闹市，花映钓晴矶。
临水写幽韵，青篙柳浪肥。

333. 谢长富

【作者简介】 谢长富，黄山市人，安徽省诗词协会、黄山市诗词学会及黄山区老干部诗词学会会员，中国诗歌网注册会员，被媒体誉为"导游中的草根诗人"。

望九龙瀑

雨后潜龙分外骄，腾渊挂壁起狂飙。
声如雷震十余里，转向人间腐恶消。

练江牧场赏荷有感

都敬莲花不染尘，谁悲藕陷淖泥深。
子荣母贵寻常事，多少阿谀谄媚人。

咏　竹

翠竹庭边倚，光明弄影清。
虚怀贤圣范，劲节古今名。
子幼凌云志，根深恋故情。
临高犹俯首，聚族茂林成。

334. 胡积林

【作者简介】胡积林,黄山市人,安徽省诗词协会、太白楼诗词学会、黄山市诗词学会及黄山区老干部诗词学会会员。

送香茶

谷雨诗城送茗茶,新朋好友乐开花。
沁香形色杯中叶,细品猴魁指射夸。

玻璃栈道

踏足玻璃栈道桥,临空笑把彩云招。
任凭风势千秋荡,鹤发依然敢弄潮。

如梦令·霜韵

一夜寒风炫弄,田野娥妆起凤。草木染银丝,亭菊凝脂持重。霜梦,霜梦,情韵雪花迎送。

335. 吕爱武

【作者简介】 吕爱武，黄山市人，安徽省诗词协会、黄山市诗词学会会员，省诗协女工委委员。

新安江暮色

闲步江边暮色柔，霞光万道染清流。
风轻浪细堤旁柳，天阔云遥波上鸥。
舟楫穿梭摇月影，霓灯闪烁映琼楼。
阶前钓者宁如画，且把怡情装满舟。

登九华山

九华高耸入云端，霞映群峰紫气旋。
竹海茫茫扬碧浪，清风冽冽润心田。
幽林曦日梵宫静，暮鼓晨钟香火绵。
其境身临天地阔，红尘洗却自怡然。

浣溪沙·故乡美

古镇溪南是老家，白墙黛瓦竹篱笆，蝶飞蜂舞绿藤瓜。
十里枫杨摇翠幔，一湾碧水润芳华，河边闲客钓鱼虾。

336. 万春芳

【作者简介】 万春芳,芜湖市南陵县人,地质部门退休干部。黄山市老年大学学员,安徽省诗词协会、安徽省太白楼诗词学会、黄山市诗词学会会员。

荷 塘

仲夏荷塘增锦绣,红绡翠盖甚斑斓。
蜂歌采蜜莲蓬动,蝶舞穿丛蓓蕾欢。
暴雨倾盆掀浪恶,明花失色令心寒。
奇葩萎谢香犹在,傲立迎风意更坚。

新安江畔

青山碧水映轩廊,绿柳蝉鸣白鹭翔。
竹笛笙歌萦画栋,红裙翠袖舞霓裳。
游人如织观江景,彩舸悠然逐浪航。
世外桃源优胜境,昱城美誉五州扬。

秋 韵

枫红竹翠菊花黄,硕果盈枝谷入仓。
柿挂灯笼彤又亮,丰收可待喜眉扬。

337. 孙伟民

【作者简介】孙伟民，临床医生，黄山市黟县人。中华诗词学会、安徽省诗词学会、黄山市诗词学会、黟县作家协会会员。

黄姑河即景

竹影横斜六月河，弋江夹岸听渔歌。
随缘漫把轻舟渡，一棹撑开万里波。

踏莎行·游三叠瀑随笔

跌水飞珠，轻烟袅绕。莺啼陌上花含笑。暖风吹面楚云开，暗香盈袖晴方好。　　执念如初，尘缘难了。归来莫待痴情老。弋江别后忆相逢，携君梦里思年少。

一斛珠·陌上村晨

东方欲晓，莺啼珠露春寒早。牛羊隐显溪边草。遍地芸薹，几只黄鹂鸟。　　采茶陌上云雾绕，清风应惜春芳好。独醉山花枝头笑。杨柳依依，莫待相思老。

338. 窦厚平

【作者简介】窦厚平,黄山市人,中华诗词学会及省市诗词学会、协会会员,诗词散见于《中华诗词》《黄山日报》等刊物并入编各级丛书,有诗词文集《生活的符号》。

满庭芳·宏村南湖

天赐瑶池,地嵌圆镜,照明仙境人间。柳条风舞,湖映碧云天。琼阁青荷翠竹,人行岸,舟出虹弯。涟漪静,千姿百态,倒影一湖环。　　夜阑,湖入梦,如诗似画,如幻飘仙。把杯敬姮娥,同醉凡间:没有风花雪月,没有恶,没有邪官。凡人类,心清湖水,明镜照人间。

徽州女人赛金花

豪门闺秀落姑苏,漂泊青楼卖艺糊。无意适逢官府客,有缘嫁作状元夫。一朝修得同船渡,三载相随共枕谟。国破郎薨家没落,花残月缺妾成奴。御凶抗掠施深计,扶弱救亡免炭涂。护国娘娘今古颂,新安史册耀仙姝。

村头一隅

信步乡间景入眸,啼春百鸟闹枝头。
老翁柳下盘晨月,邻妪庭前跳晚秋。
墨液满池描异彩,诗田半阙写风流。
今朝盛世频惊喜,把酒三杯一曲讴。

339. 黄广奇

【作者简介】黄广奇,安徽省诗协会员,阜阳市诗词学会常务理事,界首市诗词学会常务副会长,养城诗社副社长。作品散见有关纸刊以及省诗协等社团微刊。

为界首市诗词学会换届赋诗并谢太和县李广慈秘书长及诸诗友

学会扬帆又起航,欣承雅士赐华章。
新风诗韵连词韵,颖水新阳接细阳。
高诵声宏传两地,低吟气雅颂同乡。
行舟共桨长河里,驶向春光结谊长。

注:同乡界首市、太和县曾经一同划为首太县。新阳、细阳均为颖水流域古地名。

游湖观荷

翠烟笼岸柳,荷碧映斜阳。
舟荡浮萍里,人欢叠绿旁。
婷婷施粉色,艳艳透清香。
相望芙蓉醉,瑶池一梦长。

垂 钓

闲来小钓放鱼钩,碧水清波眼底收。
风雨阴晴身外事,任它冬夏与春秋。

340. 秦敬国

【作者简介】秦敬国,界首人,退休职工。中华诗词学会、安徽省诗词协会会员,阜阳诗词学会理事,界首市诗词学会秘书长。

"向雷锋同志学习"题字五十七周年感怀

光阴蕴得酒醇香,题字经年仍闪光。
学习雷锋歌一曲,山河伴奏韵悠长。

八一抒怀

九十三年威武名,丰碑座座血凝成。
追寻漫漫霜封路,探究层层党领兵。
土炮梭镖连信念,蓑衣斗笠夺坚城。
今听鬼哭豺狼叫,只要旗红自不惊。

麦收后喜雨(通韵)

麦收忙罢最需墒,偏遇骄阳肆虐狂。
一夜雷鸣催喜雨,农家大饼早闻香。

341. 马建华

【作者简介】马建华，会计师，安徽省诗协会员，界首市诗词学会副会长。著有《钓趣拾零》《美国见闻》《诗海弄潮》《鳞影轩鱼拓作品集》等文集。

游俄勒冈火山湖（新韵）

碧湖波潋滟，嵌玉火山巅。
疑似仙人泪，珠痕落此间。
云天飞瑞鸟，丘壑水潺湲。
万里来相看，犹如梦境般。

登旧金山金门大桥有感（新韵）

钢骨长桥架，通身一抹红。
远山披绿褥，近海起涛声。
展翅云中鸟，啾啾上下鸣。
凭栏观浪涌，乡绪几多重。

小嶝怀古（新韵）

甘为南地鬼，岂有北朝心。
贫隐浮沤屿，忠贞浩气存。
钓矶诗尚仕，棋石散余温。
凭吊邱葵厝，吟词诵烈魂。

342. 王金成

【作者简介】 王金成,安徽省诗协、中国诗歌学会、中华诗词学会、国际诗词协会会员,世界汉语文学作家协会理事等。现为《当代诗词鉴赏》总编辑、社长。

西江月·咏蝉

晨霁凭窗远眺,轻风惊树闻蝉。蝶飞翩眇乐悠闲。岸畔莺啼鸟啭。 千载宏声吟夏,万秋歌咏人间。脱胎更骨换新颜。把爱承情尽献。

浪淘沙令·忆往昔故人同

窗外雨濛濛。又见雷风。凭栏眺望万山丛。孤影一人心惧冷,泪滴狂冲。 胜景与谁疯?碧水青葱。莺啼千簇百花红。误了人间香客遇,忧悴余踪。

临江仙·咏梅

梅骨高寒冬日乐,昂然独笑暮尘中。孤身不慕万花丛。适逢松柏翠,环坐泰山峰。 他处斜阳寻胜景,宾朋宏赞愿从容。日高风暖绿阴浓。来年阡陌地,一树雪中红。

343. 黄　坤

【作者简介】黄坤，界首人，中华诗词学会、安徽省诗词学会、阜阳市诗词学会会员。有诗词散见于《光明日报》《安徽诗坛》等媒体。

军旅情怀

年少芳华热血腾，赤心报国赴军营。
荒滩大漠昭肝胆，野岭深山显性情。
驱魅除魑九州泰，安疆固土万家荣。
敌人若敢来滋事，亮剑斩妖逃不成。

孟夏乡间

风柔云逸飘，曳柳扭蛮腰。
杏涩泛青晕，莲羞顶绿绡。
蛙鸣音色脆，燕掠舞姿飙。
孟夏村头美，舒心度夕朝。

蝉

困厄经年土内藏，光明追逐志坚强。
出头历尽千般苦，枝杪高歌斥热凉。

344. 魏光明

【作者简介】 魏光明，耳鼻喉科主治医师。安徽省诗协、阜阳市诗词学会、界首市诗词学会会员。诗词、书法、声乐爱好者。

秋　风

细雨生秋意，西风无际涯。
暗香流水处，月出秀峰斜。

界首308片区赋

颍河乡俗风，豪俊气如虹。
两岸青云里，千山皓月中。
清宵步西苑，往事逐孤鸿。
万字挥毫毕，一拼留醉同。

庚子武汉战疫

遥念江城疫，居家独自呆。
排云颂歌上，入梦仲春来。
钦佩白衣使，驰援黄鹤台。
九州齐努力，捷报为君开。

345. 潘庆华

【作者简介】 潘庆华,界首人,中共党员,安徽省诗协、阜阳市诗词学会、界首市诗词学会会员。已创作格律诗词 400 余首。

观月季半开

滴翠凝香尚未丰,含羞半露意朦胧。
情深四季难倾尽,绽放娇颜雨后红。

乡村夏吟

乡间芳景秀,叶茂落红眠。
翠柳娇堪媚,黄鹂韵若仙。
村村霞倚路,处处水滋田。
富足民安泰,兴农国策坚。

采桑子·西楼怨

朝思暮想南桥会,无觅来踪。憔悴芳容。书信难传万念封。
灵犀未透情何寄?岂有相逢。思绪重重。热血盈腔意在胸。

346. 吴小涛

【作者简介】吴小涛,枞阳人,大学文化,公务员,就职于界首市市场监督管理局。现为省诗词协会、阜阳市诗词协会、界首市和枞阳县诗词学会会员,作品散见于诗词微刊。

秋月夜

秋夜望星灯,清辉满地明。
浅池风动月,花影笑痴情。
窗内烛光闪,林中宿鸟鸣。
观荷生惬意,凝露听蛩声。

蝶恋花·植物园

碧草如茵多细柳,景嵌城中,更有池塘藕。栈道林荫休逸走,山亭远眺寻诗友。　　更喜红肥兼绿瘦,游客观花,蝶舞佳人秀。一阵凉风禾草透,玉兰桥上听弹奏。

诸生金榜题名(新韵)

黉堂十载苦窗寒,捷报频频九域传。
博览书山登顶越,广游学海渡石磐。
涩枯数理难题解,锦绣文章绽妙兰。
金榜题名乡梓乐,雏鹰展翅越青天。

347. 李雪艳

【作者简介】李雪艳,太和人,中华诗词学会、安徽省诗词协会、阜阳诗词学会、安徽省散曲协会会员。

自 勉

恬淡悠闲惯,怎忧家道贫。
寻闲弹古调,展卷慕先仁。
由任霜侵发,何悲红褪唇。
长存孟光志,远绝世间尘。

夏日村行

五月胜阳春,芳林绿叶新。
田原开晓雾,霞彩照天垠。
丰岁乡民乐,明时风俗淳。
牧童歌水岸,村舍笑声频。

立秋闲吟

一阵西风爽,荷田送野香。
月明惊鸟雀,蛙噪满池塘。
阶叶迎秋到,露珠催黍黄。
轻摇小蒲扇,夜半独徜徉。

348. 王兴昌

【作者简介】王兴昌,阜南人,退休中学教师,安徽省诗协、中华诗词学会会员,学诗二年,作品见于多个诗词群微刊。

备战王家坝

天公无礼雨狂倾,淮水涨堤危险生。
群众巡查防患起,党员坚守带头行。
王家坝闸迎湍浪,洪库人心蕴厚情。
承受淹田为大局,虽遭损失整盘赢。

新疆游

饱览新疆夙愿酬,区都南北景多幽。
三山起伏两盆地,双漠无边几绿洲。
河谷风光娇似画,草原秀色丽如绸。
古遗名胜尽情赏,不枉此行心印留。

战疫情

庚子新年迥不同,疫云阴郁笼苍穹。
隔离举措应时计,响应居家与国通。
四海科研临火线,三军医护建勋功。
全民协力战魔毒,定扫阴霾见朗空。

349. 徐尧林

【作者简介】 徐尧林,太和人,阜南教育局退休,安徽省诗协、中华诗词学会会员。作品散见于数家刊物及网媒。

咏 荷

芙蓉玉立迷吾醉,每至堤前身必躬。
密叶接天千顷碧,娇花映日满塘红。
濂溪爱慕情无限,廷秀相思意自同。
虽出淤泥而不染,品高质洁振清风。

注:廷秀,杨万里之字。

王家坝第十六次开闸感咏(新韵)

闸开水吼似龙吟,白浪滔滔沃野侵。
百里汪洋淹驿路,一湖浩荡近家门。
遥知大坝精神驻,每见汗身泥水涔。
看我分洪十六次,军民奋战两情深。

水调歌头·战疫魔

亥末疫魔起,冠毒闹成精。白衣天使临阵,江汉聚群英。更有三军神降,幸赖南山指导,治愈日新增。大爱润心暖,患难显真情。　　党中央,号令下,战旗升。全民行动,不获全胜不收兵。争避疫情传播,喜看瘟魔降伏,此仗定能赢。赤县山河壮,高奏凯歌声。

350. 张朝俊

【作者简介】 张朝俊,阜阳市阜南人,作品散见于县市文学刊物及网刊,部分作品收录于《百年诗词精选》,《中华当代好诗词》,著有《神州行》诗词曲一部。

齐云山行(新韵)

晨风携鸟语,晓露送花香。
云绕青峰远,林侵幽径长。
斑竹摇叶翠,古寺卧霞凉。
桥荡青溪瘦,心舒诗意狂。

初夏村居(新韵)

蜗居听鸟喧,舒目望云翻。
日暮林中暗,风清户外闲。
遥闻琴韵远,尤爱月光寒。
好友花前酒,奢茶柳下烟。

新疆军垦农场

临场豪气生,焕彩涌激情。
枪动昆仑雪,镐挥戈壁风。
欢心思陕北,艰苦忆长征。
战士扬威处,欣观崛起城。

351. 项田夫

【作者简介】 项田夫，阜阳市阜南人，本科，退休公务员。安徽省诗协、安徽省诗词学会会员，阜阳市诗词学会会员。作品发表于杂志和电子微刊，并有专刊数期。

庚子年七月开闸蓄洪再咏王家坝精神

夏月龙王抖雨来，濛洼开闸聚成灾。
荡冲故里平畴景，吞没良田孤苑台。
滚滚黄涛杨柳漫，滔滔白水稻禾哀。
牺牲小我奉新爱，史笔书留后世追。

雨霁油菜园享景

雨霁瑞烟生，乡园菜景盈。
低枝斜角立，绿叶载珠横。
粉蝶怜花密，鹅黄覆地轻。
东君长送照，粒重满杏城。

追忆淮边下放务农岁月

十八务农初扎根，淮边耕种庙洼村。
春花艳艳含香远，秋果盈盈入户囤。
姑婶乡音塘漾曲，伯兄夜话酒倾樽。
常怀新梦追思梦，情慕心魂醉旧魂。

352. 许思桂

【作者简介】 许思桂，主任编辑。中华诗词学会、安徽省诗协会员，安徽省诗词学会、阜阳市诗词学会副会长，阜南县诗词学会会长。获奖作品较多，其中有国家级奖项。

夏吟家宅

心甜家宅院，夜梦也吟哦。
桂柳随风舞，龙猫绕客歌。
丝瓜牵月季，蝴蝶戏莲荷。
国匾厅堂绚，书香沁玉波。

注：国匾，即国家第三届"书香之家"牌匾。

浣溪沙·慈母的纺车

道轨吱吱数轴纱，快缠细绕赞桑麻。飞梭织就满天霞。慈母摘星缝被褥，娇儿捧月颂瑶华。书香飘逸乐千家。

注：道轨，纺车的别称。瑶华，词牌名。

长相思·六月初三祝贤妻姚邦兰生日快乐

华夏春，许氏春。诗韵悠长颂厚坤。家和福满门。　　赞伊人，颂伊人。共苦同甘凭德仁。子孙歌咏芬。

353. 王增霞

【作者简介】王增霞,山东临沂人,安徽省诗协、中华诗词学会会员,省诗协女工委理事。作品散见于《西部文学》及多地微刊。

踏莎行·七夕有感

烟笼愁云,穹飘细雨,鹊桥不见销魂处,情丝千缕锁衷肠。人间天上存真侣。　兰夜灯昏,檀香烟去,山盟怎得时时聚,任凭百合落谁家,一杯清酒今宵度。

鹊桥仙·七夕寄语

淡笺素语,绿营短聚,小镇车场邂逅。长青客栈柳儿垂,任凭那、蝉鸣乐奏。　时光荏苒,年华已暮,回首墨香绕袖。渐行渐远立残阳,怎奈那、春秋依旧。

江城子·庚子春

酒香笑语正春欢,疫情传,广皆关。沴气蔓延、黄鹤陡凄然。风雪狂飙千树患,梅花泪,木樱寒。　神州岂许子民悬,夜阑珊,杏林煎。雷火山间、士气壮乾川。万里长江如怒啸,潮逆涌,曙光前。

354. 王树仁

【作者简介】王树仁，中医师，省市县诗词学会会员。作品曾获"第五届中华情诗歌赛"金奖、"中国文学金鹰奖"第三名。

咏经络（新韵）

人身宇宙村，经络纵横循。
遥控凭穴道，能防疫病侵？

春养肝（新韵）

风和踏春行，肝郁畅豪情。
足蹈高压降，玉津舌翘生。
眼干搓耳后，筋转刺阳陵。
上火掐踝内，胸塞点中庭。

夏养阳

芒种汗飘香，津流正气伤。
晨肴添辣佐，晚步浴斜阳。
祛湿丰隆穴，清心绿豆汤。
莫贪冰冷味，冬病快除光。

355. 熊丰运

【作者简介】熊丰运,阜南县人,安徽省诗协、安徽省诗词学会会员,阜阳市诗词学会理事。作品散见于网络微刊及纸刊。

破阵子·灭疫记

举国同擒瘟魅,神州众志成城。迷彩白衣皆奋勇,挂帅南山领将英。降妖保太平。　战疫雷鸣电闪,八方援手增兵。魍魉魑魅无处遁,换取全赢众泰宁。云消天放晴。

浪淘沙·红尘梦

窗外雨绵绵。冬暖心寒。夜深难寐思从前。爱恨悠悠魂魄散,难再并肩。　旧日怎回还。情尽谁怜。纵然悲怆泪如泉。戏散曲终人去也,万事随缘。

清平乐·叹无缘

人生过半,忆昔多生叹。时过境迁如梦幻,往事入心泪满。　期望凡事同行,奈何缘浅难成。曲尽终归人散,无缘莫续来生。

356. 谢 玲

【作者简介】谢玲,安徽颍上县人,中华诗词学会、安徽省诗词学会、阜阳市作协及阜阳诗词学会会员。

咏 竹

高风君子度,劲节向朝阳。
傲雪千竿翠,凌云一径凉。
松梅称挚友,嵇阮许轻狂。
不羡春花艳,虚怀自蕴香。

登九合塔感怀

长淮一望意悠悠,两岸人家枕碧流。
城阙曾经兴废事,山川不改古今愁。
牧民足以安天下,治国真堪合九州。
千载高风追管鲍,凭栏谁与话春秋。

浣溪沙·送别

离别堪折柳岸枝,舟行碧水挽情丝。斜阳远影感伤时。
怅望才知春寂寂,归来莫许意迟迟。清风明月两相痴。

357. 贺洪卫

【作者简介】贺洪卫,中共党员,高级教师。中华诗词学会、安徽省诗词协会、阜阳市诗词学会、颍上县诗词学会会员。

新秋晚游池州清溪河畔二首

其一

旋律清溪畔,温馨溢满城。
沿河柳风惬,抚石客心平。
遥望天街渺,近闻童稚盈。
登高相顾处,万象竞峥嵘。

注:天街指高高横跨在清溪河上的大桥。

其二

霓虹跳跃泛荧光,荡漾心潮舞步狂。
丝竹绵柔歌胜景,人流纷沓沐清凉。
倾听耳语知风物,思慕前贤读锦章。
点点渔漂鲜味得,杏花村里累千觞。

村　晚

夕阳方隐别,暮色罢农耕。
夜静黄梅醉,人闲舞步轻。
新蚕觉春暖,劲竹感时清。
月浸林深处,偶闻归鸟鸣。

358. 张雪丽

【作者简介】张雪丽,阜阳市颍上人,爱好写词,已出版两册词集。

火烧云(新韵)

疑似凌霄幻若真,石阶坐看火烧云。
霞光青睐大龄女,浆染一袭待嫁裙。

望游鱼追逐有感

方送春光远,今朝又立秋。
未抓三月尾,已别一年头。
灼灼眸光望,甜甜清梦收。
鱼儿如互动,可解客人愁?

359. 李洪顶

【作者简介】 李洪顶,阜阳人,中学高级老师,退休后涉足诗歌创作。

伞中情

山中观景悄然行,细雨徐来脚步轻。
遇友相邀同伞下,喜看一路好风情。

游　园

游园漫步望云空,小鸟啾啾柳色中。
鱼戏莲花轻蝶舞,翩翩绿叶荡和风。

植物园有感

游园湖岸翠如烟,傍晚闲游赏彩船。
遥想当年滩涂地,今非昔比两重天。

360. 邢思斌

【作者简介】邢思斌,安徽省诗协、中华诗词学会、阜阳市作协会员,安徽省残联主席团委员,出版《无声吟》诗集。

咏 蝉

高树傲群蚁,声兴骚客心。
炎天堪啸咏,流响出山林。
萧瑟难凭藉,隐然犹热忱。
我无羽翼振,谁识得喑音?

步杜牧《九日齐山登高》

西风萧瑟雁南飞,携得方壶上翠微。
两耳谯城悲已聩,卌年清颖未忘归。
词章有骨枕佳咏,文墨无尘描落晖。
逸韵吟来舒字卷,秋光怡眼喜沾衣。

金缕曲·观郑板桥竹竿画

尺幅来龙啸,卧听萧萧声夜响,牵肠诗搅。来取寒枝陈年纸,放浪沉吟便了。几滴墨,愁多萦绕。削去冗繁何见瘦。逗风姿,多妙天公巧。坚劲节,对风傲。　　荣华看厌撕纱帽,抹虚名,清风两袖,倾情篁筱。清墨无多多清泪,画笔诗才怀抱。抒血性,哀怜穷灶。难得糊涂糊涂些,唤痴聋,脚踢乾坤倒。钦竹笔,凿心窍。

361. 冯子豪

【作者简介】冯子豪,安徽宿州人,安徽省诗协理事,中国金融作协、安徽省作协会员。现已发表百余万字小说、散文及诗词,有散文集《解读壖桥》《小河潺潺》、长篇小说《往事》。

东林草堂

毓村漠漠雨丝丝,九孔桥边忆旧时。
晓渡云飞青作盖,唐河风飐绿成漪。
水长似展板桥画,地阔如吟居易诗。
遥望东西盛唐柳,绿茵犹自照符离。

注:白居易曾居毓村(今符离集)之东林草堂。

清明感怀

红花灼灼照邱园,紫燕衔泥笑语喧。
峻岭苍苍多湿润,江河浩浩渐回温。
春风几换楚山面,妙笔生成吴水魂。
看尽黄淮仲春景,千年旧路已无痕。

春满古寺

名寺桃红春色开,古碑深处乐声来。
绿波塔影浮空界,卓锡清音落讲台。
得意山蝉频笑语,忘机林鸟共徘徊。
忽闻佛祖传经至,异草奇花任取裁。

注:名寺,指天藏寺;卓锡,天藏寺创始人。

362. 周 俐

【作者简介】 周俐，宿州市作协会员，北京华夏诗联书画院古体诗词研究员，中华诗词学会会员，诗词《唐多令·义酒醇》曾荣获三等奖。

归乡学锄（新韵）

归乡闲为客，了试稻田锄。
烈日蒸身体，飞尘脏我颅。
焉知农父苦，只道肉食足。
光是心含愧？教儿敬稼夫！

吟小宋梨园

享尽春风情不禁，万花丛里梦多娇。
犹赊小宋一方土，千里平原立坐标。

宏村印象

三思三水九堂楼，石木砖雕千百秋。
小院书香关不住，宏村徽韵尽风流。

注：三思，思齐堂、思济堂、思成堂，是宏村保持较为完好的民居木雕楼。三水，宏村拥有着举世无双的古水系——水圳、月沼、南湖。

363. 张成君

【作者简介】 张成君,宿州市埇桥区中学教师,安徽省诗协会员,宿州市红杏诗社理事。

天鹅湾夏夜

月朗星稀午夜天,风催柳舞鸟惊喧。
蛙鸣蛐唱油蛉乐,充耳丝弦世外仙。

夜游网师园

不满拙园六分一,玲珑巧致现毫厘。
风来万卷集虚静,月影霞池醉短笛。

山塘街（通韵）

七里山塘天醉水,一艘画舫欲撑开。
婀娜软语红栏外,巧笑诏舟急急来。

364. 高 扬

【作者简介】 高扬,自幼酷爱文艺,安徽省诗协会员。诗作荣获首届"杜牧诗歌奖"。

题兰鸡图(新韵)

高滩村里住,常伴蕙兰馨。
鸡崽多情趣,唧唧亦可亲。

题桃花

桃花无语默然开,唯恐无端惹碧埃。
蜂蝶既知心底意,为何未见采花来。

题 兰

一种名花越旧尘,痴心枉自恋诗人。
何如嫁与朱门客,钟鼎年年共伴春。

365. 徐 超

【作者简介】徐超,铜陵人,安徽省诗词协会会员。十年沧海事,换作笔端诗。

北斗导航系统建成有感

三十余年三代人,孜孜事业在星辰。
仰天长拥昊穹阔,埋首每求研琢真。
一网时空辨微渺,五洲山海细探询。
欢欣今日殊功毕,重器尤能惠庶民。

沱 河

休言五湖远,眼底有沧浪。
风动葳蕤叶,波摇潋滟光。
脱钩鱼甚狡,觅食燕轻翔。
河畔浑忘事,邌邌待夕阳。

雨后晚步念蓄洪区舍家民众

淫雨方收势,柳堤蝉复欢。
清波犹映月,良夜合凭栏。
甚念时光好,遥知决舍难。
家园毁俄瞬,换我久平安。

366. 周鸿飞

【作者简介】周鸿飞,安徽省诗协、泗州诗词学会、宿州作协和宿州诗词学会会员,红杏诗社理事。作品散见于省内外报纸、杂志及微刊。

咏　根

甘于寂寞静修功,夙愿成阴木愈葱。
待到遒枝云气漫,年年依旧向春风。

涉故台

大泽风雷震九乾,义旗如炬辗星躔。
我歌鸿鹄翱翔志,敢为农人天下先。

注:涉故台,位于宿州南部的大泽乡,是秦末陈胜、吴广领导的农民大起义爆发之地。

一代伟人毛泽东(古风)

日出东方赤县红,书生引领万夫雄。
雪山攀越豪情在,草地趟来壮迹中。
执笔赋诗歌伟业,运筹帷幄铸奇功。
中华崛起倡民主,看我九州腾巨龙。

367. 任金超

【作者简介】任金超,萧县庄里乡中心学校副校长,中共党员,安徽省诗协会员,作品散见于《农村孩子报》《教育文汇》《萧县文艺》等。

冬 雪（通韵）

一夜寒风至,梨花遍地开。
清晨观四野,不忍蹴清白。

盛夏有感

几点深红兼暗绿,半山阴雨半山晴。
伏中美景人无识,蝉献高歌蛙自鸣。

立 秋

月洒千山寒露凝,风吹梧叶满秋声。
故园秋日归来早,忽念双亲动客情。

368. 郑晓华

【作者简介】郑晓华,退休教师,安徽省诗协会员、宿州市红杏诗社社员。吟诗作画,自娱自乐。

宿州文化畅想

坎坷东坡恋汴河,伤情居易踏清波。
松风闵雪名天孝,坦荡嵇康品似轲。
五曲多情迷姐妹,三黑反腐斩妖蛾。
文明宿地文风正,汴水东流唱赞歌。
注:"五曲"即:泗州戏、梆子、花鼓、坠子、曲艺等剧种;"三黑"即张成功三黑系列小说。

秋游桂林

秋风伴我入榕城,百里清江鹂鸟鸣。
碧水千湾流翡翠,奇峰万座染金橙。
沧桑古镇寻诗意,五彩田园拾落英。
异韵西街灯火炫,游人忘返误归程。

赞白玉簪

仙宫玉女下和田,嬉戏天池恋俗缘。
碧叶孵来花一串,冰容雪态暗香传。

369. 武克辉

【作者简介】武克辉,安徽省诗词协会、宿州诗词楹联学会会员,红杏诗社社员。作品刊于《大爱有声》《埇桥红杏诗词》等媒体。

晨 念（新韵）

小草尖尖玉露衔,长桥垂柳向漪涟。
去年湖畔花前醉,青鸟闲歌戏曙烟。

秋（新韵）

一排鸿雁渐南飞,橘绿梨黄万树垂。
车满龙长乐心底,红霞漫洒伴农归。

悼念克胜哥

丰山不语白云悠,麦浪低吟清水流。
抚墓春风烟纸尽,湿襟泪雨跪无休。
豪情泼洒金刚硬,明理涵濡儿女柔。
今日别君行渐远,翻坡常谒马娘楼。

注：丰山,在宿州市埇桥区夹沟辛丰。马娘楼,明皇朱元璋的皇后马秀英,人称马娘娘,有《孝慈千秋》牌楼在丰山北,克胜哥墓在丰山南坡。

370. 胡 勇

【作者简介】胡勇,灵璧农行供职,安徽诗协会员,偶有诗作发表于网刊。

游姥山岛

浪上绿洲孤叶飘,青螺浮水裹纱袍。
七层古塔凌天幕,一座渔村绕雪涛。
茶品淡浓听曲逸,艇驰来去逐波高。
人文故事传焦姥,胜景湖鲜充老饕。

写在植树节

华夏古来重生态,雍州刺史计行程。
福盈桑梓千家暖,美扮家园万木荣。
制氧机旁翁媪健,吸尘器上燕莺鸣。
青山碧水黎元梦,绿色长城巨伞擎。

有 怀

大千世界众生临,来往无需城府深。
处事何期人懂我,论交只愿友知心。
常捐俗务三思过,独牧清风一梦寻。
频借兰笺明雅志,好融玄藻入禅音。

371. 汪汉云

【作者简介】汪汉云,东至县人,农民,现居天长市。安徽省诗词协会、中华诗词学会、天长市诗词学会会员,有诗词、杂文发表,著有《银汉星云诗集》。

文房四宝

文房四宝大功全,感谢中华老祖先。
笔动风云成玉帛,墨流南北作甘泉。
纸柔可卷千军席,砚浅能行万里船。
业续辉煌天地共,传承运载计无年。

祭 妻

清明祭扫九州同,妻子坟前跪老翁。
日夜难消离别苦,阴阳阻隔互相通。
丹珠血泪染斑竹,白酒冰心映翠蓬。
夜梦伊人陪伴我,醒来原是一场空。

372. 葛先兵

【作者简介】 葛先兵，定远人，中国诗歌网蓝V诗人，安徽省诗词协会、定远作家协会会员。作品见《山东诗歌》《齐鲁文学》《词坛》等刊物及网络平台。

秋吟三首

其一

横空雁阵南飞去，几处炊烟绕旧房。
日落前村山渐远，晚风暗送稻花香。

其二

枫林着色红如火，倍感深秋暮气凉。
日照霞光流异彩，烟波水上落残阳。

其三

梧桐叶落早知秋，万木凋零莫要愁。
稻熟千层金浪滚，今年又是大丰收。

373. 张信旨

【作者简介】张信旨,天长市人,退休职工,诗词爱好者,中华诗词学会、安徽省诗词学会、安徽省散曲学会、安徽省诗词协会会员,西南文学微刊编审,有作品见于刊物。

江城梅花引·晨练

环湖垂柳漏初阳,滞秋光,似春光。次第灰鸦,疾翅导人航。青女纹冬堪大匠,清波外,玉凝脂、淡淡妆。　　左方,右方。古龙香,法国霜,拂衣裳。燕语巧笑,爆发处、窈窕红装。暗运秋波,不独少年郎。漫拭盈眸风烛泪,浮过往,窖中珍、味更长。

汉宫春·狂歌

仰脸朝天,管他啥字正,还是腔圆。清清腑中郁垒,旷达灵泉。玄歌古调,怕些些、难以和弦。还看取、迎风亮嗓,飘然演绎蹁跹。　　造化小儿多事,遣蝉团鼓阵,提振华年。霜期何人敢拒,福寿姻缘。牛灰不值,美人儿、粉饰娇颜。舒短笛、牵云踏月,萧郎照旧如仙。

374. 郑玉良

【作者简介】 郑玉良,合肥人,曾在乡镇工作近 20 年,现就职于长丰县总工会,安徽省诗词协会会员。

家乡夜景

初秋暑气尚难当,月夜河边独纳凉。
习习清风透襟袂,茫茫旷野沐蟾光。
荷波阵涌蛙声闹,萤火纷流稻穗扬。
仙客以为蓬岛美,安知胜景在吾乡。

沁园春·巡游乡村故地

独立长亭,草碧连天,景秀怡人。忆当年抗旱,宵衣引水;雨期防汛,旰食巡村。冒雪帮贫,披霜助困,我辈何曾轻负春。每思此,纵长宵不寐,亦觉精神。　　今朝故地重巡,看乡貌村容尽焕新。这户居村落,布排有致;土墙茅屋,一并无存。村路咸通,乡途四至,户户私车泊院门。更欣庆,有东风浩荡,尽拔穷根。

375. 席飞鹤

【作者简介】 席飞鹤，阜阳人，企业高管，安徽省诗词协会会员，有多篇作品在媒体发表。

啰唝曲　秋

饮露蝉知晓，疏林月照明。
云高乘雁去，野阔送风轻。

雨后乡村

彩虹一道雨才收，高址鸡临放远喉。
欢喜青苗把头点，绕田曲水满溪沟。

376. 金树荣

【作者简介】 金树荣,来安人,安徽省诗词协会、来安县诗词学会会员。

芦荻花

水泽空明地,蒹葭密密花。
皑皑如白雪,默默吐芳华。

少年游·棠梨诗会

西山晨雨润梨花,蔟簇在山涯。冷艳清流,晶莹剔透,于世不争华。　　风开云霁丛荫下,谁觉日将斜。小犬哗哗,暮烟袅袅,胜境有人家。

377. 李德新

【作者简介】 李德新，来安人，著有《德馨居诗稿》《德馨居诗稿续》等。

钓

粒粒星当饵，弯弯月作钩。
垂纶期有获，一钓几千秋。

水调歌头·德馨居抒怀

千年尘世梦，一宿德馨居。人生知命，何必空等五旬欤。多少风光无限，化作流云薄雾，怎个悔当初。任怀九天志，不过一凡夫。　春归隐，秋来去，岁盈余。行来路远，回首万事尽成虚。谁说疏狂心老，依是刚强口傲，莫笑力差如。方外观山水，灯下阅诗书。

【正宫 醉太平】三乐亭即景

人来马岭，心驻山亭，乱鸣知了任闲情，林间几声。青芳铺在花村径，牧笛吹落红云影，晚霞照个半湖明，天生画屏。

378. 戴平安

【作者简介】戴平安,定远人,安徽省诗词协会会员,定远县诗词楹联学会办公室主任。

庆祝建党99周年

南湖探路换新天,风雨红船总领先。
赤帜扬威惊世界,镰锤合力震秦川。
先驱筹志千秋继,后辈崇真万代传。
复兴能圆中国梦,神州崛起谱弘篇。

鹧鸪天·古镇池河

晨雾蒙蒙掩岱山,草低露重卷风寒。金陵古道行人寂,池水新桥车马喧。　寻旧迹,访名贤。青砖破缺话流年。晴波未动红霞晚,染遍青云上九天。

蝶恋花·同心抗疫

冠毒来侵生病灶。多难兴邦,抗疫江城恼。鬼怪妖魔齐乱搅,频传援鄂冲锋号。　历尽沧桑还正道。万众同心,携手除凶闹。碧水含烟春又报,红桃玉柳争相俏。

379. 魏来安

【作者简介】魏来安,定远人,安徽省诗词协会理事,来安县作协名誉主席,中华诗词学会、中国散文家学会、安徽省作家协会会员。鲁迅文学院安徽作家研修班学员。

石台采风喜见诗友

桃花方谢杜鹃香,诗友函邀杜甫坊。
秋浦诗仙曾至此,重逢剩弟喜如狂。

为抗洪英雄喝彩

连旬大雨欲摧禾,十万军民遍地歌。
四面库容频告急,八方子弟护堤坡。
欣闻泽国风平浪,喜看神州谷满箩。
怒斥黄龙东海去,回还绿水好山河。

放怀孟秋

春归夏去又迎秋,蝉隐深林细放喉。
川涌金涛看北雁,泉飞跌岩水潺流。
热风驱尽芭蕉挂,浊酒斟空兴致遒。
人到无求天地阔,闲翁赏菊径通幽。

380. 周传江

【作者简介】 周传江,来安人,安徽省诗协、中华诗词学会、南国作家协会、滁州市散文家协会、滁州醉翁亭诗词协会会员、来安县作家协会理事。

端午节

千载龙舟竞汨罗,后人只道粽香多。
世间浊浪何须怨,沅水清波不必蹉。
举世皆昏非我愿,唯吾独醒斗群魔。
几根艾草遥天祭,唱罢离骚唱九歌。

七夕随想

又到一年过鹊桥,纤云弄巧美多娇。
明知片瓦不曾有,仍觉真情似火烧。
若此天庭怜瘦骨,何如地下住寒窑。
红尘再看寻常侣,自在悠然度暮朝!

谒跃龙岗

为寻帝迹奔邻乡,荒草孤碑对夕阳。
藤蔓似昭前代事,瓜秧或是旧朝粮。
院中风猛枯枝舞,墙外温高野蕊香。
六百余年弹指去,回眸当惜好时光。

381. 罗继萍

【作者简介】 罗继萍，安徽省诗词协会理事，安徽省诗协女工委副主任，中华诗词学会会员，定远县诗词楹联学会副会长。

致敬逆行者

临危受命赴江城，职责担肩救众生。
三镇连封黄鹤泪，九州严控白衣兵。
龙潭虎穴能迎上，火海雷山敢逆行。
举国同心霾雾散，红肥翠润更分明。

感 退

半生公务若家珍，一纸官文自在身。
热血情怀成过往，青葱意气不回轮。
池风怎赋窗边月，宿墨唯吟案上春。
纵使调来多彩色，难书落日赛清晨。

小城随吟

淮水长江负在肩，疏风朗月在窗前。
春临燕剪桥头柳，夏至蝉鸣楼外天。
一叠清诗吟古韵，几行小字赋新篇。
油盐柴米清欢地，盛世桃源赛似仙。

382. 彭德和

【作者简介】彭德和，六安市人，安徽省诗词协会外宣部副部长，六安皋陶诗词学会会长、法人，中华诗词学会、安徽省诗词学会会员。

游镇江三山

伫立焦山看大江，惊涛万里过京杭。
金山脚下洪波息，甘露寺中佳话扬。
良将含悲吟北固，昏君怯敌退南疆。
兴衰成败帝王事，尽付渔樵论短长。

雪

飘飘洒洒莽空来，银屑冰花万里开。
覆盖山林辞岁去，润滋田野唤春回。
江河荡荡连天宇，大漠萧萧接玉台。
逐马散杯多浪漫，泥炉煮酒赏红梅。

浪淘沙·春访寿州城

春访寿州城，满目清明。梨花带雨笑盈盈。墨客骚人邀聚会，诗韵和鸣。　　觅古忆前情，鹤唳风声。八公山上数峰青。鸡犬升天真也否？总是无凭。

383. 周定洪

【作者简介】 周定洪,六安人,安徽省诗词协会、中华诗词学会、香港诗词学会会员,安徽省诗词学会理事,皋陶诗词学会副会长,六安秉烛诗书画联谊会常务副会长。

霍山采风行

览胜寻芳一日游,风牵衣袖拂霜头。铜锣寨上青松立,大别山中碧水流。虎啸关前归鸟急,南天门外旅人愁。苍苔斑驳何年积,怪石嶙峋万古留。鹰隼盘旋寻鼠兔,丛林掩映跃猿猴。野花侵道弥藤蔓,瀑布飞珠悦眼眸。绝壁凌空摩浩宇,清溪照影载轻舟。茶姑曲唱三春好,竹海波翻四季柔。远岫层峦披黛色,白云深处隐红楼。诗囊未满情难了,画卷无成笔怎收。只怨无能拴落日,唯将余念效耕牛。停车路畔农家乐,饮尽星河钓月钩。

古韵徽州濡墨香

古韵徽州濡墨香,几番入梦任徜徉。今朝骋目酬心愿,翌日铺笺酌字行。满腹豪情磨歙砚,一江春水涌钱塘。府衙肃穆悬明镜,竹海清幽掩粉墙。富贵名高多户对,贫穷身贱少门当。百年老店言诚信,十里新安展画廊。鲍氏花园欣草木,郊原碧野矗牌坊。崇文尚武民风朴,乐善施仁懿德扬。教化传经宣礼义,释疑解惑重纲常。行知办学播薪火,许国扶君献丰张。太白楼头歌短调,屯溪岸畔寄柔肠。戏班北去开京剧,游子南回变巨商。煮笋烹鱼调美味,雕砖刻石耀华堂。百抬大轿酬村妇,十抱合围称树王。引水丰田安社稷,锁蛟筑坝数渔梁。枇杷熟透三潭品,甜润诗怀共月光。

384. 刘仁发

【作者简介】 刘仁发,六安人,安徽省诗词协会会员,皋陶诗词学会名誉会长。

秋 思

夏至春归转眼秋,光阴似箭去难收。
鸿飞俏影随烟灭,花落香躯逐水流。
志士胸怀家国梦,庸人心揣己恩仇。
经书诸子颜如玉,淡泊何求万户侯。

重 阳

重九登高秋意凉,连绵细雨露为霜。
芦花两岸飞残雪,征雁几行鸣夕阳。
惆怅鱼书嫌纸短,徘徊风月叹情长。
青霄无路何时达,且喜庄周梦未央。

登清源楼感赋

血汗流成淠水河,今人谈起泪婆娑。
清源楼上观图展,一曲惊天动地歌。

385. 吴克定

【作者简介】吴克定,六安人。安徽省诗词协会会员,皋陶诗词学会副会长,《六安诗联》编委。

书

篆隶楷行墨上宣,王颜柳赵曜空前。
临摹费尽三缸水,吮得先贤几滴泉。

久雨初晴

连天阴雨气温高,七月稼禾正孕胞。
蝉在枝头歌阵阵,蛙藏尚卜鼓泡泡。
开心纵览田园景,识化闲观树洞蛸。
立笔欣书存记忆,皖风徽韵展千娇。

鹧鸪天·斗疫

小草青青露湿鞋,河边独步叹阴霾。新冠病毒人间害,世界横遭无妄灾。　情切切,意哀哀。小区封禁几时开。闲来对酒敲诗韵,我与娇孙谜语猜。

386. 张　斌

【作者简介】张斌，六安人，安徽省诗协、香港大中华诗词协会、中华诗词学会、皋城诗词楹联学会会员，《沧浪诗词》主编，《沧浪一路诗怀》副主编。

疏　意

一路诗怀一路春，春含丝柳柳含尘。
东西贯彻皋城水，南北牵连霍县鹁。
登顶朝吟风满袖，引杯夜饮月粘唇。
但乘酒意疏狂兴，泥醉方知独怆神。

乡　宴

闲情午暖过东墙，邻舍新醅待客尝。
斜郭疏林烟雪笼，横庐隔叶雀莺藏。
轻言家祚谁堪寿，漫道癯仙自欲祥。
主索题书难画出，红花一点一层香。

庚子年六月初，风烈雨急，弥月之余。军民一心，抗洪救灾　歌以记之

万马倾城雷电低，鸣鸠千岭最先啼。
可能共触悲而怒，也许龙行苦与凄。
怪雨盲风船下屋，摧天裂地水中堤。
稻粮谁哭降饥馑，且看同袍两脚泥。

387. 吕习武

【作者简介】 吕习武,六安人,安徽省诗协、皖西作协、六安诗词楹联学会、六安市演讲与朗诵学会会员,六安市诗歌学会理事。

立 秋

清风拂柳暮光里,镜月温柔水映霞。
夜静庭前众蛙鼓,寒侵灯下小虫爬。
草生万籽终将落,韵写千行犹可夸。
夏去秋来情寄远,今晨凝露绣窗花。

咏 荷

潋滟荷莲次第开,暗香浮动漫亭台。
叶摇佛国流光曳,花舞仙姿彩蝶徊。
宛转风吹诗里醉,霏微水漾画中栽。
姝颜娇韵天然色,淡抹浓妆美女胎。

初夏趣图

山鹰逐兽飞,嫩草牧羊肥。
柳下顽童戏,田间老叟归。
舟行犁翠墨,鱼跃沐霞晖。
逸韵花裙舞,多情半袖绯。

388. 鲍世勇

【作者简介】 鲍世勇,六安人,退休干部,注重传统文化学习,现为安徽省诗协、六安市皋陶诗词学会会员。

夜寻庐州

童年偶去稻香楼,德胜回龙美数秋。
今视长江路高架,仍观津渡水低流。
一毛瓜子城隍嗑,六角廉泉孝肃求。
夜亮明珠环翡翠,寻疑熟悉问庐州。

横排头留吟

人造天河淠史杭,江淮屋脊注甘浆。
开渠劈岭漕高阔,引水流山坝趾长。
雨雪无根储福禄,风霜有恙取安康。
龙头横摆抛裳袖,环抱皋城着彩装。

行香子·社区书春联

仿宋摹唐,旗摆龙昂。肩头攒、争抢扶忙。笔飞开泰,联福飘香。见毫悬离,墨悬殆,纸悬张。　　火红民俗,春光沐浴。换桃符、字吉书祥。传承文化,时代歌飏。有人求安,业求旺,国求强。

389. 严家国

【作者简介】严家国,金寨人,安徽省诗协、中华诗词学会、六安市诗词楹联学会会员。

浪淘沙·村居

梅影落幽窗,恬淡山乡。时闻春鸟啭幽篁,袅袅炊烟三两处,柳色鹅黄。　　不负好时光,手捧晨阳。一茎嫩玉沁兰香。品茗填词无限意,莫问炎凉。

朝中措·山居

红泥炭火一家人,世外小山村。美酒时蔬腊肉,欢声笑语盈门。　　贫穷富贵,浮生琐事,不必劳神。任是冰天雪地,梅花朵朵氤氲。

390. 蒋 莉

【作者简介】 蒋莉，金寨人，安徽省诗协、六安市诗词楹联学会会员。

咏水培绿萝（通韵）

寻常家所有，静处立凡身。
垂下谦虚蔓，萌生进步心。
无根攀广厦，有志上青云。
水润芊芊叶，三冬也是春。

散步随感

诗意花间落，清风拽两襟。
浮云随慢步，流水作知音。
亦羡庄生梦，犹存少女心。
莺声相媚好，缱绻小松林。

题九龙山

雨霁天晴了，肩头几朵云。
眉心萦善念，石径锁氤氲。
笑靥风中客，痴情道上君。
欣然归隐此，世事再休闻。

391. 袁 晟

【作者简介】袁晟,金寨人,安徽省诗协、六安市诗词楹联协会会员,作品散见于"中国诗词网"和"大别山文苑""光慈文学"等公众号。

满庭芳·为脱贫攻坚助力

鸟唱群峦,花荣四季,竞夸红色风光。何堪回首,穷困绕山庄。试问苍生百姓,谁不梦、殷实嘉祥?心凝聚,脱贫路上,致富苦奔忙。　　央行人出发,走村串户,献计筹方。细规划,倾情精准扶帮。更使专资惠策,待赢取、金寨强康。从今后,贫穷摘帽,福寿共天长。

沁园春·三八节致央行姐妹

朗朗乾坤,巍巍中华,处处芬芳。看银坛巾帼,英姿飒爽,央行姐妹,斗志昂扬。内练功夫,外强形象,谱写人生新乐章。履岗职,创一流业绩,满目辉煌。　　敢言俺没担当?与男士、共同把责扛。又当家理事,相夫教子,抱仁怀义,守礼遵常。能力超凡,品行卓越,可敌沙场拼命郎。待来日,忆峥嵘岁月,倍感荣光。

392. 刘 斌

【作者简介】 刘斌，金寨人，安徽省诗协、中华诗词学会、安徽太白楼诗词学会、皖西作协会员，六安市诗词楹联学会理事，霍山县西山文化研究会顾问。

庚子抗洪

连月不开风雨骤，怒涛狂吼鬼神愁。
军民携手赢洪浪，党政同心解众忧。

八一节日忆军营

当年服役去丹阳，头顶红星斗志昂。
百里军营添秀色，千畴麦稻送清香。
春回夏往耕耘作，秋去冬来习武忙。
梦忆熔炉情未尽，老来依旧恋戎装。

注：丹阳，即丹阳湖军垦农场。

精准扶贫有感

自古农民重负担，而今社会胜尧天。
当官不计功名利，百姓无愁吃住穿。
福泽九州千户喜，德扬四海万家妍。
扶贫善政民心乐，盛世高歌大有年。

393. 王 茹

【作者简介】王茹,金寨梅山镇人,安徽省诗协、金寨县书画协会会员,北梦南缘文学社社员,凤凰诗社入驻诗人。

风入松·示儿寄意
——写于爱子汪逸凡19岁入中国科学院大学就读研究生之际

素心何改意飞扬。昔日儿郎。雄鹰向远航天志,幼时萌、从未彷徨。追梦路途坎坷,傲梅寒苦生香。 历千般冷暖苍凉。只道平常。古来才俊多磨难,看今朝、展翅翱翔。一苇纵行天下,立身济世情长。

海棠春·咏牡丹

一枝浓艳凝清露。秉国色、任群芳妒。典雅共雍容,馥郁萦怀吐。 洛阳贬处安然住。独忍受、千般苦楚。气节领风骚,烨烨辉千古。

珠帘卷·愁思

重楼静,夜云昏。茕茕孑立伊人。孤影诗吟平仄,尤添新泪痕。 唯见画堂依旧,声声杜宇遥闻。今只别愁离恨,魂杳杳,意纷纷。

394. 朱厚银

【作者简介】朱厚银，金寨人，暂居上海，爱好诗词，安徽省诗协会员。

咏燕子河大峡谷

叠嶂峰峦相对映，清幽峡谷自天成。
瀑帘飞卷藏神柳，道栈凌空隐洞坑。
崖上卦爻袁李卜，月前残局吕张争。
人间难得悠闲地，万水千山总是情。

天命悟

吾今已是知天命，张口常常出语巅。
面善喜交天下客，心诚常遇世间贤。
持家有道勤为首，处世无奇谦在先。
总觉人生容易混，老来方悟竟非然。

缅怀老红军王定国

巾帼安邦气更雄，出生凄苦志无穷。
投身革命为民主，弃笔从军尽国忠。
一路长征如汗马，三行草地建奇功。
且将热血山河染，祖国荣昌盛世红。

注：王定国将军乃谢觉哉夫人。

395. 李燕来

【作者简介】李燕来,安徽霍山人,退休教师,安徽省诗协、六安诗联学会会员,霍山县西山诗词楹联研究院常务副院长。

儿时捉迷藏

树下村前笑语扬,一群伙伴捉迷藏。
菜花地里擒阿妹,面绽桃红头戴黄。

初夏杂咏

风送清凉又一年,新荷初放舍园边。
小儿柳下窥蓬雀,老汉庭前学杜鹃。
疑是仙家游玉界,醉因凡客享青天。
忽飘几处零星雨,画卷悠升淡淡烟。

如梦令·鸣禽飞点玉流

鸣禽飞点玉流,鱼惊鼓浪悠悠。身至绿阴下,意存远处芳洲。闲游,闲游,化作一叶轻舟。

396. 朱正樵

【作者简介】朱正樵,霍山人,安徽省诗协、六安市诗协会员,霍山县西山诗词楹联研究院副院长。

山南赏雪

心底思将雪景贪,只身健步到山南。
闻香但见村溪畔,一树梅花映水潭。

晨堤漫步

淠源堤上自徜徉,柳下微风拂面凉。
满径青芜含晓露,一渠碧水映天光。
翩翩蝶影花间舞,呖呖莺声叶底藏。
最是清波红鲤跃,涟漪泛起韵悠长。

菩萨蛮·幽村即景

幽村恬静知多少,请君但问枝头鸟。恰恰弄啼声,人来也不惊。　小溪流缓缓,四季波光璨。村犬吠频频,循声不见人。

397. 张世芳

【作者简介】 张世芳,霍山人,安徽省诗协、安徽省炳烛诗书画联谊会、六安市诗协、霍山县诗协、霍山美协会员。

咏 菊

从容秋圃斗寒霜,吮露餐风蕴暗香。
冷艳不招蜂蝶妒,尤珍晚节伴松篁。

初夏杂咏

麦浪翻金又一年,诗心长系白云边。
任由残月穿庭树,且让幽情托杜鹃。
切切丝弦飞绣户,蒙蒙暝色入高天。
朱栏斜倚神思倦,人醉清风柳醉烟。

南歌子·咏茉莉花

玉骨青枝瘦,冰姿素面妆。守恒妆夏舞霓裳。破蕾千丛碧透、溢清凉。　　惹客离弦唱,余音久绕梁。一朝簪佩上华堂。入盏佐茶蕴味、齿留香。

398. 汪雨生

【作者简介】汪雨生，霍山人。安徽省诗协、中华诗词学会、中华诗词发展基金会诗人之家、六安诗词楹联学会等多家诗词组织会员，西山文化研究会常务理事兼副秘书长。

战疫情—致敬钟南山院士（通韵）

佛心慧眼瞩桑田，砥柱中流天地间。
奋战先行迎险恶，临危不惧镇狂澜。
传承思邈研方术，续写华佗济世篇。
义胆忠肝回报党，苍生永远颂南山。

乡村水电工（通韵）

奋战乡村十几年，投身水电乐平凡。
勘危排障心情迫，越岭翻山步履艰。
抢险何辞风雨苦，驱贫甘受雪霜寒。
而今国网连成体，一统神州不夜天。

万佛湖（通韵）

绵远群峦山色娇，朝霞映照景妖娆。
翻飞紫燕识新主，来去朱鹮认旧巢。
逐浪小船腾笑语，载人快艇斩波涛。
仰天大佛怡然笑，今日红尘乐舜尧。

399. 李贤龙

【作者简介】李贤龙，安徽霍山人，中式烹调师，安徽省诗词协会、九州诗词社、六安市皋陶诗词学会会员，霍山县西山文化研究会成员。

赞西山文化

楚尾吴头地，西山自古延。
文兴龙脉处，义起淠河边。
衡岳千年秀，茶亭万载传。
今朝逢盛世，再写白云篇。

登南岳怀古

独立危巅放眼收，浮云落叶两悠悠。
若闻汉武旌旗猎，忽现弥陀钟磬稠。
斗转星移千载事，寒来暑往几春秋。
王侯将相终归土，惟有衡山万古留。

一七令　霍山黄芽

茶。
绿叶，黄芽。
承风雨，沐光华。
恬入春梦，萌放诗花。
披霜羞月色，盈露醉朝霞。
巧手煎于刚水，平心更得无邪。
惬意浓浓愁云散，清香缕缕醉仙家。

400. 方荣飞

【作者简介】方荣飞,安徽迎驾集团普通员工,安徽省诗词协会、九州诗词社会员,作品见于多家诗词刊物。

荷　韵

和风撩碧塘,雅韵满池香。
绿叶流仙露,红花映日光。
蜻蜓茎上立,锦鲤水中藏。
三二多情鸟,欢心约会忙。

傍晚淠河公园散步

夜暮万灯明,澄湖紫气生。
清风扶岸柳,皓月戏波莹。
音乐随泉舞,霓虹伴客行。
闲游心放假,缓步享安宁。

忆童年

回想童年旧景光,虽然清苦友情长。
一根甘蔗哥先取,半串葡萄姐后尝。
劳动地头何惧累,休闲床上梦真香。
英雄教育全民继,勇武精神响四方。

401. 彭庆辉

【作者简介】 彭庆辉，六安人，本科学历，酷爱古诗词鉴赏与写作，安徽省诗协、六安市诗词楹联学会会员。

叶集实验学校抗疫有赋

庚子时逢一岁新，狰狞魔疫虐生民。
答疑授课勤连网，闭户居家不访邻。
领导同心萦意切，教师聚力见情真。
相期指日阴霾散，共赏芳菲万里春。

吟黄鹤楼兼寄武汉

灵蛇绵亘叹巍峨，仙阁高居胜景多。
往古文坛频吊赋，来今骚客善吟哦。
白云浮缀方成画，碧水奔腾正涌波。
笃信东风吹暖日，芳洲秀野遍莺歌。

龙抬头

神龙二月喜抬头，驾雾飞空览九州。
着意和风回柳岸，倾心细雨润田畴。
江城迎尔氛埃散，冠疫闻君即日休。
醉入龟蛇绵亘处，青川浩荡涌春流。

402. 张先连

【作者简介】 张先连，六安市人，安徽省诗协会员，六安市诗词楹联学会秘书长，作品散见于《安徽吟坛》《皖西诗词联》《皖西风采集》《映日荷花别样红》等书刊。

秋风吟

静寂黄花户外栽，玄蝉声咽已凄哀。
飞霜入镜青丝染，泫露凝烟紫蕊开。
万里秋风宜对酒，半窗凉月自登台。
平生琐事随鸿雁，天命欣逢桂子来。

重庆磁器口古镇半日游

水陆通衢古埠头，两江交汇向东流。
千年老铺飞檐在，九转长街曲道幽。
欲借闲心登客地，需当乘兴上层楼。
繁华龙隐今犹胜，渝景新巴十二游。

鹧鸪天·别样元宵节

又见垂杨绕绿池，风传芳信到莺枝。春回大地中兴夜，月到元宵全盛时。　　花寂寂，月迟迟，静街不见舞灯姿。分明一派清虚境，犹待东君好梦施。

403. 丁建国

【作者简介】 丁建国，宣城人，安徽省诗协常务理事、农民诗词工委副主任，中华诗词学会、安徽省诗词学会及其散曲分会会员，宣州诗词学会常务理事。

最美家乡

层岭形容似凤凰，相看故里好风光。
山岚四季神仙画，壑谷千姿鬼斧墙。
百户人家依秀水，一条古道绕村庄。
蔚蓝天际云沉醉，我住桃源梦最香。

喜逢生日恰立春（新韵）

匆匆岁月古稀临，生日吉时恰立春。
温暖悠然萦瑞气，健康安定获欢欣。
当年甲子壬辰降，今日中华盛世奔。
看淡人间名与利，诗歌伴我抚瑶琴。

自　嘲

自古文坛属秀才，农民今也上吟台。
樵夫喜作黄昏颂，竟引骚人笑口开。

404. 曹魁英

【作者简介】 曹魁英，泾县人，农民，安徽省诗协、安徽省诗词学会、泾县诗词学会、泾县老年诗书画学会云岭分会会员。

吊水仙（通韵）

几前怅立寄愁思，祸起萧墙悔已迟。
花正盛开茎干断，香才溢出蕊将催。
敲诗从此无佳句，追梦依稀有丽姿。
幸好洁来还洁去，芳魂一缕入瑶池。

月亮湾漂流

丹青一幅画鲛绡，水碧山青翠玉雕。
月亮湾中花弄影，两三竹筏载歌漂。

吟 梅

才见枝头粉嫩芽，凛然冰洁足堪嘉。
殷勤青鸟传消息，一夜催开傲骨花。

405. 季学兰

【作者简介】 季学兰,宣城人,安徽省诗协会员,安徽省诗协女工委及农民诗词工委副主任,中华诗词学会、中国摄协会员,宣州诗词学会常务理事,《安徽农民诗词》副主编。

步入新年

寒梅绽放映红联,灵鼠呈祥别旧年。
细雨似敲平仄韵,声声砺我摄新天。

清平乐·观残荷有感

蕊凋枝断,苦雨频添乱。骨傲心清霜风伴,勾画几何千万。
昨日盛夏红颜,今时秋尽妆残。教我沧桑看透,俗尘笑对艰酸。

江城子·同学欢聚

敬亭远眺水苍茫,鸟飞翔,野花香。千里归来、执手话同窗。犹记当年桃树下,回眸笑,浅容妆。　　板胡弦动吼秦腔,少年狂,醉流光。风雨人生、谈笑了无妨。最是青春曾共梦,霜染鬓,志昂扬。

406. 姚明宏

【作者简介】姚明宏,宣城人,中学教师。中华诗词学会、安徽省诗协会员,省诗协农民诗词工委副主任,宣州诗词学会会员,《安徽农民诗词》副主编。

咏 蝉

炎炎夏日中,悬杪抱梧桐。
志洁餐清露,音纯涤世风。

夏日即景

篱下青藤竞短长,熏风拂柳过荷塘。
高枝蝉噪沾清露,田野蛙声唱稻香。

西江月·咏赞新农村

后院花红香溢,前庭柳绿丝扬。层楼别墅列成行,一片美新景象。　　大道四通田野,平畴一袭金妆。炎天挥汗抢收粮,掀起丰收热浪。

407. 张英姿

【作者简介】 张英姿,宣城人,安徽省诗协会员,安徽省诗协农民诗词工委、宣州诗词学会理事,安徽省诗词学会及其散曲分会、宣城女子诗词学会会员,《安徽农民诗词》编委。

春雷感怀

春雷乍响震苍穹,喜降甘霖润木葱。
万顷麦苗呈翠绿,千株桃树泛嫣红。
须晴雨霁和风醉,迎日云开暖意融。
欣看神州瘟疫扫,杏林花绽敬英雄。

赞北斗三号组网开通

北斗群星多闪耀,导航定位覆全球。
九千苦夜攻关勇,卅万精兵布网牛。
昂首高穹吟壮丽,挺身大地竞风流。
泱泱华夏飞天梦,敢探银河去畅游。

一剪梅·齐云山

灵秀无双胜境骄。奇峰挺拔,直入青霄。丹霞赤壁洞门开。石刻摩崖,鬼斧神雕。　　天市月华山半腰。瓦黛墙白,云雾轻飘。殿台楼阁挑飞檐。道骨仙风,心地昭昭。

408. 张志强

【作者简介】张志强，泾县人，个企负责人，中华诗词学会、安徽省诗协会员，安徽省诗协农民诗词工委副主任，《安徽农民诗词》副主编。

月照西乡桂

金秋明月照西乡，满树莹莹玉露妆。
桂子初开方几朵，轻风已送百家香。

章渡中洲滩

一湾秀色绕中洲，星落成潭佳话留。
千亩丹瑰争国色，无边桃李共春秋。
莺歌篱上迎来客，鹭舞田边逐水牛。
阵阵香风花瓣雨。轻拈诗句喜心头。

定风波·敬亭山

一片葱茏接远天，两边山寺木鱼虔。双塔巍巍云上耸，如梦，百回溪水碧潺潺。　　骚客心情仙雾去，仪羽，飞离尘世忘归还。何似古贤吟酒醉，诗对，只因寻梦敬亭山。

409. 曹春霞

【作者简介】曹春霞,少儿书法辅导,安徽省诗协、泾县诗词学会、宣城市散文协会会员。

桃花潭苏岭曹家怀古

桃花十里竞芬芳,百卉馀园格外香。
醉酒放歌归意远,吟诗邀月晚山长。
建安风骨三才子,传世文章七步堂。
可叹文雄惭夙志,谁怜昔日少年郎。

注:据馀春园主人家谱记载,尊曹植为十五世祖。馀园,现在尚存的馀春园、七步堂为苏岭曹家的十古之一,遗迹尚存。

行吟之桃花潭迷谷花海

花色依然一例新,秋光不减四时春。
城中车马应无数,能伴闲行有几人。

行吟之马头祥樱花园

喜庆金乌上碧空,千枝万萼醉东风。
彩裙树下争春色,羞得樱花片片红。

410. 张 红

【作者简介】张红,泾县人,安徽省诗协、安徽省诗词学会、敬亭山诗词学会、泾县诗词学会会员,泾县老年诗书画协会云岭分会副会长。

荷塘拾趣

堤岸芬芳柳影长,蜻蜓漫舞藕花塘。
未曾临近身心醉,早有熏风送暗香。

苏幕遮·夏日田园暮景

夕阳归,云绮灿。绿野融融,缕缕熏风伴。一片青禾遮望眼,漫舞蜻蜓,尽在眸前炫。　野塘深,菱叶浅。垂线沉浮,拾趣清波转。如此风光谁不恋,唤得同行,摄影留畦苑。

定风波·八一抒怀

为救苍生水火间,南昌举义闯雄关。鲜血一腔淋热土,无数!战旗猎猎凯歌旋。　华夏边关来驻守,持久。保家卫国祝团圆,遇难逢灾冲一线,消患!江山万里艳阳天。

411. 萧泉林

【作者简介】 萧泉林，泾县人，安徽省诗协、安徽省诗人之家、泾县老年诗书画协会、泾县诗词学会直属分会会员。

鹧鸪天·初秋游荷花园

百亩方塘荡清香，瑶台仙子懒梳妆。粉腮半掩迎佳客，翠盖斜遮送嫩凉。　浮碧水，映朝阳。残藻数朵斗芬芳。风情撩得游人醉，屈把荷花比六郎。

游百亩荷花园

翠盖轻摇接碧天，荷塘深处笼芳烟。
香风唤起蜻蜓舞，锦浪催来诗客缘。
高调蝉声传远树，绝尘鹤影伴宫莲。
浑如步入桃源境，惹得游人梦寐牵。

庚子年小暑时节拟句

连绵霖雨送微凉，小暑迎来夏日长。
破土蝉声鸣旷野，归巢燕语话朝阳。
须知芳草正浮绿，方觉荷花难递香。
期盼老天开笑脸，好邀诗友置流觞。

412. 沈成竹

【作者简介】沈成竹，泾县人，退休教师，学习诗词近两年，现为安徽省诗词协会会员。

荷塘夏韵

碧叶流珠映日光，蝶儿雨霁戏荷忙。
清风阵阵勤摇曳，十里平畴处处香。

庚子中伏

庚子出梅连降雨，河川泛滥现灾荒。
方闻北畈淹桑梓，又见南圩没菽粮。
应季伏天该酷热，而今盛夏却清凉。
疫情敢扫洪何惧？撸袖加油建小康。

鹧鸪天·赏荷

暑热从容展娜婀，一如画舫覆清波。悠然羡煞沿堤柳，潇洒当归漾日河。　　红花蕊，翠枝柯。蜻蜓翩舞鸟欢歌。芬芳景迎芬芳客，靓妹吟诗酬帅哥。

413. 张尚平

【作者简介】张尚平,宁国人,中国楹联学会、安徽省诗协会员,安徽省诗协女子诗词工委委员,宁国诗词学会会员,作品散见于省内外多家公众号及刊物。

山水居隐

幽篁深径里,青幛绕人家。
溪谷石阶静,远山云路遮。
不期来远客,相对煮新茶。
闲弈松亭处,无言到日斜。

千年古刹

青山独坐忘,岁月忆阑珊。
般若普虚宇,晨钟澈远峦。
白云无复始,苍狗续炎寒。
檐马历千古,将将几涅槃。

浣溪沙·七夕浅愁

暮色轻寒迎桂香,鹊桥起处舞云裳。心犀几阙不胜伤。
簪马泠泠牛宿远,篆烟袅袅月华凉。闲愁点点入诗囊。

414. 陈清兰

【作者简介】陈清兰,安徽省诗协、池州市杏花村诗社会员,当代新诗苑顾问与编委,九州诗词社、"蝴蝶诵读"微刊特邀作者,有诗集《诗歌在芬芳》。

高 考

鹰腾书海泛轻舟,苦读寒窗壮志酬。
刺股悬梁为一搏,擎天揽日竞风流。

吟九华山

九子青峰插碧霄,龙池水蘸月中寥。
暮云飘送当轩色,奇丽清幽松柏骄。

迎 春

红梅吐艳绽清香,雨冷风寒傲骨芳。
满市街头欢笑闹,新春好运万年祥。

415. 叶家旺

【作者简介】叶家旺，池州东至人，中华诗词学会、安徽省诗协、安徽省诗词学会、池州诗联学会会员，菊园诗词社、杏花村诗社会员。

大历山三度访胜

大历名山几度游，每将秀色镜中收。
二皇耕迹无双处，两教修祠显一流。
物态峥嵘堪入画，人文昌盛且凝眸。
登高奋袖心澎湃，舜地今朝皆朗讴。

注：二皇，指尧、舜二帝；两教，指佛、道两教。

今日之池州（新韵）

人随高铁入城中，映眼更新万象情。
玉宇琼楼鳞次矗，昌衢大道网织成。
富硒华夏频称誉，佛寺南国多负名。
汉武雄风今胜旧，千帆斩浪永航行。

缅怀慈母

一世劬劳苦备尝，几经风雨与炎凉。
突遭厄运交华盖，顿逝亲夫成妇孀。
尽瘁躬身操井臼，植桃培李育才郎。
寿高驾返瑶池去，德美声贤犹在扬。

416. 方 盟

【作者简介】 方盟,安庆桐城人,石台县住建局退休。安徽省诗协、安庆市诗词学会、池州杏花村诗社、石台县诗词协会会员。作品见于各级诗词微刊与出版物。

鹧鸪天·梅雨季节

夜半惊雷响彻天。电光闪闪耀窗前。雨珠似线连天挂,庭院如池流水钻。　　梅子雨,水盈田。江湖丰满雨留连。撑开一伞巡情去,雾锁青山诗满轩。

咏 竹

酷似青龙剑,身披绒绿装。
品高凌瑞雪,义重亮肝肠。
与菊齐名立,同松斗志强。
诗人均爱尔,墨客画中藏。

咏 蝉

高调枝头总未休,炎炎夏暑不知愁。
阴凉叶底悠闲唱,遮日林间缓慢游。
腹内空空还自得,目光浅浅短追求。
秋深无语难成事,只待来年再放喉。

417. 王韩炉

【作者简介】 王韩炉，中华诗词学会、安徽省诗协、安徽省作协会员，池州市文联、市作协副秘书长，贵池区作协副主席。

乡 居

门对千棵竹，庭藏金桂香。
心怀家国梦，日月共徜徉。

古镇乡愁

天蓝云笑古陵阳，千里飘米五谷香。
最恋乡愁是游子，行间字里看情长。

杏花村诗社十周年庆典感赋

树帜传薪整十年，催生沃土辟心田。
春山又吻花中杏，秋水时怀月下莲。
共醉唐风吟好句，同书长卷赋新篇。
一舟平仄一池梦，煮酒烹诗不夜天。

418. 王爱萍

【作者简介】王爱萍,池州人,市国税局退休干部。现为安徽省诗协会员,安徽省女子诗词工委委员、池州市杏花村诗社会员。

春归夏至

春归夏至且忙始,布谷欢歌催播耕。
田野农夫插秧赶,山园村女采桃争。
屋边绿竹参天近,门外桑林遍地生。
万物葱茏皆勃发,待期秋季好收成。

颂故乡大山村

闲暇山中赏景嗟,白云深处有人家。
梯田迭迭茶园绕,栈道弯弯曲路斜。
飞瀑清泉千叠碧,翠峰修竹百层花。
遥望七彩流霞美,美色闻名天下夸。

梦回故里

背靠温床意识糊,故乡庭院矮平屋。
亲娘厨内做瓜汤,家父地田锄草木。
忽见童孩采野花,又看阿姐摘黄菊。
迷望窗外星繁天,仙子引人入梦熟。

419. 江　琼

【作者简介】江琼，池州东至人，中华诗词学会、安徽省诗协、安徽省诗词学会会员，杏花村诗社副社长，菊园诗词社社长。

晨起观荷

出水芙蓉脱俗尘，污泥不染性灵真。
风吹叶动珍珠落，一缕幽香更可人。

庚子重五读书有作

再读离骚思凤麟，纵然流放亦天真。
毕生求索期芳草，一度图维扫秽尘。
国祚无常难避乱，天涯何处好栖身。
汨罗江水长悲泪，此恨绵绵泣鬼神。

初夏山行

通幽曲径鸟欢歌，秀木森森绕薜萝。
习习谷风翻绿韵，柔柔溪水漾清波。
登峰不惧高千仞，寻味方知妙几何。
撕片游云作笺素，开怀尽兴发毫戈。

420. 黄广林

【作者简介】 黄广林，宿松人，现住东至县。中华诗词学会、安徽省诗协、安徽省作协会员，东至菊园诗社副社长。有诗文专辑出版。

知 了

温高午后行人少，野径如蒸君正闹。
藏在林阴眼界遮，为何拼命说知了？

蜻 蜓

身轻翼薄舞姿娇，常在低空款款飘。
不羡苍鹰翔万里，荷尖秀立也逍遥。

萤火虫

悠悠忽忽暗中行，夏夜田园眨眼睛。
疑是明星流下界，化成萤火照深更。

421. 邢梅虹

【作者简介】邢梅虹,池州人,中华诗词学会、安徽省诗协、安徽省作协会员,省诗协女工委副主任,省诗词学会理事。著有诗文联曲多集。

生日抒怀

和风和雨踏歌来,闲步春秋更上台。
恬淡梅花霜雪后,嫣然一笑傲寒开。

夏 荷

清香袅袅似佳人,风雨承珠不染尘。
红袖依依频递眼,绿裙款款又复春。
情如炎火争鲜艳,格出污泥未顿沦。
哪管东南西北地,莲心一绽献纯真。

荷塘月色

轻纱笼菡萏,少女在罗帏。
风送清香讨,蜻蜓衔梦飞。

422. 巩 超

【作者简介】 巩超，池州人，安徽省诗协会员，现居福建泉州。寄情于山水，捻笔于自然，不求浮名虚位，只图随我情真。

平湖晚景

万点金鳞浪细推，浣衣少妇子相陪。
沙鸥渡水惊飞处，小犬痴痴唤不回。

秋 行

宿雨投窗夜半敲，平明羁客下寒寮。
苍茫不系枝头叶，九月西风是剃刀。

防控值守
一个老党员情怀

星疏幕天晓，灯火淡空明。
雾贴山坡走，霞扶水气生。
温枪量永夜，口罩挡风尘。
谁谓廉颇老，危临仍是兵。

423. 章万福

【作者简介】章万福,中华诗词学会、安徽省诗协、安徽省诗词学会、池州市作协会员,池州诗联学会、杏花村诗社理事,九华诗社副社长。

梦醒枨触(新韵)

自嗜唐诗宋句来,二十余载似脱胎。
吟坛田地耕耘矣,雨季阴晴奋斗哉。
苦里甘中生惬意,城区乡下恰抒怀。
如今懒为虚名累,仄径平途任往回。

感 喟

年逾花甲少争端,既惧高温又怯寒。
见识频频添困顿,寻思往往觉弥漫。
经风历雨常惊异,守节修身偶乐观。
憧憬余辉光世道,书山韵岭任盘桓。

424. 章新最

【作者简介】 章新最,中华诗词学会、安徽省诗协、池州诗联学会、池州市作协会员,池州杏花村诗社社员。

春游齐山

胜境齐山临水畔,春来披绿百花香。
岳飞跨马观前阵,包拯为民坐大堂。
阁美依依消午热,洞奇曲曲透幽凉。
游人漫步林荫道,随拍交流相戏忙。
注:齐山位于池州市南,山上有岳飞塑像、包公祠。

如梦令·家乡元四

高耸群山环抱,小涧低吟欢笑。古迹自然存,漫步石桥商道。美妙,美妙,桑梓风情独好。

如梦令·五四感怀

外辱欺凌堪忧,青年走上街头。高举反帝旗,唤醒雄狮巨吼。敢斗,敢斗,汇成钢铁洪流。

425. 梁正权

【作者简介】梁正权,农民,池州九华山人,中共党员。安徽省诗协、池州杏花村诗社、九华山诗社会员,青阳县向日葵爱心公益协会理事,民间工艺师。

山居立夏

斗柄指东南,唯来立夏岚。
钟声萦古寺,经咏绕云庵。
翠竹淋新雨,烟松裹旧褴。
荷开丹碧叶,水影泛清潭。

庚子夏汛有感

淫雨幕垂天,山村尽白川。
水盈新堞岸,潮满恨流年。
绮树听蝉噪,峰林裹紫烟。
连阴愁旷女,晴霁现灾田。

遣 怀

杜鹃向晚开犹盛,沐浴春风滴翠莹。
鸦落枝头看夕照,浑然成趣不曾惊。

426. 章晋玉

【作者简介】 章晋玉,池州人,中共党员。安徽省诗协、池州市诗联学会、武汉长江诗社会员。作品散见于省市部分社团书刊,曾获市级竞赛奖。

游牯牛降

叠嶂石岩生紫烟,傍花随木上山巅。
瀑流直下三千尺,遥看神州境是仙。

暑 天

日炙炎熏菡萏愁,鹭翔蒹苇杪梢头。
池塘有水鱼沉底,湖畔无蒿鸥隐洲。
舌吐犬鸡朝湿走,嚏喷牛马蔽阳游。
任它酷热从容度,自古轮回岁岁秋。

贺抗洪英雄们

铁血忠诚斗志坚,战洪必胜势当先。
堤边抢险争分秒,坝上传情愁万千。
号角吹开惊广宇,旌旗指处振长川。
淫威梅雨都毋惧,灾后重修月更圆。

427. 王　薇

【作者简介】王薇，池州人，安徽省诗协会员，安徽省女子诗词工委委员，池州市诗联学会、池州市作协会员。作品见于《安徽商报》等报刊杂志。

战洪魔

周遭水漫大江流，一路滔滔吞绿洲。
两岸神兵齐聚力，洪魔缚住了无忧。

赞池州湿地公园（通韵）

满眼菁菁满眼莲，纵横河道绿林间。
廊桥水榭天然趣，步道骑行分两边。
草木争荣群鹊叫，嫣红姹紫彩蝶翩。
君如在此逍遥度，忘返流连心自闲。

山村新貌

鸟路山烟入九重，白云深处小山冲。
乡民百户多和睦，土地千年不再穷。
致富脱贫开大道，粉墙黑瓦展新容。
民俗文旅名声布，徽韵山歌闹太空。

428. 钱义贵

【作者简介】钱义贵,池州九华山人,安徽省诗协会员。老骥伏枥,志在爱好。最是人生迁腐境,家余几首不文诗。

水调歌头·军民抗洪

暴雨几时止,怒吼问青天。江河汹涌,泛滥横溢正灾湮。肆虐无情数日,千里汪洋一片,堤破毁家园。看水患沧海,藐视我人间。

降妖魔,洪峰锁,挽狂澜。军民齐战,同守中大纛扛肩。豪气云霄扯日,志向星空揽月,岂惧险危艰。水伯共工伏,今夏写新篇。

沁园春·东流至德

北皖南徽,楚尾吴头,尧水渡东。眺高山峻岭,烟岚入翠,清溪瀑布,雾霭稠浓。雁汊渔帆,湖心苇荡,夕照升金一片红。华先洞,见猿人化石,始祖源宗。 尧闻舜帝贤崇,步千里寻来大历中。又葛洪朴子,炼丹术问,陶潜靖节,种菊亲躬。许世英豪,浮游宦海,至德精神载史丰。今朝看,喜天时地利,更有春风。

念奴娇·阜阳怀古

颍河之岸,汝阴郡、今古风流名胜。界首临泉,鱼米阜、莲浦丰饶万顷。八里风光,冈丘互望,湿地濛洼逞。龙山高处,目遥舒展幽境。 瞻仰龙虎商尊,叹青铜国器,千秋彪炳。管鲍真交,君子德、唯举良才忠耿。历位三公,张酺佐帝业,汉传为圣。数来贤哲,看今朝颍州盛。

429. 胡双球

【作者简介】胡双球,教师,中共党员,已退休,安徽省诗协、池州诗联、石台县诗词学会会员。

车过梓桐岭

满岭竹新点缀黄,稀疏松柏布崖仓。
车穿云雾悠游绕,风送槐花缕缕香。

七十抒怀

占稀将至鬓飞霜,亲友相邀聚满堂。
笑语绕梁情厚重,举杯同祝互安康。
不须名利能长寿,常读诗文倍觉香。
喜看夕阳无限好,更期华厦万年昌。

贺本人金婚

良缘喜结五旬秋,靓女俊男霜染头。
敬业传知乡里赞,孝亲抚幼口碑优。
常思往日同甘苦,不改初心共奋求。
陪读居城孙绕膝,如宾相敬乐悠悠。

430. 熊洪印

【作者简介】熊洪印，中共党员，中华诗词学会、中国楹联学会、安徽省诗协、安徽省书协会员，杏花村诗社副秘书长，九芙蓉诗词学会常务副会长。

池阳春晓

楼影自摇春水输，清溪不厌小桥孤。
堤边烟柳垂丝翠，城上杏花依叶苏。
江祖沉浮谁识别，平湖潋滟几时无。
闲庭信步催人醉，晓日流金入画图。

五溪秋韵

一堤山色望无涯，秋满层林映碧霞。
触处却疑开杏坞，寻来几欲泛仙槎。
袅烟孰染三春景，潺水争如二月花。
几许诗笺题落叶，溪流好句寄谁家。

天台挑夫（通韵）

弓背抬阶攀壁高，风霜雨雪担肩摇。
月移身影倚岩杖，夕照峰岚踩晚涛。
汗过胸襟充渴润，饥流素面暂伸腰。
天台缥渺云端里，回望山花映日娇。

431. 江向鸿

【作者简介】江向鸿,高中语文教师,安徽省诗协、池州市杏花村诗社会员。

春 兰

兰生荆棘处,幽境伴苍苔。
香气漫山野,青春恰自来。

咏 雪

寒风袭袭吹,山野雪皑皑。
红蕊枝枝艳,琼花处处开。
迷途失归路,远梦入瑶台。
世事岂无奈,品高愁绝哀。

吟 竹

竹子若人怜,随心赛大仙。
丹青挥妙笔,车仆执长鞭。
楚客乘排筏,湘妃祭舜贤。
从来怀劲节,杨柳伴身眠。

432. 杨 芳

【作者简介】杨芳,安徽池州人,池州盛世假日旅行社总经理。爱诗爱茶爱旅游的 80 后诗人,安徽省诗协摄影采风部副部长,安徽省女子诗词工委委员,池州杏花村诗社副秘书长。

祁 红

朱颜出自然,犹爱野泉煎。
半盏山中客,三瓯鹤上仙。
新香入肌骨,馀润沁心田。
几度沉浮梦,终成一味禅。

绿 茶

清溪岭上采香芽,焙火微微月影斜。
渐展仙姿惊四座,平添翠色润千家。
凝成云水酬春梦,洗尽风尘恋物华。
素手执壶非世外,闲心入笔任天涯。

江南茶事

何处茶香恣意探?温醇幽馥醉江南。
情斟七碗烟霞起,韵入三杯云水涵。
坐赏佳人同雅趣,行吟好句共清谈。
壶天小隐通禅境,慢品沉浮半世酣。

433. 王良才

【作者简介】王良才,安徽省诗词协会会员,人称三病:诗魔、书癖、石痴。

九日登高缅怀祖母

千里梦魂何处生,黄花白酒若为情。
登高此地非临赋,只与天堂近一程。

与父醉眠

我先醉去父才回,调笑磨牙如碰杯。
忽觉室中风雨作,侧听一夜打天雷。

母亲节

去时温饱少珍羞,过节逢午未足酬。
今日盘中多美味,可怜依旧爱鱼头。

434. 方　晔

【作者简介】 方晔，池州市高级语文教师，中华诗词学会、安徽省诗协、市诗联协会、作协会员。有千余首作品见于微刊，曾于全国网络大赛获"诗意人生，精彩纷呈"最具人气诗人特等奖。

秋　怀

日出平天玉镜开，望华倒映碧波裁。
山青林静鲜花放，风巨秋凉鸥鹭徊。
路畔垂杨欣舞动，湖边钓楫喜蹲俫。
池城佳境口碑传，绝胜风光锦绣堆。

寄语高考学子

苦读寒窗心力聚，锦文绣赋积胸中。
披星戴月寻常事，刺股悬梁奋发工。
宝剑金光辉盛世，昆仑翠玉映琼宫。
清凉雨水风尘洗，雷电轰鸣乐俊雄。

秋天偶吟

楼阁藏书卷，读耕尘世明。
蝉声流树杪，荷馥拂池城。
雨打乔松老，风吹玉宇清。
枉谈唐宋语，只慕道家情。

435. 徐素芳

【作者简介】 徐素芳，中华诗词学会、安徽省诗协、安徽省作协、安徽省散文家协会、池州市美协会员，安徽省诗词学会、太白楼诗词学会常务理事，安徽省诗协女工委副主任兼副主编，池州市诗联学会副会长，《杏花诗韵》主编，《池州老年教育》编辑。

端 午

五月江潮涌，犹闻撼鼓声。
竞舟挥彩棹，怀古祭贤英。
艾草驱瘟疠，香茶敬友情。
忠魂歌未尽，青史永留名。

辞春迎夏

柔风绾柳絮轻飏，陌上繁英靓夏妆。
似火榴花含笑靥，涵娇莲蕊散清芳。
残红逐水琴心寄，逸岫浮云鸟语翔。
布谷声中春已去，欣迎瓜果满园香。

高阳台·清明踏青

紫燕吟春，湖光弄影，粼粼波暖云轻。柳曳新枝，啾啾羽振红翎。金涛涌浪馨风溢，蝶蜂萦、蜜语嘤嘤。望芳汀、绿涨花溪，野渡舟横。　　长堤揽胜娇桃艳，看棠梨飞雪，闲步梅亭。故里怀亲，高香几缕虔诚。祖恩隔世音尘绝，佑椿萱、福寿康宁。景清明、霞蔚千山，杜宇催耕。

436. 周银河

【作者简介】 周银河,石台人,中华诗词学会会员,省诗词协会外联宣传部副部长,池州市杏花村诗社副社长,石台县诗词协会会长,曾主编《秋鸿集》《鸿凌诗苑》等,常有作品发表于报刊。

秋浦河

百里清波山百座,天然彩画一长廊。
春秋着色诗千首,冬夏怡情酒万觞。
峭壁悬花织帘艳,轻舟破浪笑声狂。
茶香柳岸家家乐,明月一轮兆吉祥。

庚子踏青

居家数日总心惊,疫去春来雅趣生。
约伴踏青秋浦里,风光醉我到三更。

秋　雨

才出骄阳又雨烟,前田后埂两重天。
风来雨去红霞舞,雾里藏诗千万篇。

437. 潘志能

【作者简介】 潘志能,石台人,农民诗人,安徽省诗协会员,在土地上写诗,生活入诗,诗写生活。创作现代诗,古体诗数千首。

祝寿词

六六寿

甲了心情好,风光总似春。
坐观云起壑,渠到水成文。
尽孝送归老,承欢接小孙。
莫言头发白,运动长精神。

七七寿

高年逾古稀,百怪不称奇。
熟走尘桥路,洞明世局棋。
太平临酒肆,安逸乐云溪。
霞蔚满天里,韶音颂日兮。

八八寿

耄耋族中宝,德高得众夸。
左邻斟寿酒,右舍敬香茶。
抖擞精神旺,从容气色佳。
励经风雨后,皓首是仙家。

438. 严鑫立

【作者简介】 严鑫立,石台人,安徽省诗协、池州市作协会员,现任教于池州生态经济学校。

立 秋

莫言秋日远,大暑悄然归。
徐水群山动,高云数燕飞。
光阴羞作客,小菜好充饥。
连月勤于学,才知茄子肥。

秋浦河堤散步

小步浦堤东,斜阳逐点鸿。
黄云停远界,白塔破青空。
狗尾余昏色,河鳞窈晚风。
泳池谁落此,好水倦嘻童。

梅 雨

梅雨消炎暑,天凉似个秋。
千山吞晓色,几脉共云流。
叶动鸣山鸟,河惊碎岸楼。
身居虽六月,不与旱阳谋。

439. 王善政

【作者简介】王善政,铜陵人,中共党员,青阳县文化馆原馆长、副研究馆员。中国民协、省作协、省炳烛及县诗会会员,著有诗集。

临江仙·痛悼武汉青年女医生夏思思

庚子年前传噩耗,新冠病毒侵民。白衣勇士挺腰身。思思昂首立,请战灭瘟神。　火线杀拼遭不幸,命停而立青春。一腔热血碧殷殷。高风荣故梓。大爱暖荆人。

撰修党史有感（新韵）

纂录当求不雷同,撰修党史我亲躬。
身潜卷海寻原貌。志在长河觅故踪。
实事真人诚可贵,真言实语欲推崇。
功存当代以书鉴,探索光明引路中。

赞杏花村诗社 2020 清明盛会

节届清明雨正稠,漫山遍野绿油油。
平天浪涌湖光远,杏苑花开春意柔。
盛会连年沉积厚,国精常研美多收。
诗才济济城乡茂,杜牧遗风世尽留。

440. 陈 军

【作者简介】陈军,安徽省作协、诗协、散文家协会及池州市作协会员。作品散见《诗歌月刊》等刊物,在各地征文比赛中获奖40余次。

春日过观音峰寺

竹杖登高处,观音落此峰。
袈裟依幻石,法雨渡苍松。
香客行春愿,僧徒起梵钟。
花开岚已翠,谁友可相从。

冬日驻拜经台有作

天寒客不频,披雪看山新。
岩壑闻猴倦,经音认我亲。
冰悬檐壁坠,香袅寺僧邻。
脚印瞻寻处,来求未了因。

天台晓日

天台日出客相迎,穷极云崖叠翠惊。
风挽山寒寻景远,光浮鸟暖觉眸轻。
大鹏经落形涵秀,一线天连罅吐明。
摘得朝晖君约早,火莲开遍九华城。

441. 刘世鹏

【作者简介】 刘世鹏,法名释海元,安徽省诗词协会会员,九华山定西茅蓬住持。

怀念屈原(新韵)

楚国骄子文源地,浪漫情怀芈字稀。
穿越古今香草苣,再来此世垦铧犁。

如梦令·孝

天地人间心窍,清净德行关道。未忘祖先恩,四海山河光照。奇妙,奇妙,圆满立身华耀。

如梦令·缘聚

那日钟鸣雷骤,深探不知经久。请问护林人,已是禅花独秀。曾否,曾否,九子山川红透。

442. 章飞燕

【作者简介】 章飞燕，池州市人，安徽诗词协会会员，热爱现代诗，全球情诗编委，诗词多发表于网络平台。

感忆杏花村

南国还思红粉妆，汀边又喜杏花香。
有心空运新词赋，无语高谈旧草堂。
想像诗仙摇笔处，追寻刺史断魂乡。
牧童牛背容吾指，绝妙琼浆任客尝。

临江仙·听红楼梦枉凝眉有感

曲里闻歌词里意，红楼念葬花吟。相思黛玉两同心，仰天夜倚望，泪落湿衣襟。　怡红院中弦易断，奈何难了情深。可悲缘浅痛知音，谁言千古颂，思念到如今。

443. 孙文攻

【作者简介】 孙文攻,亳州人,中国诗歌学会、安徽省诗协、安徽省作协会员。著文集《静夜墨香》。诗词见于各级报刊杂志,入选多种选集。

孟夏抒怀

孟夏骑行赏郁葱,又闻碧叶响梧桐。
叶生叶落青春逝,云卷云舒往事空。
遣闷闲斟茶与酒,修身静对雨和风。
素笺轻展凝神悟,拈韵挥毫夕照中。

家乡亳州颂

此城屹立三千载,荟萃人文震九垓。
元化悬壶痊痼疾,曹公横槊显雄才。
蝶奇翼幻庄生梦,道妙根灵老子栽。
旧事随风俱往矣,航程再启画图开。

久旱听雨

雨打窗棂绮梦惊,拥衾侧耳辨分明。
初如荷盖银珠落,后若云端玉瀑倾。
松下抚弦鸣锦瑟,山中起舞响芦笙。
喜闻天籁生诗韵,万点甘霖万里情。

444. 汪 侠

【作者简介】汪侠,亳州人,安徽省诗协会员,安徽省诗协女工委委员,东方文明传播会会员,东方兰亭诗社理事,华夏诗词论坛格律诗版主、太阳网络诗词学院副院长。

感 怀

常翻旧册相思漫,回忆寒窗话语长。
皓月门前青柳醉,瑞烟槛外碧莲香。
新声也有风雷赋,逸趣焉无岁月章。
无限深情存翰墨,低吟浅唱总留芳。

祝贺皖风徽韵出版

经典歌吟国学昌,群贤馨德载诗章。
山川秀色轻松觅,风月清晖快乐尝。
才气峥嵘多俊杰,春光灿烂映华堂。
新声古韵江淮振,学海扬帆慰宋唐。

445. 赵心安

【作者简介】赵心安,亳州人,安徽省诗协理事,安徽省诗词学会常务理事,中华诗词发展基金会诗人之家安徽工委副主任,中华诗词学会、中华当代文学学会、安徽省作协会员。

观芍花感赋

汤都大地芍花红,疑是天神造化功。
无数游人意难尽,芬芳竞入镜头中。

冬至感赋

冬至天寒细雨旋,闲庭把酒赋华篇。
今生才浅难圆梦,喜有诗书伴我眠。

再拜华祖庵

音容笑貌自盈盈,医德千秋铸亳城。
风骨藐权轻富贵,青囊妙手济苍生。
清香药圃千枝秀,气节医门万古名。
健体防身五禽戏,汤都永念华佗情。

446. 张广建

【作者简介】 张广建，亳州涡阳人，安徽省诗协、涡阳县诗词学会会员。

赏涡河

互邀同伴赏涡河，明媚春光美景多。
绿草无名遍堤岸，野花有意惹娇娥。
荡悠碧水心奔海，尖小渔舟网拢波。
可贺风来柔柳舞，应夸雨去鸟吟歌。

涡阳湿地公园

离离芳草映湖河，树木葱茏衬四坡。
竹翠雀穿愁闷少，花妍蝶舞畅心多。
岸边白鹤常闲步，浪里金鳞偶织梭。
芦荡随风撩碧水，笠翁坐石唱轻歌。

447. 马建勋

【作者简介】 马建勋,亳州涡阳人,安徽省诗协会员,喜爱文学,酷爱古诗词。

涡阳县特色干扣面

麻油椒伴面条长,干扣无汤味特香。
四季家家常食物,精神抖擞乐安康。

咏　竹

根盘石隙自成林,春夏秋冬坦荡心。
高节凌云迎旭日,葱茏何惧晓寒侵。

梧桐花

绿叶新葩兆瑞祥,娇容欲滴亮新妆。
芸芸嗽叭三重奏,缕缕清风九里香。
醉眼看花多激动,高梧引凤不彷徨。
游人如织争留影,物我相望谱锦章。

448. 韩争鸣

【作者简介】韩争鸣,涡阳人,退役军人,退休于中国工商银行亳州支行管理层。古诗词酷爱者,安徽省诗协会员。

庄 子（通韵）

天生道祖幻云飘,愤世嫉俗意未消。
金句清音传应顺,修身养性最逍遥。

陈 抟

涡水悠悠育道翁,睡仙一觉海天雄。
世间传唱终虚幻,感悟人生百世功。

华 佗（通韵）

悬壶圣祖美名扬,妙起沉疴济世长。
药理五禽泽后代,惠承天下沐恩光。

449. 胡贺林

【作者简介】 胡贺林,安徽省诗协、亳州市作协会员,作品常见于地方报刊,曾获安徽省首届"书香之家"称号。

夏日荷

蛙奏蝉鸣荡柳塘,绿云冉冉接天长。
亭亭玉立凝华露,点点珠圆泛碧光。
翠叶轻浮尘不染,风熏日晒蕊生香。
怡人秀色美人面,无蔓无枝靓丽妆。

农民文化大院(通韵)

春夏秋冬年复年,农家大院闹声欢。
群英相聚诗歌会,佳友还吟盛世年。
汉帖魏碑求雅趣,紫毫笔墨绘佳篇。
民间高手多才艺,动地惊天正气传。

抗水灾

暴雨滂沱水肆流,滔天浊浪惹人愁。
禾苗悲愤犹含泪,绿野遭殃变作囚。
党政齐心施铁腕,军民携手顶风头。
不分日夜勤连轴,力保金秋有稻收。

450. 古元淮

【作者简介】 古元淮,退休于涡阳县人民医院,安徽省诗词协会会员。

咏 竹（新韵）

破土尖尖角,凌空步步高。
雨疏筠叶秀,风虐筱竿逍。
苍翠千节劲,丹青万代描。
枝头清露饮,雅士觅诗骚。

咏 荷

临波仙子立桥东,示我芳心一点红。
出自污泥身不染,诸君争着摄屏中。

柳

仲春三月洗梳勤,一抹鹅黄满目新。
舞影婆娑情寄远,夭桃伴我谢东君。

451. 耿治国

【作者简介】 耿治国,退休教师,安徽省诗协、高炉诗词学会、涡阳县诗词学会会员。

访道源湿地

十里湖汀一色青,云烟画卷列长屏。
清波如镜映天静,琼树飞花问礼亭。
隔岸鸭鹅嘻碧水,浅滩蛙蟹乱尚泮。
和谐生态大千景,访道西阳览圣经。

涡阳老子湿地一瞥

道源湿地魅无穷,随处蝶蜂花锦丛。
谷水涵波连九井,云湖虹泛太清宫。
嵇琴流韵仙荷醉,莺鹭啭喉丝柳葱。
得意东风凤载酒,渔歌　曲夕阳红。

安师大同学聚会老子湿地公园

天静经楼瞰玉波,钟声荷韵醉渔歌。
兰烟起处宾朋聚,秋水澄来感慨多。
一卷唐诗说今古,三千白发叹蹉跎。
征人马上阳关路,回望初心若梦河。

452. 陈钦然

【作者简介】 陈钦然,涡阳人,安徽省诗协、安徽省作协、亳州市作协、亳州市诗词学会会员,涡阳县诗词学会常务理事。诗文散见于各地报刊。

向蓄洪区人民致敬

入夏雨多灾患生,淮河堤防现危情。
王家大坝开门闸,白浪辽原滚巨鲸。
忍见田畴庄稼没,岂容洪兽住房倾?
神兵天降民心振,高奏凯歌鱼水情。

河岸观荷

绿叶迎风紧密牵,红花放蕊色尤鲜。
蜻蜓站立荷尖上,蛙鼓勤敲浅水边。
鹅鸭斗欢生妙趣,鸳鸯嬉戏荡漪涟。
摇舟靓女芙蓉采,甜美笑声遥远传。

战恶魔

兴乡战地御天灾,万亩平畴大舞台。
凶猛新冠能扫去,疯狂洪兽怕何来?
军民党政齐携手,鬼怪妖魔敢夺财?
雨霁八方争奏凯,山山水水笑颜开。

453. 吴芳云

【作者简介】吴芳云,涡阳人,安徽省诗协、涡阳县诗协、高炉诗协会员。

临江仙·微信群中联诗谊

首首诗章吟咏雅,倾情共建心桥。唐风宋雨弄春潮,有歌声万里,步韵热情高。　小小银屏多益友,共鸣心寄云霄。梅兰竹菊尽清韶,网中勤拾贝,奋笔抒狂豪。

游涡阳天静宫

道教天庭天静宫,庄严肃穆绿葱笼。
老聃大殿慈容笑,豪客高堂仰目崇。
浩瀚经纶无岸涘,广深哲理入书中。
先仙已去遗风在,真谛绵绵响九穹。

致高考学子

挑灯夜战黉门子,砥砺十年知剑锋。
下笔有神精答卷,题名金榜状元龙。

454. 黄永侠

【作者简介】黄永侠,利辛人,安徽省诗协、亳州市诗协、利辛县诗协会员。作品数次获奖并见诸报刊。

咏黄山迎客松(新韵)

身居险境苍松劲,挺立岿然傲秀峰。
雨雪风霜无改色,春秋冬夏亦从容。
呼来红日腾云海,挥去岚烟迎客朋。
久傍断崖何所惧,黄山盛宴我为雄。

赞中南山院士

临危受命重任担,不惧高龄又出关。
汉口逆行攻病毒,病房救治战凶顽。
江城有难研丹药,大爱无疆度险艰。
斩断疫情传染径,世人敬仰老南山。

宏村忆

一脉清流古镇连,桃花源里可居仙。
南湖岸上听春雨,翘角楼前揽紫烟。
晚挂灯笼迎雅客,晨烹香茗聚高贤。
粉墙黛瓦祥云印,徽韵经霜千百年。

455. 张丽华

【作者简介】 张丽华，亳州人，利辛县退休干部，安徽省诗协、亳州市作协、利辛县文协会员。多篇作品获奖。

咏西淝河（新韵）

碧水蜿蜒泽故乡，蓄洪排涝四时忙。
遍滋五谷田生锦，恩惠千家粮满仓。
家富人和添喜趣，莺歌燕舞唱华腔。
轻舟荡漾层层浪，迎送村民乐小康。

游曹操运兵道（新韵）

初夏亳州潇洒行，方知曹魏智能丰。
纵横交错雄关道，扑朔迷离地下城。
争战蜀吴施巧计，统一天下立奇功。
英雄才略世人敬，千古留芳颂美名。

黄河颂（新韵）

一路高歌万里行，磅礴气势撼长空。
乳汁养育炎黄后，华夏复兴美梦成。

456. 马俊侠

【作者简介】马俊侠,利辛人,安徽省诗协、中华诗词学会、中国诗协会员,安徽省诗协女工委、中华诗词学会女工委委员,中华文旅诗词学会理事。著有《朝霞吟草》。

祝贺《皖风徽韵》付梓

徽风皖韵靓平台,万顷奇葩次第开。
宋雨八千华夏绘,唐诗三百杏坛栽。
常酬雅兴歌家国,便作新腔颂德才。
剪取兰章香四溢,吟成曲赋梦重来。

咏 竹

峥嵘头角破春寒,雨露凄风出草间。
抱节从容魂似玉,挺胸潇洒势如山。
板桥笔脱笛声过,和仲舟遥咫尺攀。
欲上瑶台气千丈,扬威尽显豹皮斑。

鹧鸪天·中国女兵

猎猎军旗耀武装,英姿飒爽握钢枪。一身豪气一身胆,几许柔情几许刚。　　志昂扬,步铿锵。军中靓女不输郎。青春铁血青春梦,巾帼精英巾帼强。

457. 吴成宪

【作者简介】吴成宪，利辛县退休干部，省诗协会员，中华文学艺术家协会理事。诗词散见各级报刊 800 余首，被编入《中国诗人辞海》等 50 余部诗集。

鹧鸪天·咏梦（新韵）

别梦依稀到菊城，潇湘细雨夜朦胧。
莲心心醉烟波碧，溢满罗江伊水情。
路漫漫，意重重，东风无力杜鹃鸣！
功名些事云天外，只把追思入梦萦。

劳山竹（新韵）

抱团簇簇咬青山，气宇轩昂冲九天。
雨打修姿听雅韵，风吹篁叶看飘仙。
肩担日月光华气，身卷雾云纠缦衫。
潇洒凌霄尘不染，迎霜傲雪自芊芊。

洞仙歌·北斗卫星颂

扶摇而上，见雾消云散，斗转星旋碧空璨。骋怀游，一路舒气扬眉，潇洒过，玉殿仙宫云汉。　　英雄何惧险？万众倾情，热血衷肠应召唤。浩气傲苍穹，屡过难关。凭智慧，擦开翳幔。看揽月、拥星剖虹宽，正叱咤风云，一挥豪愿。

458. 刘立珍

【作者简介】刘立珍，利辛人，安徽省诗协会员，作品散见于刊物和网媒。

法润西淝

法润西淝草木苏，阜蒙河畔异当初。
繁荣需要行明律，发展何能恋蔽庐。
天阔云低飞喜凤，水清沙净乐游鱼。
和谐风绿黄湖坝，恶虎蛆蝇一扫除。

垂　钓

莲塘百亩有蒹葭，素面迎风钓落霞。
上下浮沉摇好梦，来回荡动漾渔槎。
溪桥把酒蛙声远，荻渚横舟竹影斜。
半世抛钩淝水畔，今生已惯伴荷花。

忆长征

煮酒凭心赞世雄，翻腾峻岭五星红。
桥横万壑龙惊浪，月坠诸峰虎卷风。
草地深情金壁贱，雪山远梦紫烟融。
蒋家围戮天垂泪，绝处逢生舞碧空。

459. 代文英

【作者简介】代文英，安徽省诗协、中国诗协、西部文学会员，县诗词学会副会长。作品散见于省内外知名纸刊及网媒，并多次获奖。

庆祝建党九十九周年

七一生辰九九年，长征万里党旗妍。
鸿图百世经风雨，盛事千秋慰海天。
反腐时闻龙剑举，倡廉又见虎符悬。
小康圆梦承众愿，牢记初心永向前。

贺《皖风徽韵》新书发行

皖风徽韵聚儒家，地北天南灿墨花。
笔势云烟滋阆苑，丹青兰菊映朝霞。
几多贝叶染霜鬓，摘取冰壶斟月华。
璀璨明珠江汉楫，新书拭目绽琦葩。

紫蓬山怀古

金色霞辉沐紫蓬，河塘湖泊灿玲珑。
千奇怪石惊涛里，万象仙禽屏画中。
寺内卧龙瞻李典，庭前洗砚谒周公。
名山自有怡情韵，一览庐阳秋月风。

注："李典"系三国时魏将。"周公"即三国名将周瑜。

460. 储 涛

【作者简介】储涛,利辛人,安徽省诗协会员,利辛县老年书画研究会副会长。

春 雨

一缕春风入柳塘,河中倒影自梳妆。
昨儿忽降及时雨,花落随溪飘远方。

画 春(新韵)

笔洗桃花粉墨香,皴擦勾画绘春芳。
红梅点点山河绣,杨柳丝丝着绿装。

惊 蛰(新韵)

惊蛰雷响震龙宫,酥雨和风唤百虫。
桃杏梨花稀落去,园林香果又重生。
山川领略春光暖,日夜悠扬布谷声。
田野麦苗鲜绿翠,山前小草郁葱葱。

461. 徐　云

【作者简介】徐云，利辛人，安徽省诗协、利辛县诗词学会、利辛县书画研究会会员。作品散见于《安徽诗坛》《安徽吟坛》《建安吟坛》《亳州报》，诗作曾在《亳州报》获奖。

七一抒怀（新韵）

似火骄阳照碧空，锦旗鲜艳路峥嵘。
红船破浪风烟扫，镰斧拨云日月明。
抵御强权惊世界，匡扶正义震苍穹。
民安国泰人心乐，华夏腾飞感党情。

重阳节感怀

时光流转又重阳，桂谢枫红菊蕊黄。
无意秋风吹落叶，有情弯月照颓墙。
登楼眺望家乡远，思友叹嗟别后长。
昔日知交音貌记，而今是否满头霜？

初秋曲

西风飒飒沐平原，甘雨染黄千顷田。
喜鹊枝头传喜讯，稻花香处唱丰年。

462. 高静芳

【作者简介】 高静芳,又名朱静,安徽省诗词协会、西淝诗友社会员。

静

愿做一株兰,风来意自安。
悠然深院里,慎独小楼栏。
幽竹寒梅品,清茶翰墨端。
无争无欲念,娴雅伴诗餐。

文州美

树围村落月盈塘,淝水烟波湿地藏。
柳舞娇姿梳浪美,溪流婉转动情长。
子规恋恋游朋意,锦鲤悠悠粉蛱忙。
生态园林桑梓景,文州碧玉蝶栖乡。

黄河颂

九曲黄河拱脊梁,不辞疲倦奔前方。
滔滔巨浪摇新月,浩浩波涛卷夕阳。
壶口悬流飞沫远,岸边起落吼声狂。
气吞山岳多雄迈,哺育中华奏乐章。

463. 于振田

【作者简介】于振田,安徽省诗协、中国老年书画家协会、县老年学会会员。作品散见于报刊。曾获全国《福典》《市场收藏图鉴》《中华十二生肖墨迹》大赛一等奖。

八一礼赞

八一军旗耀四方,中华劲旅阵容强。
铮铮铁骨精神壮,滚滚洪流气势昂。
战舰巡航南海泰,长城屹立北陲祥。
安民抗险青春献,威武之师捍国防。

感悟人生(新韵)

天道从来爱助勤,为人处事贵诚真。
一壶浊酒情犹暖,两袖清风德不贫。
暮岁松摇争健休,夕龄莺唱竞聆音。
经霜历雪堪磨志,诗化余年乐润心。

咏 梅

凌空飞雪傲梅姿,烂漫冰霜曾几时?
细蕊纤枝墙角放,怡情逸性眼前痴。
身无绿叶如灰发,肩满红花似粉脂。
唤醒佳人报春晓,恭迎骚客好吟诗。

464. 闫廷卫

【作者简介】闫廷卫,利辛人,本科,安徽省诗协、安徽省硬笔书法家协会会员。

游西淝河

淝水绕农家,蒹葭两岸花。
渔舟歌唱晚,满载夕阳斜。

叶　颂

花叶相依本不长,文人骚客费评章。
一年一度秋风尽,千古诗篇四季香。

阅兵有感

飒爽英姿五尺枪,中华儿女爱军装。
鲜红旗下量正步,耀眼门前保国昌。
铁骑迎风驰大海,长缨当笔写文章。
神州大地同欢庆,世界和平四季芳。

465. 李永阳

【作者简介】李永阳,太和人,退休教师,安徽省诗协、安徽省书法家协会会员,酷爱文学,诗作曾刊于各诗词杂志。

题西淝闲适图

信步西淝岸,荒村断霭流。
竹林栖倦鸟,断筸系渔舟。
柳陌樵歌远,荻陂田蓼稠。
炊烟升起处,弯月映溪头。

故园忆旧(通韵)

荒村日暮云霞起,柳陌樵笛引雉鸣。
月挂茅檐砧杵响,苔侵故井辘轳声。
不知薔黍炊烟墅,但见妇人石磨灯。
淳寂柴门忠犬卧,谁家夜半哄孩婴。

466. 李效林

【作者简介】李效林,安徽省诗协会员,利辛县老年大学诗词班学员。热爱诗词,陶冶情操,诗词多见于西泖诗社和省诗协会刊。

致高考学子

舣勤学子伴寒霜,奋发求知意气昂。
茹苦含辛酬壮志,经冬熬暑铸鸿章。
十年书海甘霖沐,万里征程嘉气扬。
华夏复兴任重远,扬帆报国梦飞翔。

庚子立秋

季节知秋日渐凉,风和气爽好时光。
满园瓜果呈红赤,四野丰禾涌艳黄。
翠草萋萋摇饱籽,红莲悄悄卸浓妆。
沧桑岁月匆匆逝,最美人生笑夕阳。

467. 崔明贵

【作者简介】 崔明贵,利辛人,安徽省诗协理事,中国龙文印社社长,中国楹联学会、安徽美协会员,安徽书协篆刻委员会委员,安徽楹联协会理事。亳州市政协委员,利辛县政协常委。

2020年元旦

自迷沉醉写青毡,回首时光又一年。
老我孤穷无大志,看梅写竹爱云烟。
天安门上不虚夜,五一家园小有天。
莫道利辛非水准,三人行后任评诠。

庚子鸡日有记

迢递关河转岁华,系心武汉共天涯。
隆冬已过寒犹重,新疫又来风亦斜。
一夜封城知几处,三军奔鄂慰千家。
明朝汉上看春色,国祚民安意不赊。

土　山

土山忠烈自公明,到此惊心意不平。
孤困犹能持气节,烽烟散尽有歌声。
碾庄一役驱陈迹,青史千年解故情。
厚土灵山云几度,直将天地与同盟。

注:土山古属沛县(现属邳州市),当年关羽困于土山被逼归曹。碾庄战役时,粟裕指挥部曾设此。

468. 马静林

【作者简介】 马静林,利辛人,安徽省诗协、安徽省诗词学会、阜阳诗词学会会员,亳州诗协理事,利辛诗词学会副会长。作品散见于省内外诗刊。

涢河人家

涢河两岸沐春风,远望千村气郁葱。
昔日茅庐愁谷贱,而今别墅乐年丰。
水澄荇碧鱼虾跃,柳绿桃红莺燕丛。
老叟扁舟斜钓罢,烹肴煮酒一仙翁。

抗疫情有感(新韵)

恶疫新冠扰楚荆,封桥封路厂停工。
三江发怒波涛震,五岳笼烟愁绪生。
战场何曾无障碍?英雄从未惧敌凶。
一声号令风雷起,华夏依然享太平。

大亚湾观海(新韵)

浩渺烟波混太穹,征帆点点岛蒙蒙。
惊涛拍岸银花舞,孤鸟追鱼画笔行。
放目披风胸胜海,堆沙踏浪趣如童。
青梅煮酒英雄慨,一统江山万古恒。

469. 王 杰

【作者简介】王杰，利辛人，医务工作者，曾获安徽省人民政府"先进个人"奖励，已退休，现为安徽省诗协会员。

羑里怀古

羑里城池连大荒，昔年造狱禁文王。
囚拘牢近吐儿冢，八卦台临演易坊。
幸返岐山存远志，恭行渭水访贤良。
朝歌会战消商纣，问鼎兴周八百长。

注："吐儿冢"，文王被困羑里城，纣王为探试其真伪贤愚，杀其长子伯邑考，烹煮让文王食用，文王明知是亲骨肉，忍痛食下，尔后吐出，后人在此堆起一土冢，取名"吐儿冢"，又"伯邑墓"。

再读《九成宫醴泉铭》（新韵）

昔时品阅九成宫，今日重温感不同。
信本书丹留楷范，魏徵奉敕撰唐风。
登三迈五贞观治，勤政怀民历代耕。
多少垂昆惊世语，劝君敦阅醴泉铭。

游屯溪老街（新韵）

新安江北老桥东，谁筑天街夹道迎。
花径青石流古韵，粉墙黛瓦荡徽风。
坊间货贸商机旺，轩榭游人兴致浓。
忘却归途拾雅趣，只疑身在宋城中。

470. 李 忠

【作者简介】李忠,利辛人,在职教师,安徽省诗协会员,中文诗歌网旧体诗主编。

大国风范

屹立五千年,寰球美誉传。
敢当伸两手,勇毅负双肩。
大爱摩山岳,无私慰海川。
世人齐努力,构建共同篇。

四君子

性情彰四季,各自耀光华。
冷冷兰迎日,炎炎竹送霞。
菊黄霜里蕊,梅赤雪中花。
享誉真君子,风标惹众夸。

春 晨

渺远传来巽羽啼,驱除黑夜入晨黎。
和鸣好鸟歌声醉,共舞妍芳绘色迷。
翠柳白杨招紫霭,花鲢红鲤跳青溪。
东升旭日霞光照,新麦平畴绿满畦。

471. 马西林

【作者简介】 马西林,亳州利辛人,中国老年书画家协会、安徽省诗词协会、安徽省诗词学会会员,利辛诗词、书画协会副会长。作品散见于《安徽诗坛》《西部文学》《轩辕诗刊》等网刊。

福清有吟

陶公爱菊性情深,李白成仙善酒斟。
我喜兰亭右军序,福清度夏五通临。

婺源采风

西泖骚客爱春游,快活婺源歌放喉。
篁岭花中留靓影,江湾溪里笑鸳舟。
玻璃栈道惊声起,高架缆车飞景收。
山水依依难别去,乘风舞笔尽情讴。

鹧鸪天·老龄学会书展

胜日芳菲四月天,老龄学会聚英贤。
墨人挽袖秉椽笔,骚客临觞效谪仙。
追往事,续情缘。人生有梦起波澜。
休言晚景安闲过,笑趁斜阳再策鞭。

472. 杨安华

【作者简介】涡阳县高炉镇农民,安徽省诗词协会会员。作品多次见于《亳州晚报》和《辉煌》刊物。

江城子·山水画

远峰近水两相连。客舟还。浪涛眠。鸥鸟高飞,展翅入云端。薄雾轻纱皆隐去,观沧海,望青山。　凭空峭壁慢听猿。断崖边。数亭悬。峻岭险峰,几处倚楼兰。一幅丹青描不尽,归镜里,挂堂前。

鹊桥仙·七夕叹

碧霄星朗,银河云乱,织女牛郎两岸。年年今夜话衷肠,诉不尽,相思难见。　玉钩有寄,红尘未了,怎谴孤眠常伴。夜来把酒问苍天,情阙处,为何拆散?

池边柳

体态轻柔品自高,池边默默好风骚。
疏狂本性堪潇洒,不比春天逊分毫。

473. 张文岭

【作者简介】 张文岭，涡阳人，安徽省诗词协会、涡阳县诗词学会会员，高炉诗词学会秘书长，作品散见国内部分报刊及网络平台。

初 秋

万里蓝天雁自翔，一年一度好时光。
田间穗满高粱紫，园里椒肥柿了黄。
水下鱼游波水浅，岸边蝉落叫声长。
凉风清爽人随意，稻谷低垂遍地香。

庚子仲秋观高炉农家文化大院抒怀

瑟瑟秋风心意爽，白云飘荡雁高翔。
桂花落落枝头绽，金菊融融篱外香。
文化院庭笙乐奏，诗书厅室韵声扬。
挥豪尽展耕夫意，齐唱中华盛世昌。

咏 菊

霜天烂熳韵清扬，好个娇花垂晚香。
留得金黄情一片，深秋不负好风光。

474. 侯 颖

【作者简介】侯颖，涡阳人，亳州市作协、安徽省诗词协会会员，亳州第二届好诗赞好人比赛中曾获二等奖，作品散见报刊、杂志及网络平台。

新安行

枫红七彩妆，徽派马头昂。
檀木廊桥架，香樟佛手藏。
残辉铺古道，皓月挂山墙。
九曲盘峰绕，诗情漫岭翔。

祁门九龙潭

一路天梯近碧穹，松邀紫竹到云空。
九龙沐水山前涌，群鲤翔流涧底冲。
峡谷拨弦惊臆罢，滑槽擂鼓坠魂中。
回眸大笑千愁去，篝火欢颜两映红。

古戏台

谁道秋风尽是凉，古村余庆戏残阳。
雕椽雀鸟黄梅现，绕院清音透画堂。

475. 罗　辉

【作者简介】罗辉，亳州市涡阳人，教师，中华诗词学会、安徽省诗词协会会员、涡阳诗词学会副会长。

退隐遐想（新韵）

晨沐朝阳晚送霞，顶风冒雨看庭花。
时光挽住爱人伴，恩爱相随蜜语夸。
同去南山捉虎豹，携游北海捕鱼虾。
兴邀明月常斟酒，闲看星辰偶品茶。
清净无为心有道，漫游诗韵走天涯。

友聚石弓抒怀（新韵）

诚邀诗友聚石弓，棋艺切磋对品茗。
叔夜棋观敲韵赞，陈抟梦醒翘舌惊。
三巡猛酒刘伶醉，五味佳肴灵感生。
包水泱泱流厚意，松涛阵阵送真情。
祝福众友身心健，莫负年华发热能。

垂钓悟道（新韵）

修心养性坐垂纶，玉镜风光耳目新。
海市蜃楼龙殿立，云山雾壑住仙人。
诗书万卷波纹就，彩锦千轴镜里寻。
意往神驰一世界，令人悟道道增深。

476. 钱 卫

【作者简介】钱卫，历任利辛县委政研室主任、巩店镇党委书记，现任利辛县政府副县长。安徽省诗词协会会员。

忆巩店

其一

一去躬耕逾十年，不辞酷暑不嗟寒。
淋漓汗水湿衣背，霜雪飘零袭额端。

其二

犹记朝阳化寒雪，也曾暮雨叹流年。
忽闻离别心如割，回首凝眸袅素烟。

其三

拂尘往事赏清秀，拭镜苍颜不胜怜。
历尽艰辛挥手去，新功再立著新篇。

其四

依依惜别天涯远，无悔人生结善缘。
难忘红莲诗伴雨，重逢巩店树参天。

477. 蔡静思

【作者简介】 蔡静思，广东珠海人。安徽省诗词协会及女工委委员。中国诗歌网注册诗人，徜徉在诗词的世界里，为心灵寻觅知音。

河传·阵雨落文庠

急雨，如注，泼文庠。倏忽去步匆忙。课间稚童嬉连廊，秋阳，映蘖花脸庞。　廿午仿若一弹指。心疲累，终是人无悔。鬓微霜，但无妨。课堂，读书声绕梁。

钗头凤·中元夜寄怀

乡关远，何时返，泪珠消敛离情浅。文窗谧，晚风急，近里无端，懒提吟笔。悒、悒、悒。　凉蝉唤，步池苑，柳腰无力缃枝颤。思延及，至丘侧，秋草秋树，伴翁朝夕。寂、寂、寂。

卯时鹊鸣惊梦

向晓高枝对鹊鸣，一呼一和总关情。
新凉未减融融乐，残月谁怜踽踽行。
渐倦柔肠萦别恨，料知远客负深盟。
披衣起坐推窗望，不夜华灯缀海城。

478. 蔡 毅

【作者简介】蔡毅，北京人，安徽省诗词协会会员。爱好诗词，作品散见诗词书刊和网络平台。

心 静

自古于今苦难多，想来心气渐平和。
攒眉争奈吟骊曲，放嗓堪宜唱大歌。
城阙楼高人澹荡，梁园月美柳婆娑。
但余毫管涂方寸，看取闲云品碧螺。

鹧鸪天·疫情

一夜冬瘟乱四方，蹿腾北国与南疆。九衢商贾皆休市，万户民居尽锁窗。　身渐胖，发垂长，囚家闲忆旧时光。春神忽绿江城柳，毕竟乌风不久长。

西江月·人生似棋

汉界车兵直进，楚河马炮横移，挥戈谋策各寻机，杀得昏天黑地。　拔寨摧城奋勇，丢盔弃甲凄迷，硝烟散尽日归西，将帅同收盒里。

479. 吴　江

【作者简介】吴江，湖南道县人．安徽省诗词协会会员，凤凰诗社第二支社编辑，浪迹于诗网，偶尔能在诗赛中获奖。

观　荷

最是清新五月风，徐徐吹醒数枝红。
百香国里真君子，岂肯身藏碧伞中。

咏绝壁岩松

孤根笃向峭岩中，寡土残枝志未穷。
万里浮云常作伴，立身守缺笑西风。

暇　居

烟雨南乡六月天，偏斋素卷逸如仙。
时时偶得清闲句，笑向浑家换酒钱。

480. 陈 锐

【作者简介】陈锐，辽宁沈阳人，安徽省诗词协会会员，酷爱古体诗词，诗词作品散见于多家诗刊及电子微刊。

清明祭祖

萋萋碧草掩丘坟，丛露沾衣若泪痕。
杜宇应知人事异，声声啼血到黄昏。

题渝中秀山云雾茶

钟灵毓秀渝中地，水澈山青云雾茶。
农女撷时香未减，甘泉煮后色尤嘉。
翻思人世沉浮事，不过此间深浅芽。
一盏品来心淡远，清风两腋共烟霞。

题柳絮

春深无力绾垂杨，一入风尘暗自伤。
时逐河流劳远路，常依岸树念家乡。
浮生落落知何处，世味堪堪独自尝。
长叹天涯漂泊客，空怀归梦倚斜阳。

481. 陈明瑾

【作者简介】陈明瑾，安徽省诗词协会会员。业余从事诗歌散文创作。曾获得第四届"相约北京"全国文学艺术大赛一等奖，2017年度"网络时代诗人奖"银奖，"中国当代文艺名家名作年鉴"特等奖，"文豪杯"全国诗歌大赛银奖，作品发布于网络和地方刊物。

乡村秋景

碧草葱茏日影斜，炊烟缭绕出农家。
荒村路远千竿竹，野渡人稀一盏茶。
向晚秋风怜落叶，如诗化境醉流霞。
荷塘半亩邀明月，对饮良宵品桂花。

梦回原乡

山居探看自殷勤，何患柴扉不识君。
秋水欲穿无雁望，乡心已动有风闻。
樽前难解愁千缕，别后方知恨几分。
才懂相思多伴苦，便将聚散寄浮云。

枯　荷

婷婷绿盖自擎天，秋去冬来尽避妍。
静水池中孤影直，寒风雨里寸心坚。
志存洁品何言悔，身陷污泥更惹怜。
且待明朝骄日出，蜻蜓依旧绕荷田。

482. 陈琪峰

【作者简介】陈琪峰，湖南省岳阳市人。岳阳市诗词协会、岳阳楼区诗词散曲协会、岳阳楼区洛王诗词协会、岳阳经开区康王诗书画协会会员，业余爱好诗词书法，作品散见于报刊及网络平台。

梓里情

曲赋诗词藉甚名，精深广博晋安营。
人生了却还乡梦，叶落归根梓里情。
注：诗挽湘籍诗词界泰斗李旦初先生。

弘 扬

书卷多情似故人，晨昏忧乐每相亲。
诗联托起新希望，国粹弘扬力万钧。

勿忘九一八

英烈成仁帜染红，丹心碧血后人崇。
将军剑指今非昔，捍卫和平再立功。

483. 白忠民

【作者简介】白忠民,黑龙江省兰西县人,安徽省诗词协会、中华诗词学会会员,《诗词选刊》编辑,江西云裳一道诗社副社长。作品散见各纸媒期刊与网络平台。

秋 思

风柳遇寒凉,苍山草叶黄。
云岚笼水日,暮雨点秋妆。
四季情思转,万家灯影长。
乡间无限景,梦境画深藏。

童年记忆

犹忆少年时,童真最好奇。
画书寻奥秘,田野觅新知。
为学雏鹰叫,频将大树骑。
而今情未了,梦境怎堪离。

暮春感怀

百花着意苦争春,最是东风也认真。
枝上一番柔影闹,画中几许彩霞亲。
何言此刻生愁状,自已天涯远雾尘。
欢喜人间无泪景,翩跹紫燕已回身。

484. 屠 悦

【作者简介】 屠悦，江苏淮安人，安徽省诗协会员，毕业于淮阴师范学院，曾任教师并创办学校。创建江苏淮安市泰伟道路建设交通工程有限公司，现任董事长。

洱海湖边拾句

一

一山四季寨连村，十里江天客为尊。
才取滴泉烹普洱，又将篝火点黄昏。

二

轻轻云被为谁裁？淡淡清凉吻玉腮。
几树风声堪洗耳，江天一笑逐颜开。

梦回唐宋

诗起云舒四海边，词飞山卷九州篇。
梦回唐宋论三百，酒醒时分笑笔悬。

现代诗

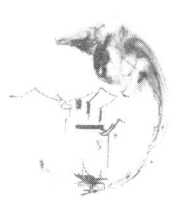

485. 孙明亮

【作者简介】孙明亮,安徽省诗词协会理事、责审部副部长,中国诗歌学会会员,六安诗歌协会理事,六安皋陶诗词学会理事,西部文学作家协会会员。

走进太行山

从大别山入太行山
一直往北,往北
由绿变黄,由软变硬
从骨头里冒出骨头

笔直,俊俏,雄伟
翻遍关于硬朗的词汇
都想给你戴上
超过天,也不为过

只想说一下,一个挂壁公路
一个村子里的血汗
把我的眼睛擦亮
看清楚,骨头为什么是骨头

从大别山走进太行山
我还看见
这两处的血是一样的红

从太行花到映山红

绽 放

曾经也是,在一张白纸上
描绘一只燕子
飞出去的情景
三条沟,三座山

天上还画了云彩
山上有绿叶,有一座房子
门前有一条喜欢叫唤的狗
陪着和河水交流

和风雨雷电的交往中
我看见
三条河,三座山
成对的燕子飞回来

486. 张维质

【作者简介】 张维质，合肥人。安徽诗词协会会员，合肥市作家协会会员。中国诗歌网认证诗人。作品散见多家报刊杂志和网络平台，部分诗歌被编入诗歌朗诵教程。

清水河畔听雨

暮春江南
我独自行走在
如诗如画的清水河畔
倾听三月的雨
细密如雾
飘渺如烟
像有人在我耳边轻语
柔柔地打在我脸颊上
暖暖地漾在我心里

暮春江南
在那飘着烟雨的清水河畔
思绪像眼前的雾霭氤氲着小道
我沿着柳丝缠绵的河堤找寻
找寻那悠长悠长的梦
在一道道新绿的水痕里
找寻撑着桔黄色雨伞的你
细雨朦胧着我的眼帘

也淋湿了我的思绪
我伫立在那棵老槐树下
像曹子建那样等待洛神

暮春江南
在蜜语如絮的清水河畔
雨水把一缕缕思念
轻轻地铺在水面上
又荡起迅速张开的涟漪
在水光的微动中
仿佛又看到娉婷的你
让我用三月的雨水写下诗句
让春风捎给你
我在三月的江南思念你
我在三月的清水河畔等你
不知远方的你是否如约而来
我只在江南清水河畔听雨……

487. 孙先文

【作者简介】孙先文,中学高级教师,安徽省诗词协会会员,合肥市作家协会会员,安徽民俗学会监事,安徽散文随笔协会会员。近年重追儿时文学梦,发表诗歌、小说、散文十多万字。

大河西,我的芳岛

你我曾经深情眷恋过
这座隔世的芳岛
昔日叫大河西
今天是月亮岛

大河西,是我的芳岛
那时的大河西,是你我的伊甸园
那时的你我,曾奢侈地坐拥了一座芳岛
那时你身轻如燕,自由飞翔
那时我矫健如鹰,向往着蓝天

大河西,是我的芳岛
桃花坞小雨,你我欣赏夭夭之桃
河西沙滩,你我坐看白水渺渺、关关雎鸠
竹林小径,我们曾落下过共读的书稿
老井旁边,你回眸过莞尔一笑
落日渡头,迎候你的是一个忘形的拥抱

大河西，天边落霞在燃烧
大河西，渚清沙白飞鸟徘徊

大河西，我的芳岛
校园里，涂鸦是我的爱好
我们逍遥在虚构的蓝天里
你好像一只蝴蝶
要嗅出橡树身上的香味
我象大河西的一根芦苇
因你的绕飞而变得骄傲自豪

大河西，我的芳岛
你说过心似淠水不惧阻挠
我说过心如青山不会变小
离开了芳岛，孤独的我
敌不过生存的需要
蝇营狗苟，像蝼蚁般忙碌
你我曾深情眷恋那座芳岛啊
丢在风里，只有梦里才能寻找
你我曾深情眷恋过
这座隔世的芳岛
昔日叫大河西
今天是月亮岛

488. 陈森霞

【作者简介】陈森霞,安徽诗词协会会员,曾在《中华当代百家经典》《安徽诗坛》《丹枫流韵》《炳烛诗刊》《中国好诗》和网络平台发表过作品。

我多想傻傻地长大

我多想傻傻地在
一方天空自由飞翔
有二月春风的抚慰
到处都碧草如茵

我多想傻傻地呆在仁慈的怀抱里
有六月雨露的滋润
连每一个细胞都包含着善良
我多想傻傻地沉浸在浪漫的思绪里
有八月的明月照耀
连郁结的心海都澎湃成诗
我多想傻傻地在圆上行走
有十月雪花的陪伴
木讷的影子在雪地上闪光

我就想这样傻傻地分不清方向
行在四季的时光
无论喜怒哀乐

永远都象荷花沐浴着朝阳

走进绿水青山
踏着阳光的脚步
聆听大自然的呼唤
兑现蓝天下的承诺
遐想着那缱绻缠绵
那连绵的青山脚下
流淌的是深深的思念
白云悠闲地徜徉
绿水拨动着琴弦

沙沙地走在田间
静静地凝视层林
相看两不厌啊
彼此心照不宣

何须刻意成缘
花香自然氤氲
且行且止，漫不经心
直到海角天边

489. 王十伟

【作者简介】 王十伟,合肥人,安徽省诗词协会副秘书长。安徽省作家协会会员,现已发表各类文学作品与评论数百篇(首),其中多篇作品被国家级刊物选收。

呼唤

没有一刻我不在心底呼唤着你
在夜里,在清晨……
一颗缠绵的心总那么纤弱
经不得
一丝儿风吹雨淋
而你那光彩照人的温馨
又如此急促而匆忙地敲击
我心湖的潮水
这令人窒息令人迷醉的爱
折磨,折磨,
我奋力奔跑
可怎么也逃不出这温柔茂密的爱的森林!
可恨人生怎这般短暂
短暂得象你一声忧怨且迷人的叹息
啊,这周而复始的时间流程
这冷峻麻木的斗转星移
这雨这雪这落英缤纷……
这银色的世界

因你而旋转
因你而延续
因你才有这无数激动人心的谜……

等待

我的感觉啊
比文字比语言还要准确还要细腻
怎么一刻也不安分
撩拨我平静的生活！
撩我的思绪，使我心境漫无边际
激动，茫然，迷醉……
漫无边际
我手舞足蹈狂歌未止而又掩面哭泣……
这如痴如醉如癫如狂的感觉
撩我，撩我，撩我
我不能平静
我感到奇，感到一种神秘
感到一个颠扑不破的真理在我面前裸露
透明的美
这美，如洪峰般排山倒海朝我压来
我喘不过气，就要窒息……
爱，你这美的孪生姐妹
月光般柔美的躯体，谁能占有你的灵魂？！
哦，我的因爱而日夜撩我的感觉啊
我的因爱而日夜使我心驰神往如痴似狂的感觉啊
请平静吧——苦苦地等待
人类至善至美的爱！

490. 王一强

【作者简介】 王一强,安徽省诗词协会会员,从事新闻工作,近年学写诗,偶有诗作发表。

我住在通透的峭壁之上

我住在一个陡峭的地方
四面通透,八面玲珑,壁立千仞,百密一疏
风进来了,花香进来了
苍蝇也进来了
时光从另一个方向穿梭不停留
我在防御的网前
用明亮的灯火驱鬼
然而挡不住钻进来的梦魇

《加州旅馆》里唱道:
我们都是自己欲望的囚徒
但我们自愿在这里

摇滚的声音由远及近
高高的峭壁之上
我静静打坐
热浪,席卷着我鼻子里的伤风
城市的窗户上布满铁丝网
我的眼睛里

布满血丝网

夜深沉

夜深沉
外面突然响起一声呼喊
我听不清词语
打开窗户却什么也看不见
黑咕隆咚之中
再听到一声呼喊，略带拖长的尾音
像乞者行歌，像醉人仰哭
又像是绿林的聚啸
也像
一个弱女子被欺负的呼救
凌空掠起一声鸟鸣
俄而归于宁静
仿佛水波合拢，淹没了所有的痕迹
树梢的魅影
恰似夜的头发直竖

夜深沉
一支亢奋而决绝的曲牌
若是有邪恶
黑夜，自己会救赎么？

491. 王玉华

【作者简介】王玉华，合肥人，安徽省诗词协会会员。作品《儿对娘说》《娘对儿说》《生命的颜色》《年是什么》《五女争母》等发表于报刊及网络。

雪花说

雪花对风儿轻轻地说
你是我的好伙伴
因为你给力，我的舞姿才那么曼妙
雪花对腊梅深情地说
你是我的另一半
因为你的绽放，人们才注意我的洁白

雪花对小草温柔地说
你是我梦中情人
因为你热吻，我才化为流水潺潺

雪花对山川感激地说
你是我终身的依恋
因为你的壮丽，银装素裹才致于尊贵

雪花对人类真诚地说
你是我的好朋友
因为你的才华，我才得以在诗词歌赋里徜徉

492. 李晓地

【作者简介】李晓地，电视编导，中国纪录片协会、安徽诗词协会、安徽作家协会会员。

光

黑暗吞噬了春天的一切，
连月亮也看不清阴晴圆缺。
忽然，有人推开一扇窗户，
一束光立刻把深夜割裂。
我看见浓黑背景里，
一树樱花开得好生热烈。
在灯光撕开的缝隙里，
粉红的色彩如精灵在跳跃。

我听见有人在黑幕后咆哮：
夜的王国就应该坚如黑铁！
可是我们人类文明之旅啊，
就是从火中诞生并冲破黑暗！

现在是地球上的春天，
花儿绽放，树枝生出绿叶。
生命总是美丽而活泼的，
不管是白天还是黑夜。

我感谢黑暗中的那一束光明,
夜里也能把春天看得真切。
我知道太阳明天会照亮大地,
万紫千红飞舞着自由的蝴蝶。

493. 吴莉莉

【作者简介】吴莉莉,庐江人,安徽省诗词协会会员,业余从事格律诗词、现代诗写作。作品散见于各文学刊物和网络微刊。将灵魂与诗意碰撞,挥尽人生百态。

我的情深你若懂

我的情深你若懂
又怎会邀约匆匆
感初识羞涩相逢
那日好像风和暖融融

我的情深你若懂
又怎会无言伤痛
忆锦绣鸳鸯相拥
那时应该心灵被触动

我的情深你若懂
又怎会没了永恒
想原处静立来等
而今独留一帘帘残梦

我的情深你若懂
又怎会错付寒冬
思念风起又云涌

回首心疼莫过再心疼

我的情深你若懂
又怎会心疮百孔
看了花开又落红
初见爱浓再见已不同

494. 林　芳

【作者简介】 林芳，从事教育事业，安徽省诗词协会会员，作品散见于报刊。

立秋遐想

暑气愈演愈烈
热浪一浪高过一浪
汗水顺着脸颊流淌
我对着日历梳妆
好一个秋后算账

今年不寻常
雨水和汗水掺和
一片白茫茫
故乡瘦成秋水
故园荒凉，残萤栖草上

我把梦交给上苍，
愿自己变成一丘葱茏
送去一片清凉
愿自己变成满垅稻谷
秋风掀起阵阵稻香
满满收割
粒粒归仓
呈现繁荣景象

495. 张迎春

【作者简介】 张迎春,交警,无为人。安徽诗词协会会员,无为市诗词协会理事。作品散见于各类报刊和网络平台,偶有作品获奖。

与荷说

只一眼
就是一场风花雪月
我远去的脚步,每一声
在青山深处,都是你的影子
把心口捂一捂,长路宽阔
和你的余香挥手道别

人间云遮雾绕
岁月很静,也很清
天涯,常在山高路远时
与你的心思氤氲
从此我所有的窗户
在月下,都为你打开

496. 朱立平

【作者简介】 朱立平，中学教师，无为人。中华诗词学会会员、安徽诗词协会、芜湖诗词学会、无为市诗词协会理事。兴趣广泛，作品散见于各大报刊和网络平台。

岁月

拾起
六九年
梦的碎片
在永安河上
打一串水漂
月光下
闪烁
一片粼粼

小木船
你泊在
黎明的光影里
任河水拍打切水的舷
清风里
父亲苍老的咳嗽声
从河底飘来

497. 朱德祥

【作者简介】 朱德祥，安徽省诗词协会驻淮南办事处主任，安徽公安作家协会理事，淮南公安文联理事。荣获过公安部征文二等奖，省市均有获奖作品。

烈士墓前

怀着沉重敬仰的心情，
来到您的身边；
献上我们亲手制作的花圈，轻轻地把您呼唤。
脱下庄严的警帽，
肃立在您的墓前；
凝望您高大的遗像，
心中把半旗降下……
细雨纷纷，在哀悼您早逝的英灵；
松涛声声，在歌颂您壮丽的年华：
自从穿上庄严的警服，
您就把一切交给了闪光的金盾。
头上的伤疤，
腿上的刀痕，
和平年代的刀光剑影，
映红了您胸前的颗颗勋章。
您是人民群众心中的星，
您是犯罪分子眼中的钉；
为了维护祖国的安康，

为了守护人民的幸福,
在生命的最后时刻,
您还念念不忘:
"我……是……人民……警察……"
您用鲜血染红了国旗,
您用生命妆扮着祖国的春天。
活着,您是一面优秀的旗帜,
倒下,您是一座不朽的丰碑!
肃立在您的墓前,
我们更加知道手中的钢枪有多沉;
凝望您高大的遗像,
我们更加知道肩上的盾牌有多重!
安息吧,我亲爱的战友,
您伟大的生命虽然走到了终点,
但更多的生命找到了人生的起点!

498. 牛高山

【作者简介】牛高山,肥东人,现居淮北市。省诗协常务理事兼外宣部副部长、驻淮北市办事处主任,淮北市诗词学会主席。中华诗词学会会员,诗歌入选多种选本,著有诗集《母亲的田野》等。

九月的收获

姚埠圩的九月,众神安详
手拿镰刀和扁担的父亲
被稻子、芦苇、偶尔闪现的
稗子及老水牛簇拥
主宰村庄,田野和河流

落日的黄昏,霞辉遗韵
血色苍穹,丰腴成熟的稻美人
是九月姚埠圩的新娘
堆满谷物的场地,稻草人
站岗,蝉鸣和蛙声无人欣赏

当月光泻满河流,池塘
村头唯一的土地庙,仙鹤登顶
镰刀与稻子的撞击声中
父亲的汗水一次次亲吻大地

499. 段　勇

【作者简介】段勇，原名丁佩峰，淮北市人，教师，安徽省诗词协会、淮北市诗词学会、淮北市作家协会会员。诗词、散文、教育篇章散见各级各类刊物。

父亲的麦田

故乡的原野
有父亲的麦田
苦苦，甜甜
无数月光的夜晚
父亲也荷锄在田间

年少时
我总讨厌去父亲的麦田
那不仅是因为我的偷懒
挨上了父亲赶牛的绳鞭
而是看到，岁月
剥蚀了父亲苍老的容颜

父亲的麦田
深秋老牛翻飞犁铧
耕耘在他肥沃的心间
种子的轨迹形成优美的曲线
悠长的希望魂绕梦牵

每当夏风吻过麦芒
父亲就开始磨镰
一弯弯新月明亮耀眼
汗水伴着月光
父亲不止一次对我说
麦田里有我们的柴米油盐

就在，六年前
父亲扔下了锄头
抛下了那头老牛
倒在了他一生挚爱的麦田

又是一年
在父亲的麦田
风吹起的麦浪
模糊了我的视线……

500. 任　瑾

【作者简介】 任瑾，濉溪县人。安徽省诗词协会、安徽省作家协会、淮北市作家协会、淮北市诗词学会会员。著有《生命中有你》。

雨季的思念

又是一个雨季，泽国泥泞不堪
雷公电母加班，翻云覆雨疯癫

小园香径，乡村公路
县道，省道，国道，蜿蜒

城里的红绿灯按秒变幻
我到你的距离如此遥远

沿途几个村庄，几座桥梁
几个西瓜摊点，几条斑马线

穿过的街道逢集时会堵车
临时的检查站年底会查的严

几个塌陷坑不是生态园
几个高架桥不是风景线

有一个限宽门,老司机也得减速
新司机,千万别走偏

那座该死的大桥
已经建了四年

其实,我的思念和雨无关
其实,你的思念也和雨无关
真的,我们的思念和雨无关

爱听你讲,漂洋过海
西北有高楼,孔雀飞东南
雨打芭蕉声声脆
晓风残月,杨柳岸

501. 李小弟

【作者简介】李小弟，淮北市人，安徽省诗词协会会员，淮北市诗词学会理事，淮北市作家协会会员，淮北市李时庄研究会副秘书长，阿紫艺术团特约作家。

我是一块石头

几千年前，我静静地躺在深山
一个男人从亘古走来
把我捧在胸口，举过头顶
当太阳的光灼热了他的瞳孔
他与我划出了火
女人从花丛中走来
成为他的新娘
从此开始了温暖的生活
开启了文明的时代

我是一块石头，伴人类一路前行
当一个部落战胜另一个部落
石头成了男人颈上的项链
白天黑夜，男人对着女人总也笑不够
那颈上的石头
总是骄傲的诉说着成就

几世的碾转几世的相守

又无奈地目送彼此的离开
走过奈河桥喝过孟婆汤
……

佛前青灯下梵音悠扬，木鱼声声
身穿海青袈裟，低眉诵经
那颈上一条五千年的项琏
出现了裂痕，泪珠在暮色中
滴入那项链的一道缝
他脱了海青，穿上玄色
走入茫茫人海

他走过高山，涉过流水
穿过大街小巷，沧桑入了心
眼中在渴望，嗓子里
沙哑的唱，他跪在地上
双手伸向苍天，叩问自己的心
你在哪，你在哪
我的灵魂，我的新娘

一个女人心里满满的泪
却笑着入了场
男人把这串石头送给了女人
女人看到了项链上那滴滚烫的泪
染了血色，她闭上了眼
任眼角皱纹恣意生长
……

502. 韩 磊

【作者简介】 韩磊，砀山县人，中国诗歌学会、安徽省诗词协会、安徽省作家协会、淮北市诗词学会、淮北市作家协会会员，数篇文学作品在国内报刊发表。

风情，在夏天

夏天在燥热的树梢张望
热烈伴着明朗
延续着春的心声

揽一抹湿润的夏风
写进午夜的静谧
于是，竹摇清影动
蔷薇暗生香
夜幕下的百花园
融入了婉约的风情

雨中的夏
在交织着蝉鸣的滴答中摇晃
绿荷出水的笑容
翘望着湖面的鸭鹅
欢快的划行

飘飘欲仙的女孩

在夏风中舞动薄裙
一如天空悠哉的云
在分明的经纬线上
摇曳着彩虹

夏日有花，夏日有情
夏日布局着我情感的世界
夏日也有风情万种
明月一曲枝起鹊
楼台倒影入荷塘
待烦恼散尽
温柔，在炽热的季节里
总与美好邂逅

503. 朱文嫒

【作者简介】朱文嫒,安徽省诗词协会会员,淮北市诗词协会理事,《安徽诗歌》栏目编辑。诗文见《淮北日报》《相城》《安徽诗歌》等纸刊及平台。

一棵树

一棵树可以站立多久
取决于土质,龙卷风
和两条腿的人
如果侥幸,隔着几世的陌生和你相望
不是痴人说梦

一棵树的一辈子
沉默,也不走动
根和叶供养
一圈圈的年轮
是一道道的皱纹
越多越好
和你我相反

504. 周喻晓

【作者简介】 周喻晓,濉溪县人。安徽省诗词协会、淮北市诗词学会会员,业余爱好写作,近年有百多首(篇)诗文在报刊及网络平台发表,并有多首(篇)获奖。

煤都涅槃

袅袅炊烟,灯火阑珊
铁流滚滚,钢花四溅
这都是你的贡献
你点亮了生活
你温暖了中国
一路走来有过辉煌也有坎坷
神仙不曾眷顾
自然也未恩泽
是你勤劳的双手把累累伤痕抚平
是你智慧的大脑把塌陷坑变成亮丽的明片
美丽的相城镶嵌星罗棋布的湖泊
仿佛置身于江南
酒乡煤都,绿金碳谷,凤凰涅槃
敢于弄潮的淮北人
正只争朝夕,快马扬鞭
谱写更神奇的诗篇

505. 刘　梦

【作者简介】 刘梦，安庆人。安徽省诗词协会会员，从小酷爱诗文，年华在岁月的流逝中，作了一些诗文。作品发表在报刊杂志及网络电子刊物。

小　雪

阳光还是那么温暖
可以把整个下午煮熟
是谁　留住秋天的脚步？

风很柔
刚刚卷起的落叶
飘飘荡荡
没来得及刮瘦门前那座山

母亲的脚步
很锐捷
能踩痛黄昏
或把黑夜踢得老远

我倚靠楼台
仿佛看到天在下雪
晶莹的白化纷纷扬扬
飘落在儿时放学的路上

506. 胡素文

【作者简介】 胡素文,女,汉族,1962 年出生,1982 年毕业于徽州师专中文系。热爱诗歌散文,曾公开发表《重返杨林畈》《把心安放在云天之外》等散文。

轮船与港湾

清晨,港湾又千帆竞发
她心里那轮圆月渐渐消失
也许,那只大船将要离别

舱内有依恋、有缠绵,更有刚毅
您不能被羁绊我也不会不想念您
每每与风浪搏击每每薄暮冥冥
就禁不住想起你怀抱的温馨
细浪轻抚,恬静安逸
我不能因依恋而抛锚

港湾不能违背轮船的心志
别后孤寂化着此时强欢,泪花飞溅
摇晃的轮船载着临别赠言
足迹征服过多少暗礁却依然乘风破浪
起航吧,我为您祈祷也想永远拥抱您
不问归期只能用满港苦水湿透您的倒影
谁能说,盼望归帆不是望穿秋水

507. 蒋雪芹

【作者简介】 蒋雪芹,宿州人,安徽省诗词协会、宿州市作协及散文协会会员,有现代诗《乌骓》入选 2019 年省诗词协会作品集《皖风徽韵》丛书。

咏　梅

生于荒野
长于荒凉
无枝无叶无背景
偏要芬芳
看,那一幕红雨
惹哭了人间多少痴郎

白雪公主
童话束扎的世界,
清风朗月,蓝天白云
森林里的小矮人
是谁筑起白色的房子
将地毯刺绣画草
让孤寂冒一缕烟火
有人的地方
幸福知足祥和

508. 陈 曦

【作者简介】陈曦,安徽省诗词协会、宿州市红杏诗社、宿州市作家协会、宿州市诗词楹联学会会员。

发呆的时候

夏天的胡子白了
他佝偻着,步履蹒跚
除了脾气暴烈依然

一群窝居在枝头的鸣蝉
晃晃悠悠醉了一般
之后,噤若无声

还在发呆的时候
最后一抹余晖
终于,煮熟了这个夜晚

该死的风藏匿了起来
除了黑夜,热浪和寂寥
什么都看不见

509. 王宝珠

【作者简介】 王宝珠,砀山人,安徽省诗词协会、宿州市作协会员,宿州市红杏诗社理事。

真的好想你

真的好想你
就怕惊扰你
把爱深埋在心里
那一日望见了你
着一袭粉红的华衣
差一点灼伤了我的眼睛
那一刻
走进了我的梦里

那一日

那一日,喝多了酒
在砀山街上漫游
不知不觉来到你办公室的门口
望一眼忙碌的你
扭头就走
有句话说不出口
在心里辗转了好久
一旦吐出唇
就怕决堤的洪水把你我淹没

510. 秦德林

【作者简介】秦德林，安徽宿州埇桥人，中共党员，宿州市物资集团公司机关支部书记。安徽省诗协、宿州市红杏诗社会员，作品散见于报刊网络。

静静的等待

读一首小诗
静静的等待
忘却了时间的无奈
掉进了诗的深海

无视这窗外的风
无视这黑夜的雨
淡淡的感觉
只为等待

等待诗中的你
姗姗而来
等待诗中的你
充满情怀

511. 魏义涛

【作者简介】魏义涛,安徽省宿州市灵璧县人,安徽省诗协会员、宿州市红杏诗社理事,爱好近体诗和现代诗,作品散见于各纸刊和网络平台。

月夜情思

月夜,吹过书房的纱窗
送来缕缕桃花香

独坐案前
目不转睛紧盯屏幕
轻吟着心上人
那浪漫滚烫的诗行

时而舒眉　时而浅笑
不知不觉中
两片红云,早已
飞临到粉腮上

移步窗前抬头望月
远在南国服役的情郎
月儿,请捎去我的思念
共同守护祖国的海防

512. 曹 洁

【作者简介】 曹洁,笔名曹芳,安徽宿州人,省诗协会员,曾在《皖北作家》、宿州《红杏》诗报(刊)、山东《乡韵乡情》、省诗协网刊等平台上发表过诗词、散文随笔等数十篇。

秋蝉

蛰伏多年,蓄势待发
趁着月夜努力攀登
沐风饮露,脱胎换骨
终于,从蛹,蜕变成蝉
以为已是人生赢家
却不知命运使然
立秋的音讯
让肌肉缩水,生命缩短

夕阳下的树梢
凄凉的夜晚
蝉声寒寒
几声悄悄入梦
梦里,又渐行渐远

513. 范 涛

【作者简介】 范涛，宿州人，安徽省诗词协会与宿州市红杏诗社社员，作品散见于《拂晓报》《辽宁青年》《红杏》报、长江诗歌、梨花湾文学等纸刊与网络平台。

涉故台

把酒一杯
与壮士共枕明月
历史的容颜渐清晰
生发出那一注英雄气

大步向前
站起是座山
倒下
是那史册一页

风起兮汝笑悲壮
沙扬兮尔血滚烫
挺起胸膛
四野苍茫

大泽乡因雨
一杆旗为先
时光虽然碎去了冲杀声
风依然为你激扬

514. 韩海涛

【作者简介】韩海涛,泗县人,中共党员,中学教师,安徽省诗协、宿州市作协及散文家协会会员,红杏诗社理事。主编校园文学《湖畔》,作品散见报刊杂志。

三月梅花开

伴着东风、柳芽和暖水
一树树姹紫嫣红
枝头成了最美的画景

白色,洁净如绢拭
红色,绝然脱凡尘
粉色,潇潇沐春风
傲雪风骨,溢香满园

忘了带画笔的人们
只好心里绘着影儿
叹一叹梅花三弄后
又一番三月里

梅枝在北方挂个骨儿
或刚挂几朵花
人们便喜欢上它的香骨
和三月盛开的样子

515. 王　钰

【作者简介】王钰，河南永城人，安徽省诗词协会与宿州市作家协会会员，宿州市红杏诗社副社长，已在报刊杂志与网络平台发表诗文数百篇。

雪　殇

这场雪
来自摧毁千年心墙的天空
撕裂一梦十年的云层
飘飘落下，那是一种无以言状的痛
让整个世界　一片寂静

这场雪
携一把刺骨的寒刀
直逼得哽咽无声
谁用一曲长歌守候背影
尝试用干净的白纸涂抹期盼
换来的却是一地风霜
你的音容　多想成为一场暴雨
来一次酣畅的痛哭
把所有的回忆洗刷干净
让这场寒冽的暴雪让失去不再复生

也许不是所有的记忆都能消失

大雪只是一个符号
不是所有的爱都充满诱惑
而你，只能留在梦中
也许，积雪融化时记忆会裂碎成殷红
如果你是雪花我随时可以看到变换的无情
而你却是那腊梅蒙上洁白的面纱
冰封中的幽香把所有的柔情在寒风中埋葬

其实，我一直在等待
等待这一场突如其来的暴雪
就如那一次相遇
已然注定了这场悲凉的别离

516. 王永光

【作者简介】 王永光,来安县人,来安县作家协会、南国作家协会、安徽省诗词协会会员,热爱文化事业和旅游项目策划,并在《滁州日报》等报刊刊登过百余篇文章。

我爱来安花红

我爱花红,最爱来安花红
青青的皮儿、微微露出红
甜甜的有点儿酸
入到口中是那么爽

我爱花红,最爱来安花红
微有红晕的面庞
让我那么想去亲吻
甜腻的滋味不能忘

我爱花红,最爱来安花红
清仁宗皇上钦命来安花红好
多因孝母忠君献上皇
美丽的花红姑娘、充满智慧把名扬

我爱花红,最爱来安花红
地方特产、地方标志我们颂唱
一年又一年、过了多少年
难忘的记忆是故乡

517. 贺庆江

【作者简介】 贺庆江,来安人,安徽省诗词协会、滁州市散文协会、来安县作家协会会员,作品在《滁州日报》《来安文艺》等刊物刊出。

弦

我一步踏上去
惊动了
几只蝴蝶
它们绕过炊烟飞向旷野

湖面上
月亮的指纹还在
树上的鸟鸣
就像,一把吉他
弹出了,清远的回声

518. 倪 梅

【作者简介】 倪梅，霍山人，安徽省诗协会员，作品散见于各类网络媒体。

老家的青石岗

赶集市的时候
总要路过一个青石岗
记忆中的丨字路口
让记忆连接四方

是灌溉用水的长水沟
一条向西
一直延续到田间地头
把汗水和血液浇灌

除了地势高于别处
没能看到一块青石
或许，不想被人打扰
被家乡的尘土淹没

在柔软的舒适中
无法出头
尽管被所有人惦记喊叫
总是这样无动于衷

519. 储柱银

【作者简介】储柱银,霍山人,教师,安徽省诗协、皋陶诗词楹联学会会员,霍山小南岳文学社成员。

父亲

你用挺拔
挑起太阳和月亮
你用坚强
引来四季和星光

你用锄头挖开爱的溪流
你用铁锹掀翻大地的丰藏
你把岁月典当,直到
背佝偻步蹒跚鬓如霜

爷爷拄着艳丽的夕阳
孩子陶醉在灿烂的春光
你沉浸在孤独的辉煌里
享受荣耀抖落忧伤

当我读懂你的柔弱
愿意做一回你的拐杖
你却客走天堂
留下我一世的相思凄凉

520. 朱保平

【作者简介】朱保平，石台县人，安徽省诗协理事及采风部副部长，中华诗词学会、中国民协会员，安徽省民协理事，池州市民协副主席，石台县民间文艺家协会主席，安徽目连文化旅游有限公司董事长。

叶

浪漫花语
流淌着默默的爱恋

风吹雨打
坦然接受悠然去远方
寻找春天

人生如你
有繁茂的季节
也有凋零的时候
欣喜的来坦然的走

轮回中，见与不见
你都是
世间的永恒！

521. 陈 莉

【作者简介】 陈莉，高级经济师，民政部门工作。安徽省诗协常务理事，安徽省作协会员，贵池区作协副主席，池州市秋浦诗社社长。

秋浦河之恋

年少，追梦
与你初次相遇
你用清澈、欢快的流水
以期冲淡　一个旅人
微不足道的　忧伤
天空有飞鸟划过
牵着我的目光
辞别渡口　去了远方

云游归来，安放行囊
成为河畔村庄的新嫁娘
走近婆婆固守的生活
在河边　遍遍淘洗着烟火
河水温软柔情
滋润着婆婆的一世安祥
也荡漾着我的锦瑟时光

千帆过往，惠风和畅

河水不疾不徐源源流淌

漂走落花和鸟鸣

将风光归还两岸

每到重阳

我都与一群诗友

沿着李白的指引

重温你如歌的华章

细读每一朵浪花

吟诵波澜排列的诗行

522. 刘洪锐

【作者简介】刘洪锐,利辛县人,安徽省诗协、亳州市作协会员,作品常见于文学网站,已创作小说、散文、诗歌等文学作品60多万字。

伍奢冢遗址情怀

两千年的香火
延续中华文明的根
一个故事
带着无穷的神秘

慕名而来
只为虔诚的心
洗涤高尚的灵魂

忠义,民族传统文化的基石
人生道路上
寻觅生命的真谛

穿越时空天地悠悠
日月照我心
风生水起

523. 信　鹏

【作者简介】信鹏，涡阳人，曾供职于电力、化工、公安，现就职于二甲医院。安徽省诗词协会、亳州市作家协会会员。作品散见于《亳州文艺》《湖北诗歌》、香港《流派》诗刊、《长江诗歌》等刊物。

为你

一个人的夜
孤独，漆黑
点亮心烛，为你

无法抑制情感
麻醉在浅墨里
用文字去追逐
毫不掩饰，为你

你是云
我愿是风
在太空中绘制精彩，为你

门缝，挤进一丝凉意
外面下起小雨
那是相思的债，为你

524. 冯 强

【作者简介】冯强，安徽涡阳人，中华诗词学会、安徽省诗协与作协会员。执业医师，执业药师，全科医生。曾出版诗集《轻叩流年》《花开陌路》《不诉离殇》。

我在秋里，等风也等你

这个秋天　你
踽踽独行　我
茕茕孑立　风起
残花飞舞　雨落
人瘦花黄

思念如烟　氤氲在
无垠的夜色里　此刻
我独坐一隅　泼墨提笔
为你书写举案齐眉

月朗之夜　秋虫叽叽
孤房寒影　浅草萋萋
推开夜的寂静
与月亮诉说

是谁把相思　弄落雨下
是谁把光阴　剪成蒹葭

秋风十里　不如有你
你在八百里秋外
我在八百里故乡

秋风吹落了　繁花似锦
却吹不散我对你　浓浓的爱恋
亲
这个季节　我在秋里
等风　也等你

花无影

素笺之上
用心碎
写下苍凉
红尘之外
总是陌路
我无力穿透
那尘封的木门
就像
我

525. 王秋芝

【作者简介】 王秋芝,涡阳人,安徽省诗词协会、安徽省散文学会、亳州市木兰文化研究会、亳州作协会员。有报告文学《小城的坚守者》见于《安徽日报》等报刊。

中秋

儿时的中秋,趴在窗口
吃一口妈妈做的甜甜月饼
看一眼圆圆的大月亮

高举月饼对月亮说:仙女姐姐
我妈做的月饼特别好吃
你接我去月亮上面玩
就给你吃妈妈做的月饼

少女的中秋
是恋人的玫瑰花语情浓
守在月下,闻着花香
举起玫瑰对月亮说:仙女姐姐
你寂寞吗?下凡吧,送你漂亮的玫瑰

而立的中秋
是我亲手做的一桌菜肴
在公婆的笑声中

我递给孩子一块月饼
让她去窗口看月亮

花甲之年的中秋
是儿孙绕膝的欢颜
是儿女道一声辛苦
恭敬的一杯酒

暮年的中秋
是入口的菜肴
不如停留在记忆中的美味
儿孙在外打拼
影子跟虫鸣在院落里陪我

怎样识别古代的入声字

利用现代读音来识别古代入声字的方法有：

（一）由 b、d、g、j、zh、z 这七个不送气声母所构成的阳平字（也叫"第二声调"的字）都是中古的入声字，例如：

b 拔、跋；勃、渤、博、薄、泊、驳、箔、伯、帛、舶；别、鳖；白、雹

d 答、妲、怛、达；得、德；掇、夺、铎；笛、迪、敌、嫡、狄、镝；独、读、犊、椟、渎、毒

g 革、葛、阁、格、隔；国、掴、帼、虢、馘

j 荚、颊、铗；集、辑、急、级、汲、疾、吉、即、极、脊、籍；偈、桔、菊、掬、鞠、局、鞫、踘

zh 闸、扎、札、铡、霅；折、哲、辄、蛰、谪、磔；酌、斫、浊、涿、啄、琢、焯、濯、着；执、职、直、埴、踯、植、侄；逐、筑、舳、烛、竹；宅、翟；轴、妯

z 杂、砸；则、舴、责、择、泽、赜、帻；昨；卒、镞、族、足

（二）由 zhuo、chuo、shuo、ruo、fa、fo、la、ye、ce 这九个音节组成的字，不论现在读什么声调，除极个别外，都是中古入声字。例如：

zhuo 拙、卓、涿、捉、着、酌、灼、斫、焯、琢、啄、浊、濯、擢、镯

chuo 绰、戳、辍、啜

shuo 说、烁、铄、朔、槊、硕

ruo 若、弱、箬

fa 发、乏、伐、筏、阀、罚、法、髪

fo 佛

la 蜡、辣、拉、腊、垃

ye 叶、噎、咽、业、掖、页、腋、晔、谒、液、腌（注意："椰、耶、爷、也、野、冶、夜"等字除外，它们不是入声字！）

ce 测、策、册、厕、恻

（三）韵母是"—ue"的字，除极其个别者外，都是中古入声字，例如：

nue 虐、疟

lue 略、掠、劣

jue 决、觉、绝、厥、抉、掘、倔、诀、爵、谲、噘、噱、镢

que 却、确、阕、雀、鹊、悫、炔、缺

xue 学、雪、血、穴、薛、谑、削、踅

yue 月、曰、越、约、阅、岳、悦、刖、钺、粤、瀹

（四）韵母"—ie"与声母 b、p、m、d、t、n、l 相拼，所产生的字也绝大多数都是入声字。例如：

bie 鳖、憋、别、瘪、蹩

pie 撇、瞥、苤

mie 灭、蔑、篾、乜

· 547 ·

die 叠、谍、迭、跌、蝶、牒、垤、喋、耋("爹"除外，它非入声字)

tie 铁、贴、餮、帖

nie 捏、聂、镍、啮、孽、涅、陧、蘖

lie 列、烈、裂、劣、趔、捩、咧、埒、猎、裂、洌、躐

（五）普通话中有两个读音，但又没有意义上的区分的字，大都是中古入声字。如"色、剥、血、壳、角、薄"等在普通话中都有两读，但意义相同。它们都是入声字。

（六）利用谐声偏旁也可帮助确定入声字，例如：

"出"是入声字，则可断定"屈、茁、倔、诎……"等以"出"为声旁的字也都是入声字。"夹"入声字，则"侠、狭"亦必入声字；"各"是入声字，则"胳、搁、貉"皆是；"合"是入声字，那么，可知"恰、洽、答、鸽、塔……"等以"合"为声旁的字也都是入声字；"甲"是入声字，那么，可推出"闸、押、匣、狎、胛……"等字也是入声字。

（七）还可利用排除法去掉一些不可能是入声的字，这样，入声字的范围也就相对小些了。例如：

1. 因为入声字都是中古以 [-p] （-b）（如"及、鸽、鸭"）、[-t] （-d）（如"法、铁、八"）、[-k] （-g）（如"则、尺、锡"）等塞音结尾的字，语音变化的结果，使这些塞音韵尾脱落，于是现代汉语中，所有的中古入声字都是元音结尾的字。那么，现代汉语中所有的以辅音结尾的字，也就是以-n 和-ng 结尾的字，都可以肯定它们不可能是入声字。此外，广州话里还有个以-m 结尾的辅音，如"天阴"的"阴"、"心情"的

"心"等字,都不可能是入声字。

2. 现代汉语中"zi、ci、si"这三个音节的字,是没有入声字的,虽然它们是以元音-i结尾,但它们这几个音节构成的字(无论四声)都不会是入声字。

3. er和wei(作韵母时写作-ui)音节也没有入声字。

因此,看到"资、姿;呲、慈、辞、词;丝、司"或者"儿、饵、威、微、辉、规、推、亏、葵、追"等字,也可毫不犹豫地断定它们不可能是中古的入声字。

(八)以上方法都解决不了现代读平声而又较常见的百余个入声字:

八、搭、塌、邋、插、察、杀、煞、夹、侠、瞎、辖、狭、匣、黠、鸭、押、压、刷、刮、滑、猾、挖、蜇、舌、鸽、割、胳、搁、瞌、喝、合、盒、盍、曷、貉、涸、劫、核、钵、剥、泼、摸、脱、托、捋、撮、缩、豁、活、切、噎、汁、织、隻、掷、湿、虱、失、十、什、拾、实、食、蚀、识、石、劈、霹、滴、踢、剔、屐、积、激、击、漆、吸、息、熄、昔、席、锡、橄、觑、揖、一、壹、扑、匍、仆、弗、绂、拂、福、蝠、幅、辐、服、伏、茯、督、突、秃、俗、出、蜀、窟、哭、忽、惚、斛、鹄、屋、屈、诎、曲、戌、拍、塞、摘、拆、黑、勺、芍、嚼、粥、妯、熟

平水韵《平仄可通用字表》
网民依据彭先初编写的《诗韵字典》整理

衷＝平声一东韵，去声一送韵＝＞义同中心也
撞＝平声三江韵，去声三绛韵＝＞义同击也
欷＝平声五微韵，去声五未韵＝＞义同嘘气也
驱＝平声七虞韵，去声七遇韵＝＞义同奔驰也
楷＝平声九佳韵，上声九蟹韵＝＞义同楷模也
谆＝平声十一真韵，去声十二震韵＝＞义同诚恳貌
患＝平声十五删韵，去声十六谏韵＝＞义同忧也
供＝平声二冬韵，去声二宋韵＝＞义同供奉也
贻＝平声四支韵，去声四寘韵＝＞义同馈遗也
虑＝平声六鱼韵，去声六御韵＝＞义同忧也
缔＝平声八韵，去声八霁韵＝＞义同结也
晦＝平声十灰韵，去声十一队韵＝＞义同不明也
叹＝平声十四寒韵，去声十五翰韵＝＞义同慨叹也
缠＝平声一先韵，去声十七霰韵＝＞义同绕也
烧＝平声二萧韵，去声十八啸韵＝＞义同焚烧也
挠＝平声四豪韵，去声十八巧韵＝＞义同扰也
扬＝平声七阳韵，去声二十三漾韵＝＞义同扬也
廷＝平声九青韵，去声二十五径韵＝＞义同朝廷也
浏＝平声十一尤韵，去声二十五有韵＝＞义同水清也

巉=平声十五咸韵，上声二十九豏韵=>义同险峻也

司=平声四支韵，去声四寘韵=>义同主其事也

摇=平声二萧韵，去声十八啸韵=>义同动也

蒙=平声一东韵，上声一董韵=>义同盲也

淙=平声二冬三江韵，去声三绛韵=>义同水声

敲=平声三肴韵，去声十九效韵=>义同叩也

拖=[原字=左手右它]=平声五歌韵，上声二十哿韵=>义同曳也

莹=平声八庚韵，去声二十五径韵=>义同玉色光洁也

吟=平声十二侵韵，去声二十七沁韵=>义同呻吟也

砭=平声十二盐韵，去声二十九艳韵=>义同以石针病曰砭

嘘=平声六鱼韵，去声六御韵=>义同吹嘘也

教=平声三肴韵，去声十九效韵=>义同训诲也

壅=平声二冬韵，上声二肿韵，去声二宋韵=>义同塞也

除=平声六鱼韵，去声六御韵=>义同去也

施=平声四支韵，去声四寘韵=>义同廷设也

媛=平声十三元韵，去声十七霰韵=>义同美女也

振=平声十一真韵，去声十二震韵=>义同举也

怨=平声十三元韵，去声十四愿韵=>义同恨也

观=平声十四寒韵，去声十五翰韵=>义同视也

漫=平声十四寒韵，去声十五翰韵=>义同水大也

叹=平声十四寒韵，去声十五翰韵=>义同叹息也

钿=平声一先韵，去声十六霰韵=>义同金饰也

轿=平声二萧韵，去声十八啸韵=>义同小车也

溶=平声二冬韵，上声二肿韵=>义同水盛也

誉=平声六鱼韵，去声六御韵=>义同毁誉也

如=平声六鱼韵，去声六御韵=>义是同也

喷＝平声十三元韵，去声十四愿韵=>义同鼓鼻出声也

蜿＝平声十三元韵，去声十三院韵=>义同屈曲之状也

澜＝平声十四寒韵，去声十五翰韵=>义同大波也

谰＝平声十四寒韵，去声十五翰韵=>义同诬言相加也

谩＝平声十四寒韵，去声十五翰韵=>义同欺也

讪＝平声十五删韵，去声十六谏韵=>义同毁谤也

胶＝平声三肴韵，去声十九效韵=>义同黏也

燎＝平声二萧韵，去声十八啸韵=>义同照也

漕＝平声四豪韵，去声二十号韵=>义同水运也

篓＝平声十一尤韵，去声二十五有韵=>义同笼也

骜＝平声四豪韵，去声二十号韵=>义同骏马也

峨＝平声五歌韵，上声二十哿韵=>义同高也

望＝平声七阳韵，去声二十三漾韵=>义同远视也

忘＝平声七阳韵，去声二十三漾韵=>义同忽也

评＝平声八庚韵，去声二十四敬韵=>义同平议也

听＝平声九青韵，去声二十五径韵=>义同从也受也，聆也

拖＝平声五歌韵，上声二十哿韵=>义同引也

嘹＝平声二萧韵，上声十八啸韵=>义同嘹嘈也

售＝平声十一尤韵，去声二十六宥韵=>义同卖也

帆＝平声十五咸韵，去声二十陷韵=>义同帆船也

谗＝平声十五咸韵，去声三十陷韵=>义同言令恶也

妨＝平声七阳韵，去声二十三漾韵=>义同害也

傍＝平声七阳韵，去声二十三漾韵=>义同旁也

防＝平声七阳韵，上声二十二义韵=>义同方也

醒＝平声九青韵，上声二十四迥韵，去声二十五径韵=>义同梦觉也

监＝平声十五咸韵，去声三十陷韵=>义同察也

和=平声五歌韵，去声二十一个韵=>义同顺谐
凭=平声十蒸韵，去声二十五径韵=>义同倚也

平仄通用字补遗百字

且乞些亡语占教衣不读丁中干予质任它信分趣出参告唯造塞奇遗契女害宿还射将居屏长屯差度强从复食御征思恶雨数于施易饭曾会朝期养校乐归殿鲜比沈泥渐齐潦焉父率畜尽省祭华盖并冯阿针邪远那费说龟叶行被见亲觉解降陶龙

《平仄可通用78字表》

【剂】【诽】【誉】【嘘】【如】【茹】【纾】【驱】【输】【诋】【缔】【霓】【批】【挤】【颊】【过】【谆】【泯】【眄】【嶙】【论】

【蜿】（此字注意读音，仄声读 wǎn，平声读 yuān，其实平声是'冤'字的通假字，关于通假字大家在学习古文的时候已有所了解，其实这也是语言文字发展的产物，就是现在大多字词典都还保留'冤'字的'蜿'义）

【翰】【看】【漫】【叹】【潜】【摊】【澜】【汕】【先】【缠】【搴】【癣】【娇】【摇】【标】【哨】【橇】

【峤】（注意读音，平声读 qiáo，仄声读 jiào），【轿】（注意读音，平声读 qiáo，仄声读 jiào，这种读音区别在现今在很多地方依然在延续，主要是地域差别造成的）

【嚓】【钞】【敲】【漕】【挠】【骛】【爹】（注意读音，平声读 diē，仄声读 duǒ，这种读音现今所遗痕迹难寻）

【桦】【望】【偿】【妨】【防】【吭】【障】【忘】【评】【莹】

【轻】【侦】【廷】【醒】【听】【町】【凭】【凝】【浏】【瘤】【蹂】【篓】【妊】【颔】【兼】【潜】【苦】【砭】【谀】【嵌】

除了上面说的字外还有12个字也很特殊,这些字的其中某一项字义是平仄两用而意义相同的,它们是【侗】【淙】【仔】【瓠】【娠】【哑】【杷】【哆】【咤】【抢】【吟】【佃】,这12个字具体平仄因字义变化情况如下:

【侗】当读 tong 时字义表示为"长(chang)大、直"(做形容词用),同仄通用而字义不随平仄变化(新声为仄声),该字义可引申为通达无障碍,如《庄子·庚桑楚》句"能翛然乎? 能侗然乎?";而当读 tóng 字义为"儿童、未成年人"(名词)"幼稚无知"(形容词)时,为仄声(新声平声);当读 dòng 表示我国的少数民族名时为仄声(新声也是仄声)。也就是说后两种读音变化而字义也发生变化,并不能平仄通用,要按具体语言环境而定。

【淙】"淙"常规用法,读 cóng,平声二冬韵,具体字义就不讲了,网络都能查到,而作为另外一种字义就很少见,而且网络是很难查询到的,做动词,意为"灌注、冲击",读 shuang,平仄通用字义不随平仄变化而改变,分属上平三江和去声三绛韵,如唐元结《订司乐氏》"元子谢曰:'次山病馀昏固,自顺於空山穷谷。偶有悬水淙石,泠然便耳,醉甚,或与酒徒戏言,呼为水乐。不防君子过闻而来,实辱君子之车仆。'"再如晋朝郭璞《江赋》"出信阳而长迈,淙大壑与沃焦,若乃巴东之峡,夏后疏凿。"还可查宋程大昌《演繁露·浮石》"石之出水也,本甚崭岩不齐。绍兴甲子岁,两浙大水漫灭埂岸,浮石没焉。水退石仍出,而崭岩者皆去,盖为猛浪沙石之所淙凿乃此圜浑也。"

【仔】当读 zi 做动词用，表示"胜任"，是可平可仄而字义不变的（新声平声），如《诗经·周颂·敬之》句"佛时仔肩"、王安石《王深父墓志铭》句"维德之仔肩，以迪祖武"。而当读 zǎi 做名词用，表示儿子、动物之小称却只能是仄声（新声仄声，方言通崽），而不能平仄通用。

【瓠】当读 hu 做名词用，表示"蔬菜植物，也叫扁蒲、葫芦"时是可平可仄而意义相同的（新声仄声）；而当读 hú 做名词用表示"瓦壶"的时候只作平声；当读 huò 做形容词用，表示"空廓貌"时为仄声，如《庄子·逍遥游》句"剖之以为瓢，则瓠落无所容"。

【娠】这个字根据读音不同平仄不同，但字义相同，如表示女性怀孕或意为包孕、包含时读 shēn 为平读 zhèn 为仄（古音读法与地域方言有关，新声为平）；当做名词用，通"侲"，读 zhēn 为平读 zhèn 为仄且平声和仄声所表达意义不相同（新声变化同古音）。

【哑】当读 e 做名词用，表示"笑声"时可平可仄而字义不变（新声仄声），如《易·震》句"笑声哑哑，后有则也"；当读 yǎ 做形容词表示"失音、口不能言"时为仄声（新声仄声）；读 yà 做叹词、语气词、象声词，做仄声，也可读平声（新声平声），如《易林·师之萃》句"凫雁哑哑"、唐刘言史《买花谣》句"青丝玉轳声哑哑"。

【杷】读 pa 做名词表示"农具名、耙梳、枇杷"时或是做动词表示"用手挖掘"为平声（新声平声）；而读 bà 做名词表示"柄、把"时仄声（新声仄声），这个字我考证结果与他人不同，只有字义表示田器的时候是平仄通用，但读音变化，也就是平声读 pa，仄声读 ba。

【哆】读 chi che 做形容词表示"张口的样子、放荡、分散（哆然：人心涣散）"时可平可仄（新声平声），如《诗经·小雅·巷伯》句"哆兮哆兮,成是南箕"、唐韩愈《元和圣德诗》句"群星从坐,错落哆哆";而当读 duō 做象声词或名词(如哆啰呢,现代词语,一种毛织呢料)为平声(新声平声)。

【咤】读 zha 做形声词表示"发怒的声音、吃饭口中有声"或形容词"悲痛"或动词"奠爵"时可平可仄而字义比随这变化(新声仄声);而读 chà 做动词表示"夸耀"、"惊讶"(通"诧")时为仄声(新声也是仄声)。

【抢】当读 qiang 做动词用表示"触、冲撞、推搡、逆、挡、代替"等时可平可仄而字义不随平仄变化而变(新声平声),如《庄子·逍遥游》句"我决起而飞,抢榆枋,时则不至而控于地矣",再如白居易诗句"足伤金距缩,头抢花冠翻"。而读 qiǎng 做动词表示"争夺、争先"时只做仄声(新声相同);读 qiàng 做动词表示"拾掇"为仄声(新声仄声);读 chéng 为平声,通常做形容词,如"抢攘"意为"纷乱的样子";读 chēng 亦然平声,意为"美丽",如《西厢记》句"右壁个佳人,举止轻盈,脸儿说不得的抢"。

【吟】读 yin 做动词表示"叹息、歌咏、鸣、啼、口吃"等或名词表示"诗体名"皆可平可仄而字义无改(新声平声);而读 jìn 做动词表示"闭口"(通噤)为仄声(新声仄声);还可以读 yǐn,如"噤吟",为仄声(新声仄声)。从这些读音可以发现,很多字义而今基本是不用了,也就是鉴赏古代文学作品方有价值,现在实际创作中我们不可能再使用通假字,尽管允许古音古韵和新声新韵的并行,但我想应不再允许使用通假字了。

【佃】读 tian 做动词用表示"耕作、打猎"时平仄皆可(新声平声),意义相同,如《资治通鉴·陈长城公至德二年》句"边境未宁,不可广佃";而读 diàn 做名词表示"向地方或官府租种土地的农民"时为仄声(新声仄声),如佃户。

这两者加起来也就是 90 个字，是不是还有其他平仄通用字存在，在平水韵中列举的韵字中基本没有了（当然不排除还有极个别例证），至于网络查询工具所列之"通"大多不能平仄通用，这在前面已经说了。看了这些平仄通用字，很多人觉古音真是麻烦，当熟谙古音古韵后即可发现并不难，只是尚有一些人对其中一些字表示质疑，这很正常，毕竟很多人完全生活在普通话的环境中，对所谓的"古"一片茫然，我想说的就是不因部分人的茫然而否定既定的事实，也就是我们老祖宗的文化就是如此，你想改变也改变不了，我们只能加以发掘和传承，并合理运用。

平仄两音意义不同者

疏	仄—名词	平—形容词
难	仄—名词	平—形容词
扇	仄—名词	平—动词
烧	仄—名词	平—动词
行	仄—名词	平—动词
吹	仄—名词	平—动词
思	仄—名词	平—动词
乘	仄—名词	平—动词
从	仄—名词	平—动词
传	仄—名词	平—动词
闻	仄—名词	平—动词
调	仄—名词	平—动词
论	仄—名词	平—动词
骑	仄—名词	平—动词

观	仄—名词	平—动词
兴	仄—名词	平—动词 形容词
令	仄—名词	平—动词 使
教	仄—名词	平—动词 让
分	仄—名词 名份	平—动词
王	仄—动词	平—名词
衣	仄—动词	平—名词
冠	仄—动词	平—名词
荷	仄—动词	平—名词
间	仄—动词	平—名词 中间
污	仄—动词 染	平—名词
中	仄—动词	平—其它
长	仄—动词及长幼	平—长短
漫	仄—动词 漫出	平—形容词 漫漫
相	仄—宰相	平—互相
燕	仄—燕子	平—国名
翰	仄—翰墨	平—鸟羽
便	仄—方便	平—安静
胜	仄—名胜	平—经得起 胜过
为	仄—因为	平—作为
雍	仄—州名	平—和也
占	仄—占据	平—占卜
扁	仄—形容词	平—名词 扁舟
治	仄—形容词	平—动词
正	仄—形容词 副词	平—正月
判	仄—判别	平—拼着
不	仄—否定	平—是否

傍	仄—依	平—同旁
浪	仄—波	平—沧浪
强	仄—勉强	平—强有力
施	仄—施舍	平—施行
当	仄—相称	平—应当　正值
称	仄—相称合适	平—称谓
要	仄—要不要	平—约也
旋	仄—副词　俄顷	平—动词
和	仄—唱和	平—合好　与
颇	仄—略有	平—形容词　偏颇
供	仄　陈设	平—供给
那	仄—无奈	平—何也
华	仄—华山	平—华美
禁	仄—禁止　禁令	平—经得起
殷	仄—雷声	平—富　大
重	仄—轻重　副词	平—重叠
任	仄—听任　任务	平—动词